MINGUO TONGSU XIAOSHUO
DIANCANG WENKU

过渡时代

民国通俗小说典藏文库·张恨水卷

张恨水◎著

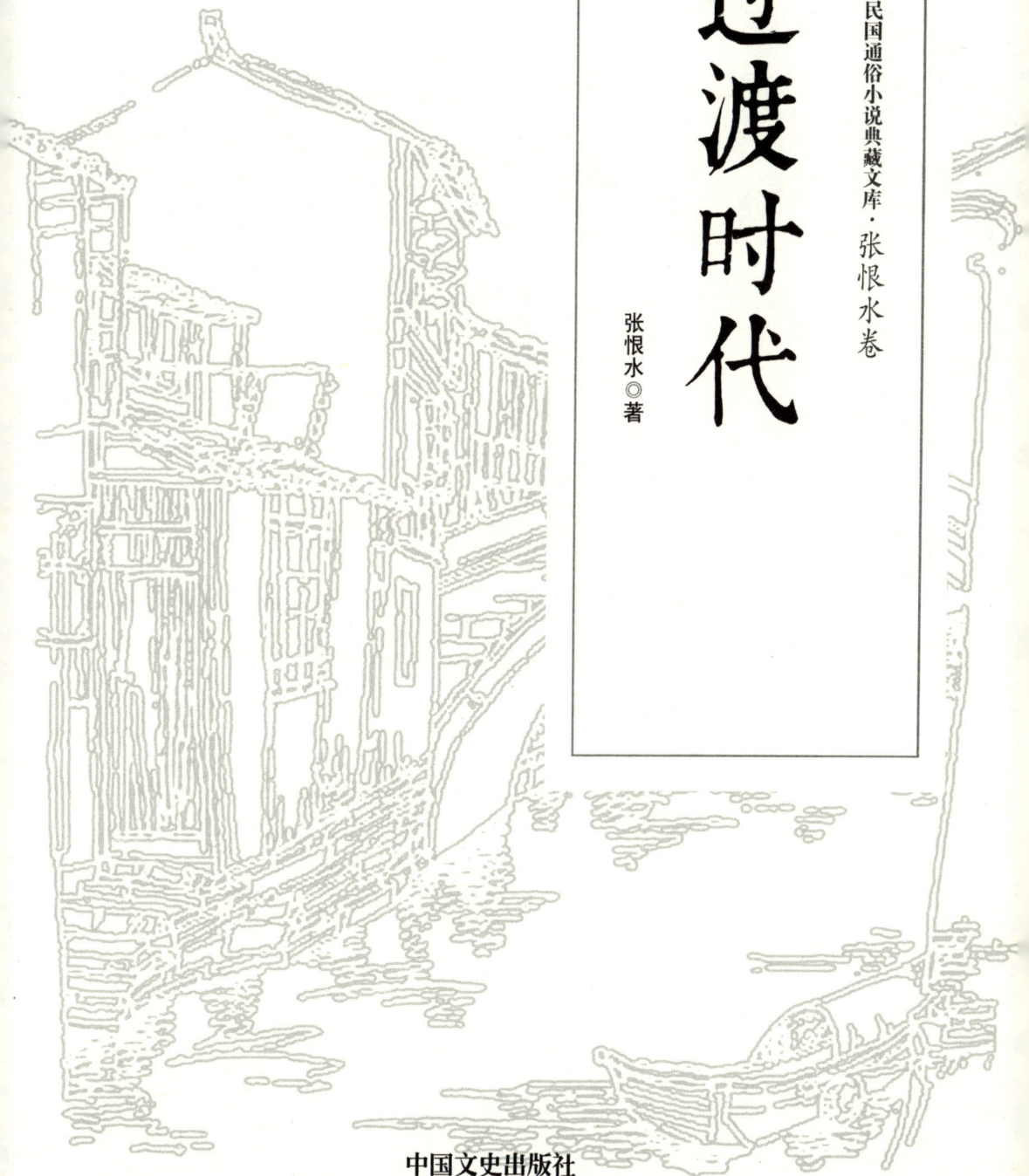

中国文史出版社

小说大家张恨水（代序）

张赣生

民国通俗小说家中最享盛名者就是张恨水。在抗日战争前后的二十多年间，他的名字真是家喻户晓、妇孺皆知，即使不识字、没读过他的作品的人，也大都知道有位张恨水，就像从来不看戏的人也知道有位梅兰芳一样。

张恨水（1895—1967），本名心远，安徽潜山人。他的祖、父两辈均为清代武官。其父光绪年间供职江西，张恨水便是诞生于江西广信。他七岁入塾读书，十一岁时随父由南昌赴新城，在船上发现了一本《残唐演义》，感到很有趣，由此开始读小说，同时又对《千家诗》十分喜爱，读得"莫名其妙的有味"。十三岁时在江西新淦，恰逢塾师赴省城考拔贡，临行给学生们出了十个论文题，张氏后来回忆起这件事时说："我用小铜炉焚好一炉香，就做起斗方小名士来。这个毒是《聊斋》和《红楼梦》给我的。《野叟曝言》也给了我一些影响。那时，我桌上就有一本残本《聊斋》，是套色木版精印的，批注很多。我在这批注上懂了许多典故，又懂了许多形容笔法。例如形容一个很健美的女子，我知道'荷粉露垂，杏花烟润'是绝好的笔法。我那书桌上，除了这部残本《聊斋》外，还有《唐诗别裁》《袁王纲鉴》《东莱博议》。上两部是我自选的，下两部是父亲要我看的。这几部书，看起来很简单，现在我仔细一想，简直就代表了我所取的文学路径。"

宣统年间，张恨水转入学堂，接受新式教育，并从上海出版的报纸上获得了一些新知识，开阔了眼界。随后又转入甲种农业学校，除了学习英文、数、理、化之外，他在假期又读了许多林琴南译的小说，懂得了不少描写手法，特别是西方小说的那种心理描写。民国元年，张氏的父亲患急症去世，家庭经济状况随之陷入困境，转年他在亲友资助下考入陈其美主持的蒙藏垦殖学校，到苏州就读。民国二年，讨袁失败，垦殖学校解散，张恨水又返回原籍。当时一般乡间人功利心重，对这样一个无所成就的青年很看不起，甚至当面嘲讽，这对他的自尊心是很大的刺激。因之，张氏在二十岁时又离家外出投奔亲友，先到南昌，不久又到汉口投奔一位搞文明戏的族兄，并开始为一个本家办的小报义务写些小稿，就在此时他取了"恨水"为笔名。过了几个月，经他的族兄介绍加入文明进化团。初始不会演戏，帮着写写说明书之类，后随剧团到各处巡回演出，日久自通，居然也能演小生，还演过《卖油郎独占花魁》的主角。剧团的工作不足以维持生活，脱离剧团后又经几度坎坷，经朋友介绍去芜湖担任《皖江报》总编辑。那年他二十四岁，正是雄心勃勃的年纪，一面自撰长篇《南国相思谱》在《皖江报》连载，一面又为上海的《民国日报》撰中篇章回小说《小说迷魂游地府记》，后为姚民哀收入《小说之霸王》。

1919 年，五四运动吸引了张恨水。他按捺不住"野马尘埃的心"，终于辞去《皖江报》的职务，变卖了行李，又借了十元钱，动身赴京。初到北京，帮一位驻京记者处理新闻稿，赚些钱维持生活，后又到《益世报》当助理编辑。待到 1923 年，局面渐渐打开，除担任"世界通讯社"总编辑外，还为上海的《申报》和《新闻报》写北京通讯。1924年，张氏应成舍我之邀加入《世界晚报》，并撰写长篇连载小说《春明外史》。这部小说博得了读者的欢迎，张氏也由此成名。1926年，张氏又发表了他的另一部更重要的作品《金粉世家》，从而进一步扩大了他的影响。但真正把张氏声望推至高峰的是《啼笑因缘》。1929年，上海的新闻记者团到北京访问，经钱芥尘介绍，张恨水得与严独鹤相识，严即约张撰写长篇小说。后来张氏回忆这件事的过程时说："友人钱芥尘先生，介绍我认识《新闻报》的严独鹤先生，他并在独鹤先生面前极力推许我的小说。那时，《上海画报》（三日刊）曾转载了我的《天上人间》，独鹤先生若对我有认识，也就是这篇小说而已。他倒是没有什么考虑，就约我写一篇，而且愿意带一部分稿子走。……在那几年间，上海洋场章回小说走着两条路子，一条是肉感的，一条是武侠而神怪的。《啼笑因缘》完全和这两种不同。又除了新文艺外，那些长篇运用的对话并不是纯粹白话。而《啼笑因缘》是以国语姿态出现的，这也不同。在这小说发表起初的几天，有人看了很觉眼生，也有人觉得描写过于琐碎，但并没有人主张不向下看。载过两回之后，所有读《新闻报》的人都感到了兴趣。独鹤先生特意写信告诉我，请我加油。不过报社方面根据一贯的作风，怕我这里面没有豪侠人物，会对读者减少吸引力，再三请我写两位侠客。我对于技击这类事本来也有祖传的家话（我祖父和父亲，都有极高的技击能力），但我自己不懂，而且也觉得是当时的一种滥调，我只是勉强地将关寿峰、关秀姑两人写了一些近乎传说的武侠行动……对于该书的批评，有的认为还是章回旧套，还是加以否定。有的认为章回小说到这里有些变了，还可以注意。大致地说，主张文艺革新的人，对此还认为不值一笑。温和一点的人，对该书只是就文论文，褒贬都有。至于爱好章回小说的人，自是予以同情的多。但不管怎样，这书惹起了文坛上很大的注意，那却是事实。并有人说，如果《啼笑因缘》可以存在，那是被扬弃了的章回小说又要返魂。我真没有料到这书会引起这样大的反应……不过这些批评无论好坏，全给该书做了义务广告。《啼笑因缘》的销数，直到现在，还超过我其他作品的销数。除了国内、南洋各处私人盗印翻版的不算，我所能估计的，该书前后已超过二十版。第一版是一万部，第二版是一万五千部。以后各版有四五千部的，也有两三千部的。因为书销得这样多，所以人家说起张恨水，就联想到《啼笑因缘》。"

不论张氏本人怎样看，《啼笑因缘》是他最有影响的作品，这一点毫无疑问，可以随便举出几件事来证明。《啼笑因缘》发表后，被上海明星公司拍成六集影片，由当时最著名的电影明星胡蝶主演，同时还被改编为戏剧和曲艺，在各地广泛流传；再有《啼笑因缘》被许多人续写，迫使张氏不得不改变初衷，于1933年又续写了十回，张氏在《我的写作生涯》中说："在我结束该书的时候，主角虽都没有大团圆，也没有完全告诉戏已终场，但在文字上是看得出来的。我写着每个人都让读者有点儿有余不尽之意，这正是一个处理适当的办法，我绝没有续写下去的意思。可是上海方面，出版商人讲生意经，已经有好几种《啼笑因缘》的尾巴出现，尤其是一种《反啼笑因缘》，自始至终，将我那故事整个地翻案。执笔的又全是南方人，根本没过过黄河。写出的北平社会真是也让人又啼又笑。许多朋友看不下去，而原来出版的书社，见大批后半截买卖被别人抢了去，也分外眼红。无论如何，非让我写一篇续集不可。"这种由别人代庖的续作，出书者至少有四种：惜红馆主《续啼笑因缘》、青萍室主《啼笑因缘三集》、康尊容《新啼笑因缘》和徐哲身《反啼笑因缘》。虽然远不如《红楼梦》续作之多，但在民国通俗小说中已经是首屈一指了。张氏在《我的小说过程》一文中还说："我这次南来，上至党国名流，下至风尘少女，一见着面便问《啼笑因缘》。这不能不使我受宠若惊了。"

《啼笑因缘》使张氏名声大振，约他写稿的报刊和出版家蜂拥而至，有的小报甚至谣传张氏在十几分钟内收到几万元稿费，并用这笔钱在北平买下了一所王府，自备一部汽车。这自然不是事实，但张氏当时收到的稿酬也有六七千元，的确不能算少。这样，他就可以去搜集一些古旧木版小说，想要作一部《中国小说史》。就在此时，日寇侵华的"九一八事变"爆发，张氏的希望随之化为泡影。作为一位爱国的作家，在国难当头的状况下自不会沉默，张恨水在1931至1937的几年间，先后写了《热血之花》《弯弓集》《水浒别传》《东北四连长》《啼笑因缘续集》《风之夜》等涉及抗敌御侮内容的作品。

1934年，张恨水到陕西和甘肃走了一遭，此行使他的思想发生了很大的变化。张氏在《我的写作生涯》中说："陕甘人的苦不是华南人所能想象，也不是华北、东北人所能想象。更切实一点地说，我所经过的那条路，可说大部分的同胞还不够人类起码的生活。……人总是有人性的，这一些事实，引着我的思想起了极大的变迁。文字是生活和思想的反映，所以在西北之行以后，我不讳言我的思想完全变了，文字自然也变了。"此后，他写了《燕归来》，以描写西北人民生活的惨状。

抗日战争全面爆发后，张恨水取道汉口，转赴重庆，于1938年初抵达，即应邀在《新民报》任职。抗战八年间，他除去写了一些战争题材的小说外，还有两种较重要的作品，即《八十一梦》和《魍魉世界》（原名《牛马走》），均先于《新民报》连载，后出单行本。抗战胜利，张氏重返北平，担任《新民报》经理，此后几年他写了《五子登科》等十来部小说，但均未产生重大影响。1948年底，张氏辞去《新民报》职务。1949 年夏，他患脑溢血，经过几年调治，病情好转，张氏便又到江南和西北去旅行。1959 年，张氏病情转重，至 1967 年初于北京去世，终年七十三岁。

张恨水一生写了九十多部小说，印成单行本的也在五十种左右。说到张氏作品的总特色，一般常感到不易把握，因为他总在不断地变。其实，这"变"就正是张恨水作品最鲜明的总特色。

张恨水是一个不甘心墨守成规的人，他好动不好静，敢于否定自己，这正是作为开创者必须具备的素质。读一读张氏的《我的写作生涯》，就会发现他总是在讲自己的变，那变的频繁、动因的多样，在民国通俗小说作家中实属仅见。……待到《金粉世家》《啼笑因缘》相继问世，张恨水的名声已如日中天，他在思想上的求新仍未稍解，他说："我又不能光写而不加油，因之，登床以后，我又必拥被看一两点钟书。看的书很拉杂，文艺的、哲学的、社会科学的，我都翻翻。还有几本长期订的杂志，也都看看。我所以不被时代抛得太远，就是这点儿加油的工作不错。"

追求入时，可说是张恨水的一贯作风，不仅小说的内容、思想随时而变，在文字风格上也不断应时变化。仅就内容、思想方面的变化而言，在民国通俗小说作家中也很常见，说不上是张氏独具的特色，但在文字风格上也不断变化，就不同于一般了。张氏在《我的写作生涯》中经常提到这方面的事例，譬如他曾提及回目格式的变化，他说："《春明外史》除了材料为人所注意而外，另有一件事为人所喜于讨论的，就是小说回目的构制。因为我自小就是个弄辞章的人，对中国许多旧小说回目的随便安顿向来就不同意。即到了我自己写小说，我一定要把它写得美善工整些。所以每回的回目都很经一番研究。我自己削足适履地定了好几个原则。一、两个回目，要能包括本回小说的最高潮。二、尽量地求其辞藻华丽。三、取的

6

字句和典故一定要是浑成的，如以'夕阳无限好'，对'高处不胜寒'之类。四、每回的回目，字数一样多，求其一律。五、下联必定以平声落韵。这样，每个回目的写出，倒是能博得读者推敲的。可是我自己就太苦了……这完全是'包三寸金莲求好看'的念头，后来很不愿意向下做。不过创格在前，一时又收不回来。……在我放弃回目制以后，很多朋友反对，我解释我吃力不讨好的缘故，朋友也就笑而释之，谓不讨好云者，这种藻丽的回目，成为礼拜六派的口实。其实礼拜六派多是散体文言小说，堆砌的辞藻见于文内而不在回目内。礼拜六派也有作章回小说的，但他们的回目也很随便。"再譬如他在谈及《金粉世家》时说："以我的生活环境不同和我思想的变迁，加上笔路的修检，以后大概不会再写这样一部书。"诸如此类的变化不胜列举。

张氏的多变还体现在题材的多样化。他说："当年我写小说写得高兴的时候，哪一类的题材我都愿意试试。类似伶人反串的行为，我写过几篇侦探小说，在《世界日报》的旬刊上发表，我是一时兴到之作，现在是连题目都忘记了。其次是我写过两篇武侠小说，最先一篇叫《剑胆琴心》，在北平的《新晨报》上发表的，后来《南京晚报》转载，改名《世外群龙传》。最后上海《金刚钻小报》拿去出版，又叫《剑胆琴心》了。"第二篇叫《中原豪侠传》，是张氏自办《南京人报》时所作。此外，张氏还写过仿古的《水浒别传》和《水浒新传》，他说："《水浒别传》这书是我研究《水浒》后一时高兴之作，写的是打渔杀家那段故事。文字也学《水浒》口气。这原是试试的性质，终于这篇《水浒别传》有点儿成就，引着我在抗战期间写了一篇六七十万字的《水浒新传》。""《水浒新传》当时在上海很叫座。……书里写着水浒人物受了招安，跟随张叔夜和金人打仗。汴梁的陷落，他们一百零八人大多数是战死了。尤其是时

7

迁这路小兄弟，我着力地去写。我的意思，是以愧士大夫阶级。汪精卫和日本人对此书都非常地不满，但说的是宋代故事，他们也无可奈何。这书里的官职地名，我都有相当的考据。文字我也极力模仿老《水浒》，以免看过《水浒》的人说是不像。"再有就是张氏还仿照《斩鬼传》写过一篇讽刺小说《新斩鬼传》。张恨水的一生都在不停地尝试，探寻着各色各样的内容及表达方式，他甚至也写过完全以实事为根据、类似报告文学的《虎贲万岁》，也写过全属虚幻的、抽象的或象征性的小说《秘密谷》，他的作风颇有些像那位既不愿重复前人也不愿重复自己的现代大画家毕加索。

张恨水写过一篇《我的小说过程》，的确，我们也只有称他的小说为"过程"才最名副其实。从一般意义上讲，任何人由始至终做的事都是一个过程，但有些始终一个模子印出来的过程是乏味的过程，而张氏的小说过程却是千变万化、丰富多彩的过程。有的评论者说张氏"鄙视自己的创作"，我认为这是误解了张氏的所为。张恨水对这一问题的态度，又和白羽、郑证因等人有所不同。张氏说："一面工作，一面也就是学习。世间什么事都是这样。"他对自己作品的批评，是为了写得越来越完善，而不是为了表示鄙视自己的创作道路。张氏对自己所从事的通俗小说创作是颇引以自豪的，并不认为自己低人一等。他说："众所周知，我一贯主张，写章回小说，向通俗路上走，绝不写人家看不懂的文字。"又说："中国的小说，还很难脱掉消闲的作用。对于此，作小说的人，如能有所领悟，他就利用这个机会，以尽他应尽的天职。"这段话不仅是对通俗小说而言，实际也是对新文艺作家们说的。读者看小说，本来就有一层消遣的意思，用一个更适当的说法，是或者要寻求审美愉悦，看通俗小说和看新文艺小说都一样。张氏的意思不是很明显吗？这便是他的态度！张氏是很清醒、很明智的，他一方面承认自己的作品有消闲作用，并不因此灰心，另一方面又不满足于仅供人消遣，而力求把消遣和更重大的社会使命统一起来，以尽其应尽的天职。他能以面对现实、实事求是的态度对待自己的工作，在局限中努力求施展，在必然中努力争自由，这正是他见识高人一筹之处，也正是最明智的选择。当然，我不是说除张氏之外别人都没有做到这一步，事实上民国最杰出的几位通俗小说名家大都能收到这样的效果，但他们往往不像张氏这样表现出鲜明的理论上的自觉。

张恨水在民国通俗小说史上是一位名副其实的大作家，他不仅留下了许多优秀的作品，他一生的探索也为后人留下了许多可贵的经验。

目　录

第一回

立业赖高邻女儿有价
读书崇往哲君子怀忧

怎样是过渡时代？凡是一件事情，由旧的变到新的，由新的成为旧的，在这变与成之间，这就叫过渡时代。譬如男子一件衣服，有时候以长长的瘦瘦的为时髦，有时候又以短短的肥肥的为时髦，由瘦瘦的变到肥肥的，不会突然就完全改过来，在这要改而未完全改变的时候，这就叫过渡时代了。这正是说一只渡船由南岸渡到北岸，在这两岸之间过河的时候，就叫作过渡，所以一切行而将行、达而未达的事情，都说在过渡中。过渡中的事物，当然是不成熟，所以不成熟的事物，也可以说是过渡时代。中国由戊戌变法到现在，政治风俗始终是由旧的向新的方面变着，所以也老在过渡时代里过活着；要说起过渡时代的事情，真是罄竹难书，可是过渡时代的事情，总是很有趣味的，假使桩桩件件都能够和盘托出，却也是很可玩味的一件事。这个思想在脑子里活动起来，就情不自禁地想写上一篇。不过小说是卑之无甚高论的文字，不能写那样多的事，也不能写什么重大的事，不过是在过渡时代中，写着几个渺小的过渡人物，倒也不妨去小中见大。这话从何说起？

在北平一个大杂院里，这大杂院位置在新化胡同六号，一个大黑门里，四合的杂乱房子，围着一个大院子，这里不过是十几间房，倒住有九家人家，所以院子里面堆着大车、拐子车、箩担、煤炉、以及水缸、尿桶、破桌子、烂板凳，无所不有。这里西厢房共是三间，每间住着一户人家，北屋住的是鞋匠，正中住的是个捏面人儿的，都是光身汉子；只有南屋热闹，共住了祖孙三代，一个王老太太，一个王家大嫂子，一个小淘气儿，他们的主人翁叫王大海，在进化大学东斋当了一名斋夫，是不大回来的，这家里这样祖孙三代过活。

这是个国历八月尾九月初的时候，他们因为这西厢房一早就装着东晒，所以三家人家，在春夏之间，找了几根小木头，与屋檐相平搭了个七歪八倒的架子，那架上面搭着几根钢棍子和竹竿，再蒙着几张破芦席子，这就算凉棚；四根木柱的脚下，栽了一些倭瓜和扁豆之类，绿的叶子由柱子上爬了上去，在芦席上铺着，有一点儿绿荫。架子外边栽了有一二十根玉蜀黍、两三根向日葵，还有两个破瓦钵子，栽了些洋马齿苋，在烈日下开着深红浅紫的花。这似乎是这大杂院里最美丽的一块土地，不过这架子底下，依然陈列着两副担子和三个煤炉、一个挑水桶，还有笤帚簸箕之类。

这里还保存着这大杂院固有的文化，王家的小淘气儿还只有九岁，很能名副其实地工作，因为这玉蜀黍长得有五六尺高，他就用根青棉线缚了个小蚂蚱儿，拴在玉蜀黍秆子上，将玉蜀黍的叶子折下一片，细细地给它撕成丝儿，手里捏着，只管去引逗蚂蚱。鞋匠老董在屋子里看见，就叫起来道："小淘气儿，你怎么老和那几棵老玉米干上了？这就是看那个青儿，若是像你这样老去掐它的叶儿，就会成了光秆儿了。"小淘气儿脖子一歪道："你管得着吗？我爸爸说了，这公园是咱们大家开的，大家都能玩。"老董光了脊梁，穿了件背心，踏着拖鞋出来，自己互相拍着自己的手臂笑着骂道："这小子，不是他爸爸揍的，说话就发狠，一点儿也不像王大海那样子和气。"说着话在背心口袋里掏出一个铜子来，就交给小淘气儿道，

"你拿这一大枚买一大块西瓜吃,别扯这叶子了。行不行?"小淘气儿伸手接住一个大铜子,掉转身就跑了。不多一会儿工夫,他把那黑胖的手胳臂一路横擦着眼泪,哭了进来。老董拦着问道:"你怎么了?那一大枚有谁抢去了吗?"小淘气儿哭着道:"我爸爸回来了,他揍我。"老董道:"他为什么揍你?"

小淘气儿还不曾答复出来,王大海穿了灰竹布长衫,头上戴着一顶平顶式麦秸草帽,手上拿了一柄嫩芭蕉扇子,一摇一摆地由外面进来,站在瓜棚下,就嚷起来道:"我对你们说什么来着,现在外面时疫闹得挺厉害,切开了的西瓜,有苍蝇爬过,千万吃不得!我一回家,就碰到小淘气儿捧了一大块西瓜在那里啃,这小子算是有娘老子养,没娘老子教!"王大海这一套话,虽没有指明骂谁,但是根据中国人的习惯,丈夫对于妻子,或妻子对于丈夫,不必提名道姓,只要表示出仿佛对一个人说话,对方自然心领神会的,自然知道是对他或对她说话。现在王大海这样地发脾气,不是对王大嫂子说话,是对谁说话?王大嫂子一听,就急了,隔了窗户就叫起来道:"你三四天不回家,一回家就乱骂,是谁给钱孩子买西瓜吃了?"王大海道:"我知道哪个混账……"

老董笑着向前和王大海一抱拳笑道:"王大哥别骂,给孩子一大枚,让他去玩。瓜是我的,天气还热着,吃点儿西瓜不碍事。"王大海道:"西瓜整个儿的不碍事,若是切开了的,苍蝇爬过去就有微生虫在上面,吃下去就要闹病。我们这种穷骨头,可真闹不起病。"老董笑道:"你在学校里做事,你可不是洋学生,干吗也跟着他们瞎起哄?西瓜是清热的,热天吃着正好,我哪天不吃两块西瓜?今年我也长三十多岁了,没为吃西瓜闹病。"他用事实来驳王大海,这叫王大海真无言可答,便道:"个个都为了吃西瓜闹病,西瓜哪里还有人吃?不过总以小心为妙罢了。"老董笑道:"你别信洋学堂里那些先

3

生胡扯，害什么病！都说有虫子，我就纳闷。这虫子打哪儿爬进肚子去？"王大海每次到了家里，总要受一班院邻的攻击，要不妥协，一人难敌众口；妥协呢，实在又憋不住这口气，所以他每次总是气愤愤的，缩到自己屋子里去。今天老董为了一大枚给小淘气儿买西瓜吃，必定要挣个有理，自己揣度着，纵不领人家的情，也不能执卫生之论和他来计较了，于是又缩回屋子里去。

　　王老太太在炕上盘膝坐着，低了头补袜子底呢。看到王大海进来，头也没有抬，便道："今天怎么回来得这样子早？"王大海回头看了窗子外，并没有人来往，才低声道："还是为了大姐的事情回来的。"王老太太道："人家答应这个事，无非为的是几个钱，老不肯出大价钱，人家怎么能答应？"王大海道："学堂原来找的几个人都是一块钱画一点钟，现在一个月出三十块钱薪水，只要每礼拜画四次，比以前就贵得多了。"王老太道："你只会照他们那样算，你不想，他们要是每回画三四点钟，人家就吃亏了。大姐妈的意思，还是愿意论钟点，去一趟得给一趟的钱，而且这钱还得先给，要是漂了，他们找你，你找谁去？"王大海道："那样也成，你把她娘儿俩请过来，我们当面说说。"王老太就向儿媳道："你去言语一声。"王大嫂笑着一扭脖子道："这样缺德的事，我不干。"王大海道："为什么不干？说成了功，咱们也可以闹个二八回扣呀。"王大嫂道："你说吧，每月分我多少钱？我不知道什么叫回扣，干脆每月规定给我多少钱；你要不给我钱，我就给你们嚷嚷出来，大家得不成。"王大海道："每月分你两块大洋，还不成吗？"王老太插嘴道："哟！她倒分两块大洋，我呢？"王大海道："你也分两块，我自己这一份儿不要，我只图个爽快，把先生们吩咐下来的这趟差使给人家办完，也就得了。"王大嫂听说这件事不能白介绍，高兴得多，立刻就把大姐娘儿俩叫了来。

大姐姓赵，名字叫小金枝儿，可是久已湮没了。她的母亲赵高氏，倒为了姑娘的关系，人家都叫她一声大姐妈，母女俩过活，全靠找些针线生活和人家浆洗衣服混着日子过。曾托过王大海许多次，想到女寄宿舍里去找个女斋夫做，倒是图画系因为没有模特儿，学生大为恐慌，四处找模特儿，因为王大海以前曾介绍过一个，现在图画系主任又把他叫了去，要他再找一个。王大海想到大姐倒是个中等人才，这大杂院里找不出第二个人来，就和高氏商量。高氏先听说女儿能找着一个三四十块钱的事，心里很是喜欢；后来打听详细了，原来是让姑娘脱光了身子，让人家对着她画，觉得这事太难为情了，没有肯答应。后来过了几天，回想着每月能挣几十块钱的事，回断了实在可惜，便又向王老太商量，钱倒不计较，只是姑娘长了十七八岁脱得光光的，总不好意思，可不可以上身系兜肚，下身穿裤子？王老太便在煤铺里借个电话告诉儿子，王大海在电话里大骂了一顿，说是不为了要脱衣服，谁肯出一块钱一点钟来瞧？以后别提了。高氏听说不行，只好又冷下来，但是一来舍不得眼睁睁拿到手的钱把它丢了，而且这些时候恰是针线活很少，两顿窝头都有些维持不过来，没有法子，再屈服些，不脱衣服的条件已经牺牲了，就是希望再加几个钱。王大海听说是不过要钱而已，这交涉就好办，只是娘儿们的话难说，还得冷她一冷，因之有三天没有回信，今天看是时候了，这才回家来，和高氏回这个信。

高氏是住东厢房的，听到王大海的声音，早就扒着窗户眼向外面张望，这里王大嫂过去一传话，她立刻就跟着过来了。王大海的屋子里，除了一张土炕而外，便只有一张尺多宽的白木桌子、一张小方凳，主宾拥挤起来，简直没有了安身的地方。王大海将高氏让在炕头上坐着，自己将长衣早脱了。端了那方凳拦门坐着，风凉风凉，不住地将头昂起来看天色，好像很安闲的样子。高氏是有事来的，巴不得立刻就得王大海一个回答，现在他老不作声，实在隐忍不住，就先开口道："王大哥，托你的事，有了回信了吗？"

王大海道："咳，先和你提来着。你是这样不顺心，我也没法往下说；你说不愿意，人家还抢着这件事干啦。前三天人家另外找着人了。"高氏道："哟，王大哥，你怎不和我们多尽一点儿力呢？我不也是前三天就托老太给您通电话来着吗？"王大海道："就是因为我妈和我通了一个电话，我今天特意回来的，假使你娘儿俩还愿意办的话，我还可以去和你想点儿法子。至于办得成办不成，我可不敢说。"说着话时，依然将头昂着，向天上飘荡的白云看着，嘴里似乎念念有词，不知在唱什么。高氏道："哟，我们也是没有法子呀。事到于今，我们还有什么不愿意哩？这总是出乖露丑的事，让人家知道了，怎么样做人？为着我这大姑娘……"

王大海连连将手摇了几下，皱着眉道："你不愿意干，又没谁来强迫你干，你何必在我面前说这些苦话？得啦！从今以后，咱们这事不提了。"高氏道："大哥，您别发急，听我慢慢地说。您想，都是做生意买卖，我姑娘让他们画出来，不定要卖多少钱。若是卖给外国人，这钱就更多了，他们就当少赚几个，多给我们三块两块的，又有什么要紧呢？"王大海道："什么？他们画出来了卖钱？你不要瞎说了！人家学堂里学生先生都是念书的人，谁做生意买卖！他们因为要画什么就得像什么，所以要找人去做模特儿。咱们说句俗话，就是找个人模子。他们说着，人身上的肉长得圆滚滚的，画出来是很美的，所以要找人去画。"高氏道："既然是那么着，男人长得肉滚滚的有的是，为什么不找男的，要找女的呢？"这个问题王大海却答不上，因问道："你是和我讲理来着，还是和我讲事情来着？你说吧，到底愿干不愿干？若是不愿干，这些废话就不用说了。"这两句硬话把高氏倒臊成个大红脸，作声不得。

王老太看了有些不过意，便道："你为什么一说话就和人蹦起来？有话好好地说得了。"王大海道："不是我说话就蹦，因为大姐妈说话太什么了，叫人家……"高氏道："得了，大哥，你瞧着娘儿俩怪可怜的，帮我一点儿忙，多说两个钱得了。"她由炕上下来，和他蹲了一蹲，做个要请安的样子。王大海也连忙站起身来笑道："这我又说句笑话了。我跟您说合这件事，可没有什么好处，不是咱们做了多年的街坊，这件事我真管不着。你说到底要加多少呢？"高氏想了想道："我瞧着还是论钟点吧。三十块钱包一个月的话，我瞧着有些不合算；要是论钟点的话，反正不能一个月只画三十点钟。"王大海道："你这话本也说得不错，可是学堂里放假的日子很多，也许整个礼拜不上课，论起钟点来，这个礼拜就算白耗了。要是包月呢，他们一个月不上课，这三十块钱你还是可以拿的。"高氏听了这话，又很有理，皱了眉说不出所以然来。王老太道："大海，你看大姐妈怪为难的，你就到学堂里去和先生们说说，多少加人家一点儿。"王大海道："我是先生指使的，也够不上说合人家加钱。"王老太道："也用不着你加钱，只要你去求求学堂里先生就得了。"王大海望了高氏道："据大嫂子的意思，要加多少钱？"

高氏道："我和斜对过闵老先生洗衣服，那个人挺好的，他倒常和我们谈心；他说在学堂里教书，是一块二毛五一点钟，我姑娘光了身子给人家画，总比当先生苦；我想也照样要那么些个吧。"王大海心里想着，照算这价钱可不算贵。从前有个很好看的模特儿，学堂里舍不得把她放走了，曾出到一块五毛钱一点钟的价钱；大姐长得还不错，只要一块二毛五一点钟总也不算多。他心里如此筹划着，便向高氏道："好吧，我去和先生们商量商量看。可是有一层，你要让我带着大姐到学校里去，让大家瞧瞧。"高氏道："瞧瞧倒没有什么关系，反正将来她也是要让人去瞧的。她什么时候回来呢？"王大海道："这个你放心，我带了她去，我一定还带她回来。可是成功不成功，现在还不定。"高氏道："那是当然的，我也不能那样不懂事。可是这件事千万得瞒着人，别让院邻知道，这里人多嘴杂，我倒没有什么；姑娘见了人，这脸往哪儿搁?"王大海道："除了我家不说，还有什么人知道? 我是介绍人，说出来也没有多大的面子。这一层你就放心了。"

高氏道："那么我就叫她去。"说着，她悄悄地走出屋子去，一个人故意高着声道："你瞧，多么巧呀! 我家没茶，大家也没茶，口渴了，想找点儿热的喝都不行；大妞，咱们自己烧壶水喝吧!"她如此嚷着，仿佛就是到王家找茶喝再回去，人家就不注意了。到了自己屋子里，将大妞拉到一边，低声向她道："事情有个大八成儿了，就是人家要瞧瞧人，你可以跟着王大叔去一趟。"大妞红了脸道："什么? 今天就去吗?"高氏道："孩子，你也别害臊，这是没法子的事，只要有一碗饭吃，我也不肯让你去抛头露面干这种事。听说到学堂里去让人家画像的，后来都找着好主；你先去混上两个月，将来找着个好主，我娘儿俩终身有靠，就不会受人家的欺侮，整天地发愁了。"

大妞早是听到说当模特儿是一条出路，光是每月挣二三十块钱薪水，那还在其次。以前王大海介绍的那个姑娘，自己也认识，原先不过是个做女红的姑娘，后来做了两个月的模特儿，周身上下的衣服全都换了；常有男学生带了她出去吃馆子、瞧电影，看那样子就像个女学生，和没当模特儿的时候简直换了个人，所以归终她还是嫁了个男学生。自己真要像人家一样，光了身子让人家画两个月，又有什么要紧? 她如此想着，就大了胆子，跟着母亲到王大海家来。

她还梳着大辫子呢，所以走进了王大海的门就低了头，反转着手，掏了辫梢过来靠门站着。王大海只得绷着了面孔道："大姑娘，刚才你妈和我说的话，你都知道吗？"大妞轻轻地答应了"知道"两个字。王大海道："既是大姑娘全知道了，那就不用多说，你跟着我走吧。"他于是穿起了大褂子，请大妞同走。大妞红了脸，将头更低得厉害，一只脚还只管在地上涂抹着。王大海因她不走，倒只好瞪了一双眼睛对她望着。大妞妈道："你跟着王大叔去呀！还有什么话说呢？"于是将两手扶着大妞的肩膀，一半向前推着。大妞将身子扭了两扭，皱着眉道："我去了，事情就算成了吗？"大妞妈对于她这种言辞，可没有法子答复，便道："哟，我哪里知道？总得问王大叔呀！"王大海看她半说半问的样子，用手一拍手心道："嘻，你对我还有什么不放心的！难道我还能逗着你家大姑娘好玩儿吗？"大妞本来也没有什么不愿去，顺着她母亲这样用手一推的工夫，就转着身子，跟着王大海走出去了。

　　大妞妈就低着声音向王老太道："嘻，说起来也真寒碜，养了这么大姑娘养她不活，养她去干这样的事。"王老太道："这也不要紧，卖嘴不卖身的人……"她说完了这句，自己一想，这有些不对；她正是脱光了身子，让人家去画，怎么说是不卖身呢？因之，她说着说着把话吞了下去，向着高氏一笑。高氏道："照说呢，谁也不掐下她一块肉，让人家照样画画有什么要紧！老太，你说是不是？"王老太点着头笑道："可不是，那要什么紧呢？"高氏道："劳你驾，我再谢谢她大叔。"说毕，一步一步地向屋子外面退出去。退到门外，站在倭瓜下笑道："哟，两天不瞧见，倭瓜结了这么大。"一个人自言自语地就搭讪着回屋子里去了。

　　刚回房，屋子外面就有人叫道："大嫂子不在家吗？我们老先生的衣服洗得了没有？"原来是对门会馆里的小长班叫着，于是她应身出来道："你回去，我一会儿就把衣服送到。"小长班道："快去快去！老先生等着穿了衣服去上课呢。"高氏将这位老先生的衣服折叠好了，然后用布袱包着，才送到对门会馆里来。

这位住会馆的闵先生，叫作闵宗良，原是个科举时代的举人。在旧京住着赋闲多年，只因有个四维中学的校长和他有亲戚关系，所以介绍他在学校里面当了个国文教员。他虽是在学校里教书，心里却极端反对这种学校制度。他所持的理由，以为在科举时代读书的人，无论如何地穷，都可以关起门来在家里念书，有一天书念成功了，三场大考完毕，就可以捞个秀才，然后举人、进士、翰林，一步一步地向上高升；现在由小学而中学，由中学而大学，非有五千元以上、一万元以下，简直不能过去。而且大学毕了业，不见得就可以做官，或者找份职业，纵然英文、算学这种功课，不是在家里可以练习的，他以为这些功课不学也没有关系；读书不过是做官，学了各种科学去造轮船、造火车，那是工人的事，读书的人何必去学？你看到当轮船局总办、当铁路局长的，自己能造轮船火车吗？他执着这样谬误的见解，所以他对于教育界的情形始终是不能了解。

这天，他正因为校长家里有人过散生日，要前去拜寿，等着换件竹布大褂子；但是高氏不曾送来，所以很着急，叫小长班去催去。一面自己背了两手，在屋子外走廊上踱来踱去，直等高氏将衣服送得来了，他才远远地用手招了两招，将她招到面前，问道："今天你的衣服，为什么送来得这样晚？"高氏随口答道："您不知道，我今天和我姑娘找一个事，所以把家里的事都耽误了。"闵宗良道："什么？和你姑娘找一个事，什么事呢？"高氏站在院子里，四周看看，低声道："是去学堂里找了个事。"闵宗良看了那情形，知道有点儿缘故，便先走回屋子去。高氏站在房门外边，手里依然托着衣服包。原来闵老先生有个脾气，他说男女授受不亲，平常的女人他是不让她随便进屋子去的。这时闵老先生因为要问她的话，就用手招了两

10

招，将她招到屋子里去。高氏将衣服放在凳上，退着站到门边，等老先生发话。原来高氏很知道老先生的脾气，也是严守男女之防的，没有得老先生的许可就不敢站近。

老先生在他那张临窗读《周易》的书案边坐下，将桌上放下的扇子拿起来扇了几扇，将眼睛一闭之后，重新张了开来，向高氏道："你说和你姑娘在学堂里找了一个事，是男学堂呢，还是女学堂呢？"高氏道："那学堂里男的也有，女的也有。"闵先生放下扇子，用手理了一理下巴颏上的胡子，沉吟着道："哦，干的是什么事呢？"高氏红了脸，踌躇着道："谁知道呀，是她王大叔给找的事。"闵先生又把扇子拿起，在胸面前摇了几下，微微摆着头说："这就是你的不对了。在这样人心不古的时候，怎么不分青红皂白，就让姑娘到男学堂里做事去？而且究竟做的是什么事你还不知道，这不成笑话了吗？"高氏道："闵先生，你是个君子人，说话也用不着瞒你，将来也许有求你帮忙的时候呢。我只听说学堂里要找个姑娘去照着样子画出来，别的我也不知道。你瞧着这事不能干吗？"闵老先生把那张打满了皱纹的瓜子脸涨得通红，那嘴唇上下的胡子几乎要根根直竖，他颤抖着将手在桌上一拍道："你简直是胡闹！"

高氏和闵老先生浆洗衣服以来，约莫有三个月，彼此相处得很好，虽然老先生给起钱来要再三地盘算一番，但是他的态度总是温良恭让，令人很是相亲；现在老先生突然发了大脾气，倒吓了一跳，望着他说不出话来。他看到高氏那种受惊的样子，又有些不忍，站了起来向她摆了两摆头道："其愚不可及也！"高氏道："没有说供饭呀，既是鱼吃不得，我就告诉她别吃他们的鱼就是了。"闵宗良道："嘻，谁管你们吃鱼不吃鱼？我是说你太愚了！这种去给人画的女子，叫作模特儿，画的时候要脱得精光，坐在课堂上，让许多人瞧着画一个女人，就是自己亲生的父母和自己的丈夫，也不能让他

11

看到赤身露体的样子。一个黄花闺女倒坐着几十个人面前，让人尽瞧光身子，是可忍孰不可忍也！人之所异于禽兽者，以其有廉耻也；若无廉耻，相去几何哉？"

高氏对他诌上许多句文言虽不大懂得，然而他那意思说是像禽兽一样，大概可以听得出来，便道："这不用你说，我也知道。可是我娘儿俩实在穷得两顿窝头都吃不上来，转眼秋天到了，西北风一起，又得做衣服，房钱是欠下四个月来了。房东天天来逼命似的，我要不想点儿办法，那怎么办？"闵宗良手上摇了扇子，微摆了头道："饿死事小，失节事大，这种事就饿死也不能干！你真不能过日子的话，把你姑娘早早地给人家也不要紧，为什么走上这条路呢？"高氏道："哟，老先生，姑娘给人家并不是三言二语就成功的事，怎么能救急呢？"闵宗良道："照说，我不应该管你们的事，不过我是个读书的人，对你们这些不明大体的人，应该遇事指点；你姑娘若是没有上工的话，最好把这件事辞了。"高氏道："你老先生既是有这番好意，也很好的。但不知道我姑娘把事辞了，你可不可以和她想点儿法子？"闵先生倒不料说几句好话，会引出责任问题来，便答道："那等着再说吧，也许将来可以想点儿法子。"高氏呆呆地站在他面前，低了头扯扯自己的衣服大襟摆，低声道："那就拜托你了。"闵宗良和她对面对地站着，用扇子在胸面前扇了几下，又微摆着头。高氏老这样站着也是无味，就退了两步退到门口，又站了一站，才掉转身走出去了。

闵宗良昂了头，在屋子里踱来踱去，不住地摇头晃脑，唉声叹气。正在这个时候，对房门住的有一位施端本先生却看到这情形，就在屋子外面叫道："闵宗翁，还不曾去上课吗？"闵宗良道："什么时候了？我正也要打算动身呢。"说着话，就穿上刚才送来的竹布大褂，正待拿上扇子要出房门去。施端本却走进房来，向他拱了两下手，笑道："我看闵宗翁今天有什么心事似的。"闵宗良摇着头叹了口气道："嘻，不用提了。我觉得这个世界我们一天都待不住了。耳朵所听到的、眼睛所看到的，没有一样能待得过去的。对门那个送衣服的，不是有位很好的姑娘吗？她为了穷不过，要送她女儿去做模特儿，白白地把个清白女子糟蹋了。你说可惜不可惜？"施端本道："这样的事情现在多了。我们哪里管得了许多！"

闵宗良正着颜色道："不然，我们读圣贤书，所学何事？有了这样不顾廉耻的，我们不应该指点指点人家吗？古来的孔子孟子，这都是超等的能人，当然没有法子去学他；就说朱子程子，以至于王阳明、顾亭林这些老先生，哪个不是在'移风易俗'四个字上做功夫？我们虽不能为之，可也不妨'心向往之'的了。"施端本抬起一只手来，将他那苍白的头发连连搔了几下，接着又将两腮上的苍白胡桩子也抹擦了几下，叹着气道："这的确是我们读书的人所应做的事。只是我们头上只有一片青毡，貌不惊人，言不出众，纵使有这番好意，也是枉然啊！"他这一番话勾起了闵宗良一肚子牢骚，依然是在屋子里踱来踱去，却将那柄折扇不住地在后面拍着屁股。

施端本也是个秀才出身，后来曾在省立的法政讲习所混了半年，一向都在政界混点儿小事，现时在会馆里住着赋闲，常常找着朋友帮贴一点儿。这全会馆里，只有闵先生是他最崇拜的，不过他为人比闵宗良却活动些，有什么应酬他也可以参加，对于男女社交公开这一层，以为是一对老夫老妻同到外面去活动活动，这也没有多大关系，所以闵宗良对于施端本，却不能完全引为同调。这时，闵宗良勾起一肚子心事，发起愁来，心中还有许多话，不愿和他说。所以他只管在屋子里踱来踱去，不住地拍着屁股。施端本看到，跟了他发愁，也是一样拍屁股，不过他没有拿扇子，就直接用手来拍。两个人在屋子里如蝴蝶穿花一般，你踱过来，我踱过去，在屋子里走个不了。施端本不过是穿件短褂子，已经闹得大汗直流，闵宗良却在短褂之外又穿了一件长衫，比施先生更热。里面那件短褂子，湿得和脊梁粘在一处；外面的长衫，也湿透了一大块。

施端本忽然想起了一件事，问道："闵宗翁，你不是要去上课吗？时候不早，你应该去了。"这句话算是把他提醒，才拱拱手，赶忙走出门去；走出门之后，复又跑来。施端本已走出了，笑道："我知道宗翁去得匆忙，是回来锁房门的。"闵宗良道："倒不用锁，端翁不出去的，请你照应点儿就行。我们这穷措大，也不见得有梁上君子光顾，就是怕会馆里小孩子跑进去玩，或者会把屋子肮脏了。"施端本道："今天我不出去的，我和你照应着就是了。"

闵宗良表示出很大方的样子，房门不带拢就这样走了出去。到了大门口，将小长班叫到一边，低声和他道："我出来没有锁门，锁在桌上，你赶快去跟我锁起来。"小长班听说，知道闵先生的事是不能耽误的，转身就向里面走。闵先生连连招着手，又把他叫回来，低声道："施先生问起来，你不许说是我叫你去锁门的。他若是说不必锁，你说我不定什么时候回来，当长班负不起这个责任，还是锁起来吧。你说着也不用理会他，只管锁起来就是了。"小长班答应着去了。

闵宗良向来是不坐人力车的，他倒不是什么人道主义，他的意见以为人力车夫是两只脚，我也是两只脚，他能将我拉到什么地方，我也就能走到什么地方。为什么自己有两条腿不去利用，倒要花了钱买人家的腿，把我拉了去呢？至于说坐车比走的快，根本不通，车夫拉着一个人可以跑得快，难道我们自己两条腿扛着自己走，倒不如车力吗？他如此想着，但是他真正走起路来，要顾全着斯文体面，依然还是一步一步地踱着衣裳角走；不过今天为了到校长家去拜寿，早就要去的。先是等衣服，后来又跟着发牢骚，把时间耽误

14

了，现在比预定的时间恐怕要迟上两三个钟头，这不得不快些去。自己是不便跑的，只好破了例，在街头雇了人力车子，直接就奔向校长家里来。

这校长石林隐，原是当过次长的人，因为在政治上有点儿势力，所以教育界的人，为了以广招徕和增加经济力量起见，把他也拉进团体。他自己在教育界混得久了，也觉得不能毫无建树，所以就创办了个中学，自任校长。只因闵老先生沾了瓜葛之亲，屡次请为找事，只得把他安插在中学校里，让他担任国文选读一门功课；倒不问他教得好不好，只要他找个混饭吃的地方，不再来麻烦也就行了。这天石家是老太太的生日，虽然是个散寿，究竟石先生的熟人很多，这日也就来了不少拜寿的贵客。为了这个，自然也设了礼堂。

闵老先生除了随着学校里的教职员摊了一股公分送礼而外，为特别加重敬意起见，作了一首七言律诗，用红纸恭楷誊正，早一天就亲送来了。今天到了石家，一看院子里搭了彩棚，由大门口到寿堂上，四处金碧辉煌，都挂满了寿屏寿幛之类。他一进门就四处张望，看自己一首诗挂在哪里，一直到礼堂上，还不看到自己的作品，心里不大高兴，也就发于心而映于面。只见这石校长穿了玄色大礼服，正和他两位介弟在礼堂一边招待来宾；只得收起愤色，发出笑容，在台阶下，就高高地举手，连说了两声"恭喜"。堂里人都是西服的，不便回揖，只是深深地弯腰回礼。照着闵先生的意思，一定要主人三让，然后登级，可是在台阶下作过几个揖之后，主人也不曾下来，没有法子，只得变通礼节，在台阶的东边跑着几步，算是趋进的意思。直踏入礼堂，那正中面悬了一幅麻姑献寿图，下列红缎桌围的长案，上供寿烛寿面寿果以及银盾之类。这不用得犹豫，乃是叩寿的地方，于是深深弯了两手一拱到地，然后高举过额。主人翁三兄弟就站在一边，就鞠躬回礼。

照礼说，这样一拜一答，也就算了；不料这位闵先生，却是讨好过分，作揖之后，对了上面的麻姑绣像正正当当地跪了下去，前面两手撑地，头向下舂，就磕了三倒头。这样一来，主人翁大窘之下，是回礼呢，还是不回礼呢？要说不回礼，未免太瞧不起人；要说回礼，穿了西式大礼服，没有向人磕头之理。主人翁一发急，只得走了上前，搀住他两只手胳膊只管向上拉。闵老先生觉得非三跪九叩首不可，哪里肯起？口里只道："行大礼是应当的，行大礼是应当的。"依然朝着地磕下头去。只在这时，却哧啦一声，发出一种响声，惹得全礼堂的来宾哄堂大笑。这笑话就更大了，至于是一种什么笑话，下回交代。

第二回

冰炭分途空谈平等论
声容并茂同写自由花

　　却说闵宗良在礼堂上，一定要行那三跪九叩首的大礼，在主人方面，真个却之不恭，受之有愧，只得弯腰向前用手来扯他的衣袖，想把他搀了起来。不料这位老先生的衣服却也像他为人一样，都是很有历史上价值的；无论是人或物，有了历史上的价值，就不能结实，所以这主人翁石林隐上前搀他衣袖的时候，就哧啦一声，把他纱马褂的袖子拉下来大半截。闵宗良始而还不觉得，把手挣脱下来了，就跟着向下磕了头去，及至满堂宾客哄然大笑，抬头一看，才见石校长手上拿了大半截袖子，没个做道理处，两脸挣得通红，只得站了起来。石林隐扶着他道："对不住，对不住，请到里面去坐吧。"闵宗良让大家羞耻着，正没有办法，现在主人翁叫他到里面去，正如得了皇恩大赦一般，低了头赶紧走到礼堂后小客厅里去。

　　这小客厅里虽然也有几位来宾，但是不知道他勉强磕头、扯掉袖子的那一幕，所以也只觉得这位先生穿了一件断袖马褂，举止可怪而已。石林隐赶快向闵宗良拱拱手道："将马褂宽宽吧。"闵先生遇到要讲礼节的地方，是不脱马褂的，现在却因为少了这半只袖子，很不雅观，而且看石校长那种样子，似乎也很难为情；然而自己今天来拜寿，是求主人欢心的，若是让主人翁老是难为情，心里也不受用，便脱下马褂来道："校长，请把这衣服交给府上女管家随便缝上两针，兄弟好穿上。"石林隐知道这位先生的脾气，讲起礼来，就非讲到底不可，只得到上房去找自己一件半旧的马褂，送到闵宗良手上，拱拱手道："老妈子她们都忙着，闵先生可以把这件先穿上，只是旧一点儿。"闵宗良一看，是一件团花铁机纱的，至少也有七成新，比自己的马褂好得多了，禁不住连连向石林隐笑着拱手道："校长这样待人，真是解衣衣我，推食食我，何以为投桃之报呢？"石林隐笑道："这也无所谓的一样东西，闵先生何必客气，随便请坐吧。我要到礼堂上招待去了。"闵宗良连连说"是"，自己立刻把马褂穿了起来。在他没有穿马褂之先，只是在屋子外面墙犄角里一张椅子上坐下。这时穿了马褂就大方起来，向在屋子里的人个个拱手问过名姓，大有入太庙每事必问的样子。

在这屋子里共有六个人，三个在教育界，三个在政界，其中就有五个人，看了闵宗良这种形象不大高兴。有一位经敦品先生，他用冷眼观察，觉得这是个懂礼的君子；在闵宗良最后问到他的姓名时，他就谦让着。闵宗良隔了茶几坐下，拱拱手道："贵衙门是——"经敦品欠着身子道："在市政府公署。备位下僚，食粟而已。"说毕，昂头长叹了一声。他穿了件旧的蓝纺绸长衫，外面倒罩了一件单的直贡呢马褂，在表面上看来，却不是个恶衣恶食者。他瘦削的脸上，两方大颧骨，正顶住一副大框眼镜。他虽是不曾养胡子，然而嘴上斑白的胡桩子和头上苍白的头发，已经露出老相来了。而况额顶后面秃出一块光的头皮，这在欧美唯博士有之，是难能可贵的。可是在中国，不过露出一个人的衰老之相，而且有人说：那是年少荒唐所致，所以不足为贵。不过闵宗良到了这里，看人家高谈阔论，并不大买他的账，心里有些难受，于今这位经先生倒像是很同调的样子，便高兴起来，因道："自古就是这样子，有才干者，总屈在下位。"经敦品道："那也难怪；像我们这种人，人家不说我们一声思想腐化，也要说我们昏庸老朽、什么时代落伍者，不把我们排挤出来，赏你一碗饭吃，已经是天字第一号的人情。哪里还能把我们升在上位呢？"这位经先生说起这些话来，自然是发表他自己的牢骚，声调未免越说越高。到后来，索性昂了头，气得胡桩子根根直竖，两个削瘦的腮上如酒烧的一般，直红到耳朵后面去。

在座的人，各人上天下地，正谈着闲话，忽然有很高的声调震破了寂寞的空气，大家都不免停止了谈话，注意了起来。大家掉头一看，原来是两个腐败老头子，指手画脚，在那里高谈阔论，大家都有些奇怪。

这时闵宗良又接着向下谈，他道："现在许多年纪轻的人，开口中国要亡，闭口中国要亡。不错，中国要亡了，但是假使中国还让一班老先生来办，现在也许不至于糟到这种地步。从前一个县知事，会做的，一年也不过挣二三万元；现在的县知事，有做一个月就刮两三万的。他们还宣誓呢，要做廉洁官吏；不廉洁，不知要贪到什么地步？在以前做官的人，置几个妻妾，却也是名正言顺，很平常的事；可是现在，大家都说什么拥护一夫一妻制度，其实有钱的人娶姨太太，娶得更厉害。讲些情义的哩，把原配往乡下一送，将姨太太升为正太太；姨太太之外，还有姨太太。但他们不用这个'姨'字，却叫新太太，这就是一夫一妻制度！"

这一篇话，把经敦品肚子里的故事也勾引起来了，摇了摇道："这还是好的呢。于今是人越来越聪明，一不讨妾，二不置婢；可以花公家的钱，用上几位女职员，不受拘束地随便玩玩，不玩了，随时可以拉倒；还有个外号呢，叫作'花瓶'，以至于为国家办理公事的地方，成了桑间濮上。嘻！中菁之言，不可道也。"说着连连把头摇摆了一阵。

闵宗良道："可是在他们说起来，很有道理，以为男女平等啦。

照说我们也不能说女子不能做官。但现在玩女人，简直玩得不成话。我敝寓对过，有个洗衣妇的姑娘，不过十七八岁，倒是个小家碧玉，不知道怎样被大学里的先生知道了，三说两说，就把这个姑娘弄去做模特儿了。一个极好的姑娘，只为了一块钱，赤身露体，让人家去描画一点钟，实在可惜！身体发肤，受之父母，不可毁伤，孝之始也。这位姑娘，为了她母亲的乱命，就去这样屈就，实在是桩遗憾之事。但是她们不读书的人，和她去谈这些做人的大道理，她哪里会知道！我们这样爱莫能助的人，也唯有付之一叹而已。"

这两位老先生如此一唱一和起来，早惊动了全座。尤其是一个穿淡西服、打黑色领带的人，他是个艺术家，是进化大学艺术系西洋画系学生，名字叫欧化先。他将胸脯挺起，正了脸色道："两位老先生，不是兄弟多事从中插嘴，谈别的兄弟不知道，谈到画模特儿这件事，两位有些误解。一个人的喜怒哀乐，不但是面部可以表现出来，就是浑身的筋肉没有一处不能表现的。在艺术方面，我们就可以在人的身体全部，描画出人生种种观念出来。不知道的，以为我们像旧画家画春宫，固然是错了；就是略微知道一点儿的，以为我们不过是画曲线美，也不对。你们老先生，若是眼光放远大一点儿，看看罗马埃及那些古代绘画雕刻，就知道画赤身露体的人，实在是一种艺术。现在不是关门时代了，两位老先生还用以前教书先生念诗云子曰的脑筋来评论一切，那怎样能符合？"他说着，鼻子哼哼作响，气生大了。

闵宗良遇到新旧之事，向来不肯后人的，甩手一摸胡子，气得那脑袋如上了弹簧一般，震动个不了，冷笑一声道："其然岂其然乎？照你阁下的话说，光着女人的身子来画，那——是画曲线美，不是海淫；请问，这曲线美、筋肉美，是不是男女都有？"

欧化先觉得他问的这句话里面很有文章，不敢像以前那样用很强硬的声调答复了，很随便地答应一句道："自然都有。"

　　闵宗良昂起头来哈哈大笑一声道："原来如此，请问既是男女都有筋肉美，为什么你们只找女子做模特儿，不找男子做模特儿呢？若是你们找男子做模特儿，也对着赤身露体的男子来画，那就是你们赏鉴曲线美、筋肉美；如其不然，哼，这话说给谁听，也不能相信吧。"

　　欧化先说话之间，得了两三分钟的犹豫，肚子里就有了主意了，便道："这种理由，本来和你们十八世纪的人物去说，也无法去说明。但是在座还不少同志，我要把事情说明白了，好让大家来批评这段事实。我们的人类，自从耶和华造出亚当和夏娃来以后，便以生理不同，产生出子孙来。耶和华的本意，只是要一个男一个女配起对来做那生殖工作。在那个时候，无所谓男女秘密之部分，也无所谓男重女轻、男外女内的谬说，人类一律是平等的，男女之分更不消说。我们要做到男女真正的平等，就不承认男子的身体可以公开，女子的身体不能公开。所以我们画人体，只找女子，不找男子者，打算给社会开通风气，表示女子身上无所谓秘密，将来必须办到和男子一样，可以在大河里洗澡。假使现在女子在大河里洗澡，而男子大门不出，自然我们要极力提倡跟男子画裸体画。我们画女不画男，这就是我们所提倡的男女平等，你懂不懂？"

　　他这一篇话，在座的四个青年人一齐表示赞同，一齐鼓起掌来。这里除了经敦品先生而外，还有个中年刘子均，他虽不像经、闵两位，高谈什么唐虞三代，可也不赞成画模特儿。现在欧化先说了一遍，大家就鼓起掌来，这很觉得给予刘先生一种难堪，不由得也红了脸，坐在一边想了想，勉强笑道："兄弟不敢说怎样维新，对于旧书，我没念过多少。不过我可以做折中的说法，就是男女平等，我们也很赞成的。不过男女平等，要从大道理上去做起。比方男子有

21

了学问，女子也有学问；男子都是自己挣钱养活自己，女子也应当自己挣钱养活自己，不能靠了男子养活。至于男子赤身露体在大河里洗澡，这正是下流社会的人，做出的无聊的举动；女子为什么要去学他们呢?"

欧化先听了这话，才觉得他的气焰要平息一点儿，只是他输理不输气，依然不肯承认刘子均之话，便道："这话从表面说来，固然是有些理由，但是也经不得仔细研究。我先就说了，宇宙里有了亚当夏娃以来，男女原来绝对平等，彼此一根丝也不挂；因为到了后来，出了一班圣贤之徒，讲究虚伪的礼节，所以穿上衣服，把人身许多部分突然地保守秘密起来，那实在毫无理由。譬如以前有人说，脸是秘密的部分，应当罩上面幕，那么，也许今日照相馆的照相，也有人认为是诲淫了。"

闵宗良听他说上半天，不知道什么是亚当、夏娃，现在听他的口气，不过是古时代两个人，虽然在廿四史上找不出这两个人来，料着这种人也不过天皇地皇的角色，没有什么高尚的理论，这倒不如蛮抬，把他的话压了下去，因道："既然如此，欧先生可不必讲那些礼节，就脱光了衣服，在大庭广众之中，先表示你的坦白出来。"这几句话逼得欧化先真是无话可说，将他一张脸涨得如猪血灌了一样，瞪了两只大眼睛只管望了他。

可是欧化先身边有位谭大公，也是个穿西装的，却问闵宗良："这有什么不能办到的? 但是我要问问各位，假使我们都脱得精光，社会上能不能容许我们走来走去? 现在德国有裸体团，俄国有裸体游行运动，并不是我们不能干，只是社会上不许可，官厅又要禁止，我们就是要办这条路，怎样可走得通?"欧化先鼓了掌道："究竟密斯脱谭议论透彻，看他们还有什么话说?"刘子均本是不曾生气，被两人一驳，倒驳出他的气来了，便道："无论怎么说，二位不能做出

22

来，我就不佩服。既是说开通，就不怕社会反对，也不怕官厅禁止。而且画模特儿这件事，随便怎样地谈，也谈不到男女平等上面来。"欧化先见先提的那个问题已经占了胜利，胆子就大多了，便道："怎么不是男女平等？试想当模特儿是一种职业，女子有职业，就是和男子平等。"

闵宗良听得无聊，就和经、刘二位道："我送了校长两首诗，是亲自写的，请二位去指教指教。"说着，已经站起来向外走去；经、刘二位也觉辩论得没意思，自行走开，远远地却叹了一口气道："鸟兽不可与同群。"于是就走开了。不过这样一来，三个人就谈得格外起劲儿，倒成了莫逆之交。对于刚才这几位新人物，少不得很刻毒地批评了一番。

好在主人翁的客多，办的是流水席，只是见有八个人，就开上一席酒，并不等候一齐入席。闵、经、刘三位，邀到一处凑合着坐入一席，吃过酒之后，便各自散开；本来散席之后，应当向主人告辞才是正理，但是闵宗良看到主人翁那样忙法，心里一想，自己穿了主人翁这件马褂，若不见他，他这样的忙人就会忘记；乐得把这件马褂没收下来。如此想着，就找着听差告诉他道："我本要和校长当面告辞的，无奈他是太忙，请你向校长转达一声，我要回去看学生的卷子，来不及等候了。"说毕，就扬长而去。

闵宗良到了家里，将那件马褂脱下，左右前后各检查了一遍，不用提，实在是件完整不破的衣服。这回送寿礼，不过一块钱的份子，扰了人家一顿肥鱼大肉，而且换得了一件新的马褂，这事情太上算了。不过心里还想着，也许校长记起这件事来，会派人来把马褂子调回去的。这只有一个法子，和他来个将军不见面。因之，把小长班叫来，将话告诉他道："假使有校长派人来换马褂的话，你就说我不在家。"小长班答应着去了。闵宗良想了一想，又把他叫回来，因道："那还不妥，不管是不是派人来取马褂，只要石校长那里派来的人，你就说我不在家得了。"小长班答道："嗯，知道了。"他在说这话的时候，不免深深地皱了皱眉毛，微偏着头走出去了。等他到院子里的时候，闵宗良隔着玻璃，看了他的后影，又想起一件事，便道："小唐，小唐，我还有话和你说。"小长班连连被他叫回去两回，心里有些不高兴，只是这位闵老先生，在会馆里很有点儿脾气，不能得罪他的，只好慢吞吞地掉转身来，又走进屋子里去。闵宗良道："不是别的，我想起了，在这几天是学堂里发薪水的时候，你不要把那个送薪水单子的人，也把他打发回去了。"小长班昂了头道："是了。"说毕，掉转身子就走开了。其实一个当校长的人，绝不能把一件旧马褂老放在心上，何尝会派人来？闵先生老是放心不下，这天过去了。

次日一早起床，他就出门躲避去了。事情也巧，只出大门几步，便遇到对门大杂院里那个大妞，今天她不是往常那样短裤子短褂子的打扮，今天她已穿了花布长衫，虽然是不合身材，身体更瘦小一点儿，但是更现着胸脯挺出两块，腰的所在凹下去一把，屁股上又突起个大包，这可以知道她是临时借来的衣服，不过却也别有一种风趣。大妞看见老先生，先笑着点了头道："老先生，你早哇。"闵宗良直着脖子，做目不斜视的样子，答道："你也早，这早就做客去吗？"大妞道："不，我上工去。"闵宗良道："上工？你在哪里做事了？"大妞道："昨天我妈不是和你提过吗？我要到进化学校去上工。"闵宗良听了这话，心里已经明白，这就是去当模特儿，不觉将嘴一噘，把长短胡子一根根地直竖起来，狠命地向她瞪了一眼，道："你这个孩子……"这句话说得非常的重，又接着道："你太不争气！"这句话的声音，却说得非常之低。他说的是大妞，大妞恐怕也未必听见呢。大妞微笑道："我怎么了？老先生。"闵宗良连连摇着头叹了一口很长的气。说到这里，有一辆人力车，拉着送到大妞面前，问道："姑娘要车吗？"大妞丢了闵宗良，和车夫谈好了车价，一脚踏上车去，就让车夫拉着走了。

闵宗良只管和这位大妞姑娘叹气。人家坐在车上，可就高高兴兴直向进化大学而来。原来这进化大学不过是总名，校里还分有好多科与若干系，在大学的第三院里面，音乐、体育、文学各系也都在这里上课。这里的学生都是有艺术天才的，男的十九是紧俏的西服，女的也是美丽的长衫，个个男的刮干净了胡子，个个女的也暴露着大腿。大妞第一天到这里，和了几个穿西装的青年说话，脑筋里得着很好的印象，便觉模特儿这件工作大可以承允下来。而且有个穿西服的教员，将自己看了一遍，对人说很有什么健康美，就付了五块钱定钱，并且叮嘱了回去洗个澡，明天换件稍微好看的衣裳来。所以昨日在家里洗了一个澡之后，今天就和街坊借了一件花布旗袍来实行上工。

她首先到号房里去，找着了王大海，微笑着道："大叔，我来上工啦。昨天这里的先生，叫我今天八点钟来的。"王大海道："这里先生和你说的办法，你都能照办吗？"大妞一看这门房里，除了王大海之外，还有两个男子，都是听差的样子，便红了脸，低了头道："我都成。"说毕，将脸掉过一边去。王大海道："那就好办，你跟着我进去。"于是他在前引路，将大妞引到学校里边去。

经过了几重院落，推开一个洋式房门，屋内摆设得很好，只看那画格子上，放着白瓷似的东西，做了赤身女人的像，墙上挂了照相片，也都是光了身体的洋婆子，心里就明白了许多。这里的先生们，大概有看光了身子女人的瘾，不看真人，也要看假人的。

屋子中间一张躺椅，一个穿西装的瘦男子，口里衔了烟卷，朝脑袋上冒着烟，左腿架在右腿上，正在半空中摇撼着那乌亮光滑的皮鞋。他眼望了天花板似乎在想什么心事，忽然一回头，看见了王大海带了大妞进来，就跳了起来，用手上的烟卷指着大妞道："你来了，那就很好！"大妞向后退了一步，低头没有作声。那人就问王大海道："你和她把办法都说好了吗？"王大海道："我一见就问明白了她，她说都可以照办。"那西装先生吸了一口烟卷，又缩了缩眼眉道："不是呀！我们上两次，找两个女孩子来，不都是失败了吗？一个临时要她脱衣服，她死也不干；一个要她脱了衣服，她又不肯脱裤子。胡闹了一阵子，还是解了约，花了的定钱一个也不肯退回。真是没有办法！这次我们要声明在先，钱是一个也不能白费的！来了就要上工，不脱衣服那可是不行。"说着话，就把眼光射到大妞身上去。

大妞听了又向后退一步，退着可就靠了壁，无路可退了，她只管低了头，并不回话。王大海向她道："姑娘，这些话你都听见了。你究竟怎么样呢？"大妞一扬脸，鼓了嘴，好遮着自己的羞，便干脆地答道："我拿了人家的钱，怎样说不和人家办事呢？"王大海道："脱裤子，可是要紧的。你现在说定了，别到脱裤子的时候，你要害臊，闹得我们为难。"大妞板脸道："你这人说话怎么这样啰唆，我人在这里，话也答应了，还要怎么着？反正现在不脱衣服，总不能叫我脱了衣服等着。要是你不放心的话，我就先脱了衣服在这里等着。反正现在天气也不凉，光了身子等两三个钟头，也没有什么关系。"那个教员听她如此说，倒不由得扑哧一声笑了，向大海道："这位姑娘倒是很豪爽。"大妞道："我豁出去了，想挣你们的钱就不能不照着你们的话办。要不，就算赖了你们五块钱的定钱，以后我还想不想钱呢？"王大海对那个西装先生道："这个样子，她是没有什么问题的。胡先生还有什么话说？我可要走了。"那人又在身上掏出一只烟盒子来，取了一支烟卷，慢慢吸着，点点头道："大概没

26

有什么公事了。你就去吧。"王大海向大姐看了一眼,就顺手向外带拢了那洋式的门,径自走了。

这个穿西服的胡先生,叫当仁,正是西洋画系的主任,模特儿到学校来服务,都非经过他一番严密的检查不可。这时,屋子里只有一个西洋画系主任和一个新到的模特儿,正好受他严密的检查。他口里衔着烟,静悄悄地向大姐注视着,问道:"你贵姓?"大姐道:"昨天我不是已经告诉你了吗?难道到现在,你还不知道我姓什么?"胡当仁笑了,点头道:"我知道你的姓,你叫什么名字呢?"大姐道:"这个我们也早已告诉过了的呀!"胡当仁笑道:"你这个人说话,怎么这样子愣?这是应酬话呀。"他老实地说破了,大姐也觉得自己有些存心,就扭转身子向墙角落里咻咻笑起来。胡当仁指着靠墙的一张方凳道:"你坐下吧。还早着啦。"大姐回头看看,木方凳子在身边,倒退了两步在方凳上坐下,她依然半侧了身子,向着墙角落里,而且两只手放在胸前,互抱着手,抬着头表示出很无聊的样子。胡当仁早是把手上那支烟卷抽完了,在身上掏出烟卷盒子,取了一根烟卷在手,在盒盖子上顿了两顿;正想送到嘴里去衔着,转念一想:接连抽了好几根烟卷了,不要醉了。把烟卷依旧送到盒子里去,向大姐望了许久,才微微地笑道:"你认识字吗?"大姐道:"不认识。认识字,我也不干这个呀!"

胡当仁简直没有话可说了。每问一句话,必定要碰她一个钉子,只得很沉默地望了她。心里就又想着:这样一个下等社会里出来的女孩,倒是对人说话这样骄气冲天。一面想着,一面看她;见她虽不十分美丽,但是她长有很长的睫毛,那一双黑眼珠子往里面转着,别有动人之处。她的两只手臂露在袖子外面,不但是白而且润,而且圆滑滑的,很富于健康美。这样一个姑娘,假使给她一些化妆美,再穿两件漂亮衣服,岂不也是一个摩登姑娘?有了这样一个观念,就不忍对人家有不好的辞色了，依然微笑着道："你这样说话，是在家里的情形；到了学校里，这是文明地方，哪里可以这样不客气呢？我告诉你，这里人多，人还是和气一点儿为好。你若在学校里来得久了，你自然知道这地方是有趣味的。你若要什么东西，将来你可以私下对我说，在可以帮忙的地方，我总尽力帮你的忙。"

说了许久的话，算是这一句话乃大妞最爱听的，乌眼珠子向他一转，不由得就笑了。艺术家的一副面孔，本来和平常人不同，总是见着令人可喜的，而况大妞生长贫家，平常看到一个穿西装戴大框眼镜的白面书生，正眼儿也不敢瞧人一瞧。每看到那西装少年挽着小姑娘的手胳膊在马路上走，虽然也跟着人说多害臊，可是自己心里也未尝不十分羡慕，觉得这一辈子，对于这件事是没有希望的了。于今这位西服先生和自己这样客气，他还暗示着，以后有什么事还可以找他，那么，也许和他交朋友，将来挽了手胳膊在马路上走的那一天，大概也是有的呢。她心里如此想着，眼睛就不住地向胡当仁身上瞟来。胡当仁最爱看她长睫毛里那一双乌眼珠子，她这样看来是正合其意。自己只当了不知道，口里又衔烟卷架起脚来，很静地斜躺在沙发椅上。

过了一会儿，只听得外面当当地几下钟响，他就将手上的烟卷极力向痰盂子一扔。在那烟卷头落到痰盂里的时候，咻溜一声，那一下子，正可以表示他的决心，而且觉得已往是昏沉了，现在可以振奋一下。他站立起来，向着大妞微笑道："现在可到了时候了。"大妞也站了起来道："成！到了时候，就照办。"胡当仁道："你在这里等一等，我出去看看。"他说着话，顺手带着门就走出去了。大妞静静地站了一会儿，又拉开门露出一条缝，向外张望了一会儿，见门外并没有人经过，依然把门关闭起来，就走到书桌子边，悄悄地想把抽屉打开来，那抽屉还只刚抽到一半，就听到门外有皮鞋声响，连忙一使劲就把抽屉关上了。那个胡当仁先生推门进来，手上拿了一条白色的线毯，交到大妞手上，笑道："你就照办吧，脱光了衣服。回头你就披了这条毯子，我带你上讲堂去，这休息室后面就是的。"说着话时，眼睛可向她身上，再望到桌子的抽屉上去。大妞虽不知道他这样望着，用意何在，但是她自己也不知是何缘故，红着两片脸腮，把头低下去。胡当仁道："你还梳着辫子啦，把头发也散开来吧。"大妞道："哟，打散头发干什么？你们不是要好看吗？蓬头散发的，那是什么意思呢？"胡当仁明知要和她说个所以然，她是不会明白，便向她笑道："你不用管，反正把衣服脱了，把头发打散就得了。我在门外等着你了。"

他顺手带拢了门，就静静地站在门外，约莫有三四分钟，便用手敲着门道："脱完了没有？"门里答道："没有啦。"胡当仁道："快点儿吧。"口里这样说时，便伸了头在门缝里张望，只见她光着脊梁，用手正在打散头发。胡当仁道："打散头发不忙，先脱下裤子吧。"大妞回头一看，哟一声，人就蹲了躲到椅子下面去。胡当仁道："你怕臊可不成，待一会儿还要光了身子让许多人瞧着画呢。"大妞嚷道："你先别在门缝里看，回头再说。"胡当仁笑着又把门带上，可是不住地敲着门，催她快脱。又等了三四分钟，胡当仁等着有些不耐烦了，只好又推门而进。这个时候，大妞正是把衣裳脱光了，靠了椅子，站着在脱袜子；眼前一亮，门已大开，她躲避不及，只好半弯了身子，两手交叉着下垂，挡着了大腿，口里嚷道："关上门，你出去！"胡当仁笑道："不要紧的，你这样敞开来干，过些时候，胆子就大了。八十人一百人，也只要你站着不动。"大妞红着脸道："你说这些做什么？"大妞说着话把袜子脱了，将毯子紧紧地把身子裹了，赤了脚踏着鞋道："走哇！"胡当仁笑道："对了，就要这样地干脆才好。"于是笑嘻嘻地在她面前引了路。在大妞心里，她虽觉得管他什么廉耻，横了心向前干去就是了。可是她心里想着，浑身的筋肉却都有些不听指挥，只管抖颤个不了。满嘴的牙齿也是碰撞着得作响。胡当仁一回头，看到她那畏缩的样子，便笑道："没关系。你大着胆子吧。"大妞也不再作声，只是低了头，在他身后紧紧地跟着。

　　走到一个教室门外，胡当仁抢上前一步，把门推开了。大妞伸头一望，乌压压站了满屋子的人。胡当仁一手撑了门，一手向她挥着道："进去呀！为什么犹豫不定呢？"大妞到了这时，也知道是逃脱不了的，只好一挺胸脯走将进去，仿佛自己身上有什么吸动眼光的东西一样，全堂人的眼光这时都射到自己身上来，便笑着低了头，不敢向前。胡当仁向她招招手道："你跟我来。"说着将大妞引到一个讲台上来。大妞看时，这里有好些男女学生，都向自己站着的地方看来，他们也是站着的，每人面前都支了个白木头架子，架子只有一只脚，上面斜钉了一块板子，板子上又钉了一张白纸，各人手上右手拿了笔，左手托了颜料盘子，好像都等不及了。他们的眼睛全是饿鹰似的，拼命盯着人。大妞两手托了那条毯子，拼命地卷着，死也不放。胡当仁道："你现在可以把毯子放下来了，还卷了做什么？"大妞料着是不能违抗他的话，便慢慢地将毯子放松，当了一条裙子似的，横腰紧将起来。胡当仁站在她身边，微微嚷道："完全脱了，还留着做什么？你交给我吧！"说毕，不容分说，抢了毯子过来就向墙边一丢。

　　大妞赤条条地站在许多人面前，是生平一百零一次干的事情，怎么不害臊？可是又没法子遮掩，急中生智，只得连忙将身子掉转，用脊梁向了众人。谁知不掉转身来，倒也罢了；等着自己一掉转之后，全堂的人哄然一声笑将起来。大妞不知为什么，赶快又回转身来，不料如此两转，都转得过快，学生们更是哄堂大笑。胡当仁便向大家摇着手道："别起哄，别起哄。人家初来的人，总是不知道规则的。"于是向大妞道，"你就这样站着，别用脊梁对着人。"大妞到了此时，也就不知道什么叫羞了，因道："你说吧，要我怎样站着都成。"胡当仁倒不惜负那指导之责，于是将旁边茶几上预备的一束花拿了过来，让大妞拿着，右手将花高举起来，左手却撑了自己的腰眼，头微微地偏着，向了那花看着。又把她打散了的头发，和她分披在肩上，笑道："这个姿势行了。你们就照着这个样子去画吧。"

有一个学生见胡当仁老是在模特儿身边转来转去，心里很是不高兴，便故意低声道："她一个人自由。"偏是胡当仁将这话听见了，一回头向着大家瞪着眼道："什么叫自由不自由？"这个学生正离着不远，怕是让同学们大家知道了，说是自己吃醋，便道："我说她这个样子，很像自由神，手上拿的那一把花，就是自由花了，给她起个名字，就叫自由花吧。"这学生的意思说是画的这一张画，可以叫自由花，并不是说和大妞起个名字叫自由花，可是同学们都误会了他的意思，以为他和大妞儿起名字叫自由花，这是很可以用不良的观念去观察他的。于是全堂人都哄然大笑起来。这一笑，把大妞吓着了，以为大家和她开玩笑呢，丢了手上的花，拿了毯子向身上披着，转身就要跑。有个调皮的学生，就叫起来道："自由花！别跑呀！说你自由，你倒真自由起来了。"胡当仁向大家道："你们这样胡闹，那可是不行。怎么一点儿秩序也不守？人家是初来的人，你们这样子一闹，人家还敢站着那里给你们画吗？别起哄，再要起哄，我就不客气了。"他这样说着，作好作歹又把大妞身上的毯子扯了下来，让她依然做了以前那个姿势，在原地方站着。

大妞鼓了腮帮子向胡当仁道："你们怎样了，是拿我开玩笑，还是要我来做模特儿的哩？"胡当仁道："算我对不起，你耐点儿烦在这里站着吧。你越是害臊，他们越要起哄。你大大方方的，只当没事，他们也就安稳下去了。"大妞道："他们老是对了我笑，也要我受得了哇。"胡当仁掉转身来，向着大家将脚一顿道："这一堂课，你们为了什么特别的缘故，老是不肯安然地做功课？这样子办，我们只有把这一课取消的了。"说着把脚连顿了两下，表示他坚定的意思。许多学生看了先生有生气的样子，不敢再捣乱，有的咬了舌尖，向前呆看；有的搭讪着拂拭图画纸，或用笔尖去调和颜料，有的低了头，不住地咳嗽。

胡当仁站在模特儿身边，得了个印象，心里可就想着，假使把这些学生的样子速写来，和它起个名字叫"模特儿之前"，那倒是有趣味的事呢。或者拍一幕有声电影，一个个描写出来，却也声容并茂呢。他如此想，眼光也就不免向学生身上一个个看来。但是当他的眼光看到女学生身上，就发生了一个大问题，几乎将这个进化大学，闹了一幕大风潮。

原来这一堂学生里面，有些女生是很开通的，什么也不在乎。她们已进了这艺术系多年，受了艺术的熏陶，落落大方；有的是刚进这艺术系，乃是由别个学校转来的，对于这描画女子身上的事有些不赞成，可是青年人，都喜欢人家说他文明，讨厌人家说他顽固，二十世纪的艺术家，若是不知道画裸体画与雕刻裸体人像，那便是时代的落伍者。用艺术眼光来看，裸体是一种实实在在的精神上的美术，有什么羞耻可言？所以这班不赞成的女学生，只能在心里反对，表面上并不做什么表示。到了上课的时候，大家都紧绷绷地绷了面孔。偏是这男学生不谅解各人的苦衷，和她们起了个外号，叫着守旧派。当守旧派在课堂上学裸体画的时候，他们老是挤眉弄眼，向了这些人身上看来；可是守旧派思想虽然腐化，全是长得漂亮的，那些维新派的学生尽管赋性浪漫，交际活动却没有一个够得上打五十分的面孔，因之守旧派的女生虽二十四分受维新派女生的攻击，可是有一百分受男生的崇拜，所以男生们只要有机可乘，就要向守旧派去表示情愫。这人体画的一课当然是灵肉冲突最显明的一个阶级。大家拿出艺术家的面孔来，都要把思想超越到肉的境界以外去。但事实上，人不是个木头，没有一点儿不联想到肉感上去的。而况男女同堂，女生们俊俏的腰身、美丽的衣服，还有在沉默中可以闻得到的胭脂花粉香，哪一样又不富有挑拨性的？同时，男生们还有个好奇的心理，要看看守旧派女同志，对于这个模特儿，究竟持个什么态度。所以大家看看模特儿之后，又要看看守旧派的女同志，假使其间有一个不板着面孔有些笑容的话，那么，就是她已有同化的趋向，下了堂之后，就开始和她去谈话，以便捷足先得。

当男生的眼睛向守旧派看去时，偏是先生胡当仁也向她们的身上看着，这里有个最美丽的女生佟玉娴，是本系全体男生公认为皇后的，谁都愿意吃这块天鹅肉。只是佟女士冷于冰霜，什么人也不能亲近。到了这人体画的一堂，她竟和平常不同，很坦白地站在那里画着，这样一来，大家都奇怪着，不住地向她脸上看去。佟玉娴心里本就想着，你们只管偷看我，小姐端端正正地坐在这里，你敢怎么样？同时，她对于女同学又另有一种心理，以为你们在课堂上，总不能像我这样受人欢迎，这是我足以自傲的。她心里有了这样的思想，所以脸上很有一种得色。不料她这种表示，大家都不能理会，以为她已经开始走入浪漫之途了。你看她一眼，我也看她一眼，在她面前的，回过头去看，那是很容易的；有些站在她身后的，看不到她的脸色，便故意走上前两步，和别个男学生谈话，说"这一笔你怎么画"；有的嚷着"光线不好"，上前去开窗户，趁便就看佟皇后一眼。

胡当仁教授虽取十分放任的主义，可是看到满堂学生乱跑，他也不能再置之不问，就向学生们瞪了几眼。在他瞪了几眼之后，学生的态度稍微宁静一点儿。可是胡当仁自己却不能以身作则，老是向佟玉娴这边看来。有个男生是被他瞪了两眼的，心里就很不服，难道只许州官放火，不许百姓点灯吗？他就向胡当仁道："请问胡先生，我们的视线应该放到哪里？"胡当仁在这种环境之下，当然知道这个学生的话是明知故问，便向他道："你问这话什么意思？"那学生笑道："我看到这课堂上的视线很不集中，大家不向模特儿身上看，专门向女同学身上看，而且向一个同学身上看，这是什么……"胡当仁不等他说完，便喝起来道："你胡闹！你怎么当了许多同学，说起这种侮辱女性的话来？"那学生也势不相下，将手上的笔向地上一丢道："怎么是侮辱女性？我倒要问问！模特儿是女性，女同学是女性，我把模特儿和女同学在一起相提并论，这就是侮辱女性吗？那么大家先要承认模特儿是不是人？"

第三回

枯燥人生读书须恋爱
文明时代吃饭不牺牲

有几个长得不好看而又爱出风头的女生，很不同意男生们专看学校皇后，听了这话，便哧哧地放出不屑之声来。胡当仁一见有女生做他的后盾，他更是得意了，便瞪了眼道："你叫什么名字？"那男生道："我叫欧化先，你记着。要开除我的话，我这里等着。见了校长，我自有我的话说，大家心里放明白些。"他这几句话，很得了一部男生的同情，噼噼啪啪，鼓起掌来。

大妞头一次上课，就遇到这种情形，早是发愣，在讲堂上不知如何是好。现在大家一鼓掌，她以为要出什么乱子，跑下讲台，就要开门跑。胡当仁一把将她拉着，叫道："你也没穿衣服，打算往哪里跑？"大妞哟了一声，夹了腿又走回去，满堂学生早是哈哈大笑。有几个淘气的索性鼓了掌叫好，女学生们笑得花枝招展，将手掩了嘴，两三个扭着一团。这时课堂上的秩序，无论如何也维持不下来。胡当仁只好对大妞道："今天这样子，课是上不成了。你可以回去，明天你照样地来。没关系，大学堂里都是这样淘气的。"胡当仁吩咐已毕，首先走出课堂去。

这里欧化先也觉得无趣，自恨千不该万不该，不该当堂向教授大骂，而且这样闹，也很失了女同学的同情。女子总喜欢男子对她温存体贴的，像这样对人大肆咆哮，怎样谈得上温存两字？开除学生，学校当局没有那个胆量，因为自己是一部分学生的领袖，开除了我，马上非闹风潮不可。学校当局也犯不上为了一个胡当仁的面子，掀起了很大的波浪，只是今天这着棋，佟玉娴不免恨我，自己很想借个机会和她接近，于今完全失去了。就是其他的女生，也不能以我为然，凭空失了许多同情者，这是可惜的一件事。最好能想个法子，挽回一部分的同情心来才好。如此想着，手上提了画具匣子，有一步没一步地，缓缓地走出了课堂来。

他的好友袁相向、金百成，正在课堂外走廊下站着议论，看到他来了，便叫道："嘿，老欧，你今天这个乱子捣得不小！"欧化先走到他二人身边，笑道："老袁，你的感想怎么样？我所得不敌所失吗？"袁相向道："你这话什么意思？我不大懂！"欧化先道："那么，你同到我公寓沏壶茶慢慢地谈谈。"金百成道："干吗？到你公寓里去？天气早得很，到南海去遛个弯去。"欧化先道："上南海，门票要钱，喝茶也要钱；到公寓里去，就省了。"金百成道："到南海去，有到南海去的收获，也许有机会，我与你介绍一个女朋友。"欧化先笑道："怪不得你们的口号是到校外去找！"袁相向道："那是我们专有的一个口号，其实那还合逻辑，应当奉行那句口号，'到附中去'，你想我们不也有附中吗？若是附中有好的，我们能说校里的不要不成，或者附中算是校外哩。"

欧化先道："定出这个口号的人，不知是哪一位？我不能不送他一个恋爱博士的头衔了。不用说别个大学的女生了，就以我们贵同乡而论，除了十分之二三还不失摩登女郎而外，其余的都是老太婆；而且她们架子极大，开口不要做男子的傀儡，闭口不要做男子的玩物，乃是要把男子做玩物，要把男子做傀儡，和这种人去交朋友，只有看颜色受气的份儿。我一辈子没有看见过女人……"

正说到这里，他们同学的一位萧仰仁女士来了，她是个枣子核的脸，而且脸上还不少的白麻子，只是她身材很苗条，这个日子，她还穿了西式的敞翻领绿色西式绸衫，两袖子短短的，把两只黄胳膊露在外面。衣服下面，两条腿是肉色丝袜子包着的，倒也圆溜溜的。她把一张擦满了胭脂粉的脸，笑着向这三人道："你们站在这里做什么？密斯脱欧，你今天出这个大风头……"说着，那水蛇眼睛向他一溜。萧仰仁的面孔虽然不怎样标致，可是她这双眼睛却有一种勾人之处，因之欧化先忘其所以的，也对她一笑道："这无所谓。胡大教授，我早就没有了他。只是没有一个和他宣战的机会，我相信我们艺术系不短少这样一个挂羊头卖狗肉的教授。"萧仰仁笑道："下午没有课了，哪位请我看电影？"

萧女士这样单刀直入地说起来，大家望了一望，欧化先不便老不作声，只得答道："就让我请也不算什么，只是今天有个南海的约会。"萧仰仁笑道："我说着玩呢，哪里真要你请？南海的约会，哪一位在那里候着？带我们去见见好吗？"欧化先笑道："密斯萧总是开玩笑，我们不过是几个男朋友。"萧仰仁道："我也没有说是女朋友哇。你多什么心？男朋友，我们就不能见吗？"欧化先对她虽有十二分不愿意，可是她老钉住了不放，真也没有办法。正在为难之际，却听到走廊上有人叫了一声道："萧，快来！"大家看时，一个女同学手上拉住一个提照相匣子的少年，一手却连连向这边招手。萧仰仁笑道："是照相吗？"那女同学依然招着手道："你来嘛，废话做什么？"萧仰仁就一蹦一跳地跑过去了。

欧化先看着她走得老远地去了，然后向袁、金二位伸了一伸舌头。金百成笑道："我的天，可把她轰跑了！"袁相向道："上南海去不去？"欧化先道："去，到哪儿我都不拘。"袁相向笑道："去是去，我们要声明在先，一切用费都归你。"欧化先道："用费尽管归我，可是有一层，假使要没有女朋友在那里，我就不会账。"袁相向望了金百成笑道:"你能保险吗?"金百成道:"你两个人说话都有些所见不广,就算谁白请谁一回,也不到一块钱的事情,何必还要再三地声明呢?若是这样保险的办法,我就不干了。"袁相向挽了欧化先一只手胳膊,笑道:"走吧,没有错。"

欧化先在学校里这样混着,尽管是男女同学,可是有的女生不敢去纠缠,有的又纠缠不上。听了许多同学说,中学堂的女生最好对付,也很想向这条路上走。只是苦于无路可通,现在袁、金二人是很随便地谈着,似乎找中学生并不为难,而且有一次在街上看到金百成带了两个穿短裙的女孩子同走,似乎也是初中一二年级的女生。有事实在那里证明,绝不能说他信口胡说。只得将画具匣子寄放在号房里,然后和金、袁二位同上南海来。

不用说,门票要归欧化先买了。进了大门,大家沿着河岸走,只见前两三丈路,有四个十六七岁的女孩子,两个穿了瘦小的褂子、短短的裙子;两个穿了花点子布的长衫,手挽了手,横着大路向前走去。虽然看不到她们的面孔,然而那后脑勺子上的短发,都烫得卷了堆云式,你看她们一走一跳,将那头发颠动着,活现出青春的浪漫来。金百成低低向袁相向道:"中间那个胖一点儿的,叫阎玉贞,跳高跳得最好。"袁相向道:"她们都是长安的吗?"金百成道:"不,是敦化。"这个长安和敦化的名词,乃是两个女学校的名字。

欧化先听他们所说,就知道是说那两个女校的学生,便笑道:"是敦化的,是长安的,你们又从何而别呢?"金百成笑道:"这个我倒不是自吹一句,完全是经验。不管女校的学生,或者是男女同校的学生,一到眼就认识。"欧化先笑道:"怎么着,这四个你全认识吗?我们算没白来。"他说这两句话声音并不算小,前面那四个女生和他们又相距不远,如何不听见?便有两个女生不约而同地回转头来，向他们看了一眼。她们眼角一横，嘴一撇，才回转头去。遥遥地听到其中有一人骂两个字："缺德！"于是挺了胸脯子，那高跟鞋格外地嘚嘚响，走向前面去了。

欧化先笑道："我们跟着去吧！"金百成道："这样说，你的本事倒在我们以上，一见就要追求。"欧化先道："不是那样说，因为她们说出'缺德'两个字，我认为有些把握了。因为女子骂人'缺德'，口里虽然算是骂人，可是她心里倒有些喜欢。不然，她们不会说这两个字，一定说'什么东西'四个字。女子绝不讨厌男子追求，只看你够格不够格。说我们'什么东西'，乃是瞧我们不起，那我们大可以死了这条心；说我们'缺德'，乃是承认我们追求，并不说我们不配追求呀！"金百成道："行啦，你的程度在我们以上，还要我们介绍做什么？"

欧化先道："老实说，在理论方面，我或者在二位以上，只是一点儿经验没有。你想，人生实在太枯燥了，无论做什么事，若没有一个异性来调剂，简直没有一点儿意味。读书本来是费脑力的事，若再因为得不着女子的调剂，加上一层苦闷，好好的人也要闷死！所以我为读书有进步起见，非找个对手，先安慰我的心灵不可。有人说读书不忘恋爱，这个原则错了；应当改为读书必先恋爱，有了恋爱，心事定了，用不着去追求了，那就可以安心读书。"

袁相向笑道："这倒多少有些理由，可是恋爱不是一方面的事，我们对于'必先'这二个字，怎敢肯定地下着？"欧化先摇了摇头，叹口气道："这为事实所限，有什么法子呢？本来人生太枯燥了，没有女性，不能调剂感情，这书实在念不好哇。"袁相向道："这有点儿和你的见解不同了，你不以为世界上一切离不开经济的背景吗？你应当说读书必先有钱才对，何以说读书必先恋爱呢？"欧化先对于这个问题，实在没有法子答复了，用手搔着头发，微微地笑道："我现在渐渐地有些为二元论所移动了。"

大家说着话，绕了河岸走。说着话的声音既大，走的脚步也快，又离着那四个女生只有十几步了。不料那四个女生，她们并不躲避，走到"流水音"亭子转弯的地方，那里有许多山石，其中有个穿短裙子的，手扶了石头，一跃而上，向着那三个女生笑道："嘿，上来。"她口里说着，站在石头上让欧化先三人走近，死命盯了一眼。欧化先也回望了她们，笑向金、袁二人道："仔细摔下来了。"站在地上三个女生当中，有个穿长衫的，年岁稍微要大一点儿，她眼睛一瞪，鼓了嘴道："哼，你瞧那相，管得着吗？"其余两个女生也是鼓了嘴唇，这个样子，她们并不表示欢迎。尤其是"你瞧那相"四个字，比"什么东西"四个字，还要来得幽默、干脆，算是碰了人家的钉子了。

三人也不敢再事追逐，只得一直走过去。走远了，金百成笑道："你真是个急进主义者，这得缓缓地来，哪里跟着就上的？我们先到瀛台去喝茶吧。"欧化先道："你约定人家在那里相会的吗？"金百成一时疏了神答道："我们约定了谁？"欧化先一听这口气，竟也不像他们约了女学生的样子，若不问个明白，恐怕会白给他们吃喝一顿，便笑道："究竟有机会没有？若是没有，我们三个人在哪里也可以谈话，何必到茶座里去受一二小时拘留？"金百成道："你只管去，到了那里，我们再打电话找人就是了。"欧化先一听这话，知道自己受了冤了，便道："你二位先去，让我先遛个弯就来。"金、袁二人，以为他必定还留恋"流水音"外面那几个女孩子，要丢开同伴一人去追逐，便笑道："你去吧，可别让我们老等啊。"欧化先见他二人已经中计，不说第二句话掉转身就走了。

金、袁二人大摇大摆地走到瀛台，拣了一所临水的座位坐下。走过来一个伙计，问："是喝凉的呢，还是喝热的呢？"金百成毫不思索地就答道："来两瓶汽水。"袁相向道："我要壶龙井，带一盒烟卷来。"伙计道："给你要'美丽'的吧？"袁相向道："不，要'三炮台'。"伙计一看这样子，竟是两位花钱的大爷到了，笑嘻嘻地把茶烟汽水送了来。袁相向抽着烟卷，两条大腿向桌上一架，望着人喷出一口烟来，笑问伙计道："这里有什么吃的没有？"伙计道："吃饭，有菜有饭；吃点心，有汤面、炒面包子，全有。"袁相向一想，吃饭固然是好，但是欧化先破费多了，也不大好意思，那个人也不是好惹的，便道："就是烫面饺吧。老金，你看怎样？二十个三鲜的，够了吗？"

金百成看看袁相向这情形，大有他做主人的意思，那也却之不恭，便笑道："随便怎么样都可以，我看就是二十个吧。不够的话，我们各找补一碗馄饨，你赞成不赞成？不过老欧他要吃什么，我们总不能代他决定。"袁相向道："就是这样办吧，没有问题。他要不来，我们先吃喝了再说。"就对伙计道，"先来三碗馄饨、二十个烫面饺，回头有人来，来了再添。"伙计答应着去了。但是点心做得端上桌来的时候，依然还不见欧化先前来。

金百成以为在座有人会账，心中还舒服一点儿。袁相向是算定了主意，吃欧化先的。这个时候还不见拿钱的人，心里可有些着急，只管向河对过的岸上不住地张望，看看可有人在那里走动。河岸是一条大路，岂有无人走路之理？然而那人是不是欧化先，隔了这样宽的水面，可是看不出来，因笑向金百成道："老欧这家伙可恶，不要是他逃走了吧？"金百成道："他溜了活该，我们两个人吃。"袁相向道："老金，你带了钱来吗？"说着这话时，声音低了一低，看看座的四周，怕是让别个人听了去。金百成一听不好，这是要钱的表示了，就皱了眉道："我没有预备出来花钱啦。大概身上有两张毛票，是想买本新书，不曾去买，还带在身上。"袁相向道："一本书，至少也得八九毛钱，你大概带有一元上下吧？请你先借给我，让我会这个账。"

金百成本想借买书这个题目把袁相向搪塞开去，不料他见风就上，竟断定有一元的藏蓄，希望把这钱借给他。所谓借，是刘备借荆州的借，乃是有去无还的。钱是花自己的，倒让他落个会东的美名，这是有些不值。看看欧化先是不来的，预备吃人，倒让人家吃了自己，事到如今，没有法子，只好自认相当的损失，便低声向袁相向道："我们打开天窗说亮话，这回事情，本是我们拿欧化先开玩笑的，既是他跑了，我也不能让你一个人受那损失。我们这样办，二一添作五，一个人认一半，伙计报了账来，每人会一半的钱。"袁相向已料到他猜破了袖内机关，若是一定要他全部借出来，也许他一个也不肯拿，便笑道："好吧，就是那样办。"于是叫伙计算了账，共是一元零五分，小账在外。

金百成一算，洋钱值四百枚铜子一元，半元二百枚，二分五是十枚，于是拿了二十吊铜子票十枚铜子，由桌子角边塞到袁相向手里；相向将票子拿在桌子底下数了一数，倒是五毛二分五，可是这小账费，他并没有算在内，本待和他言明，又觉其事大小，不值得那样铺张；忽然眉头一皱，计上心来，便照样在怀掏出五毛二分五的铜子票，和原来的数目一齐交给金百成，笑道："让你玩个面子，表面上就算是你会的东吧。"金百成拿了钱在手上，有苦说不出来，心里正是想躲开那会账的手续，免付小费，现在袁相向偏是要自己来会账，这小费少不得还是要出的了。点了点数目，金百成也是照自己的数目会出，并没有算小账，自己是作法自毙，这有什么话说？只好不作声地照办了。将全部铜子票点了一点，然后放在桌上，又另外掏出十二枚铜子，用茶杯放在桌子角上，算是小账。站起来伸了个懒腰，笑道："好老欧，和我们来这一手，我非报复他不可。去到公寓里找他去!"袁相向道:"还去?找他做什么?他还肯……"一看茶座上还有许多喝茶的,那话也不好完全说出来,而且也怕伙计争着要加小费,匆匆忙忙地就立刻离开了茶座。

金百成更是机灵,在他前面抢着走,走到前后无人的地方,才对袁相向道:"我有办法,赶到老欧公寓里去和他大开玩笑,让他开两个客饭我们吃。"袁相向道:"你这着棋,也许完全错了。我知道的,他有个表兄,在新新印刷公司充当经理,他在表兄手下混了个小职务,除了拿薪水之外,公司里供给两餐饭,他除非万不得已,这两餐饭是不肯牺牲的。这里到那新新印刷公司不远,他为什么不去吃饭呢?"金百成道:"咱们就找到印刷公司去。"袁相向道:"他是一个小职员,公司里恐怕不肯和他开客饭,我们去的目的,不应当在吃饭两个字上着想。吃他一餐客饭,他也不过花上一两毛钱,我的意思,咱们可以撒一个大大的谎,冤他一下子。"金百成道:"你有什么妙计哩?"袁相向笑道:"这真是无巧不成书,今天上午,我在报上看到一篇征求女友的小广告,想和那个求友的人开个小玩笑,就造了一封假信应征。这封信放在袋里,还没有寄出去,现在我们就把这封信和他开玩笑。"以是办法,就如此如此地说了一遍。金百成拍了手道:"这事太妙,就这样办吧。"

于是约会着次日下午,二人一同到新新印刷公司来。这个公司是拿英、美两国人的资本办的,充分地表现出那洋气来。到了大门口,向门房递过了名片之后,被引到一个小客室里来。那客室里设了靠壁的三面沙发,地板上的地毯有一寸厚,屋子中间,一张玻璃砖面的独脚桌子,什么东西也没有摆。客来了不送茶,也不送烟,让人干等着。袁相向是个极浪漫的人,忽然咳嗽起来,一块浓痰向嗓子眼里一拥,正待弯腰向痰盂子里吐去,可是这屋子里并没有那种东西,自己总是个学生,绝不能那样不讲卫生,将痰向那光滑鲜

43

红的地板上吐，更也不能吐到地毯上。待要打开窗户，向外面吐去，无如这窗户蒙了铁纱，痰又向外吐不了；而且痰到嘴里，又是存留不住的，只得将手握住了嘴，急急忙忙，跑出屋去，在院子犄角上吐出了，重回到客室来。

欧化先还不曾出来相晤，袁相向就皱了眉道："这个人未免有点儿搭架子，我们不客气，就冲进他办事的地方去，你看怎么样？我刚才出外去看见了，就在那院子东边是他的办事房。"金百成也是很少和吃洋饭的人往来，不懂什么规矩，就依了袁相向的话，一齐走到那公事房外。推门而进，只见这屋子宽宽长长的，有一张大的写字台和四张三屉的书桌，除了写字台边无人而外，其余各桌边都坐着有人。有的伏在桌上，用钢笔写字，有的就干坐了望着桌面。

欧化先坐在犄角上一张桌子边，也无所事事，抬头看他二人已然进来，只得起身相迎道："请外面坐，请外面坐。"说着话，他在前引路，把二人依然引到接待室里来。这时接待室里，已经有一个穿西服的和一个人谈话，似乎也是公司里人和外人接见。欧化先看到有人在这里，立刻板住了面孔，让二人坐下。那穿西服的见有人来，便不客气地先行坐下了。欧化先道："这个习惯，我们倒不可厚非，中国人太不遵守时间了。我们应当学习外国人，把这个坏习惯矫正过来。"袁相向笑道："这个倒也不去管他，你骗得我好苦，让我在瀛台老等着，你到哪里去了？"欧化先也不顾了是穿西装，拱拱手道："这真对不住，我们公司里已经到了吃饭的时间，若不赶来，我就饿一餐了。"袁相向道："你就不能牺牲一餐吗？"欧化先道："你是知道的，我每天的零用钱都闹着恐慌，哪里有钱吃饭？我牺牲了公司里一餐，自己并没有法子在外面吃着找补，就要挨饿挨到今天了。"金百成道："好哇，你身上没有零用钱，为什么约我们在瀛台喝茶?"欧化先涨红了脸道:"老实告诉二位,我实在是想到公司里来借支一两块钱,再到南海去会账的。不想一到这里,经理就来了;事实上,不允许我离开。"金百成道:"这个我倒不管你,你不牺牲这一餐饭,你别的牺牲可就大了!"说到这里,将声音低了一低道,"不多大一会儿的工夫,就来了好几个;要不然,我们一介绍,你全认识了。你失了这个机会,可惜不可惜呢?"

欧化先对于这个问题,正想有个答复,只听到外面叮当叮当有一阵铃响,便笑道:"对不住,我不能奉陪,我要开始办公去了。"袁相向道:"你办什么公?这铃响很像是吃饭的铃声,你难道到这个时候,才能吃饭吗?"欧化先道:"原来不是这么着,但是今天公司里,因为开联席会议,所以把吃饭的时间延长了。对不住,我要去吃饭了。有什么话,我们晚上到公寓里再谈。"袁相向道:"你怎么把吃饭的一件事看得如此之重?"欧化先道:"嘿,这个世界,一切都建筑在经济上,经济问题也可以说是吃饭问题,文明社会的人,没有谁肯轻视吃饭这件事的。我们生在文明时代,来做新人物,就不能不尊重吃饭问题。"

原来欧化先有个辩论癖,无论什么事他都喜欢和人议论一番,而且一经议论,还非占着胜利不可。他这样说着,袁相向故意要耽搁他吃饭的时间,便道:"真的吗?据你说,人只要有了饭吃,也可以不穿衣,不住房子,不找其他的娱乐了。"欧化先道:"那可不然……"正说到这个"然"字,却听至呛啷啷一阵碗碟相撞击之声,分明是厨子送饭碗上饭厅了,便开了门抢着要出去。袁相向道:"你且慢走,我们再谈一分钟的话,行不行?"欧化先道:"你怎么要谈一分钟的话?"袁相向笑道:"那是你们的规矩,我还能破坏吗?我和你商量商量,你那件蓝色法兰绒西装上身,借我穿一上午,行不行?我把身上这件纺绸大褂和你调换一下。"欧化先道:"好吧,晚上到公寓再说。"袁相向听了这话很不高兴，便道："同学们，这点儿小事情都不能帮忙。"说着，金百成在前走，袁相向跟在后面，一路走出去。只见他将手一摔，也不知道是袖子里或者是衣袋里竟扑哒一声，有样东西落到地上来。他二人头也不回，径自走了。

欧化先赶快将那东西捡起来一看，却是一个小小的粉红色的信封，钢笔写着"新潮报社第五号信箱收"。他心里忽然灵机一动，这岂不是封情书？赶快向身上一揣，匆匆地就跑向饭厅里来吃饭，不料这里三张桌子都吃光了三分之二的菜了，站在三张桌子中间，各方一望，看看哪张桌子菜多，以便坐下去；却是第二桌上中间那碗红烧肉还不曾动什么，看到下方还有张空椅子，一抬腿就坐了下去，手扶了筷子，先伸到碗里去，夹了一块肉，放在面前饭碗上，这才用筷子扒饭吃。然而这也就看出来了，乃是一碗红烧冬瓜，他这一伸筷子不要紧，全桌的人都向着他注意。他也知道这未免闹成了个笑话，便咬了一口冬瓜笑道："这厨子的红烧冬瓜不错，我很爱吃。"桌上就有个人道："我们都嫌这里的豆豉不好，有些像脚板鸭子的臭味。"欧化先笑道："胡说，哪有这话！"那个人道："既然如此，你就把这碗冬瓜包办了吧。"于是将那碗捧了过来，送到欧化先的面前。这一下子，把欧化先僵得厉害，若是不吃的话，自己说话有些矛盾；若是吃的话，那话不假，这冬瓜实在有些像臭脚板鸭子味儿，怎样吃得下去？这也只好挣得硬气，勉强将冬瓜吃了几块。吃的时候，嘴里不曾咀嚼，只是囫囵吞下去而已。好在他这个时候心事全放在那封粉红色的情书上，倒不注意其他的事情。吃过了一碗饭之后，桌上菜已吃光，没有法子再吃，只得离了桌子，装作要小便，一个人溜到厕所里去，将那个粉红色的信封掏了出来。抽着，一张信笺从头至尾看了一遍，看了之后，这当然又闹出一件很有趣味的事情来。

这位欧化先君将那封拾得的信一看，真是喜出望外，原来这是一个女士写信给征求女友的。那信上说："征求女友的先生，我看了你的征求启事，我觉得我很合于你所希望的条件。假使我来应征的话，你一定是满意的。不过我只看到你的启事，并没有看到你自己的模样如何。星期六正午一时，请你在中央公园格言亭上等着我，你可以穿了蓝色法兰绒的上身西服，在胸襟的纽扣眼里插了一朵红花，让我好来识别。假使我对你认为满意的话，我自然上前来打招呼。在这一个约会上，我要试验出你是不是一个守信的人。希望你不要失掉这样一个机会。KY上。"欧化先看了这封信，心中大喜。这真是人要走运肥猪拱门，便把这封信紧紧地在身上收藏着。在公司里吃过了饭，瞧瞧已经没有关于自己什么重要的事，立刻就起身回寄宿舍来。

到了寄宿舍里，一人在房间里掩上了房门，又把那封信掏了出来，躺在床上仔细地研究了一番。觉得这封信实在是个应征的女子写的，你看她虽有相就之意，但是她依然还有骄傲的意味在内。这正是女子们对于男子们的普通态度。这信上注明了要征友的人穿法兰绒的上身西服，想到这个女子一定也是爱时髦男子的，自己倒不可大意了，必定修饰得齐齐整整，让她一看就中意。假使她中意了，当然少不得先请她到茶座上去喝茶，然后也许再要请她吃一顿饭。只是理由虽然是充足了，可是有钱无钱又是一个问题。后天便是星期六，两日之间何处筹钱？前一个星期曾寄了两封快信回家，要家里寄钱来，至速至速，也要再过五天才有款子汇到，而且还不知道是否靠得住。现在若是等着钱用，这如何能够应急？且不谈那个，在会晤那个女子之先，总要理个发修修面孔，皮鞋也应该买一盒油来擦上一擦，这都是钱，一时到哪里设法去？就是和人借，现在已经到晚上了，朋友不是逛公园去了，就是看电影去了，恐怕不容易找到。明天呢？更来不及了。想了一想，只有一个比较简单的方法，便是找两件衣服拿去当一当。自己理发刮脸，兼之请人喝茶吃饭，大概总要三块钱上下，自己若有五块钱在身上，就可以很大胆地进行一切了。

如此想着，越觉需要款子的急迫，也就越觉得筹款并不容易。想了许久，自己顿了一下脚，自言自语地道："没有话说，当！当！"于是自己打开衣箱来，将自己的衣服检点了一番。然而算来算去，只有一件纺绸大褂和一条线毯比较是新的，可以当三五块钱。而这些东西，自己都觉得需要，假使当了，只有一天痛快，以后怎么样呢？转念一想，当就当了吧，反正迟三五天，家里就有钱来，等着家里钱到了，再把衣服取出，又有何不可？于是把衣服由衣箱里拿出来，先将毯子一卷，再找了一块旧被单，包成个四方形。自己对了这个包裹出了一会儿神，想着假使失败了，这衣服是当了，钱也用散了，未必能把衣服取出。明天和她见面就是了。假使她同意的话，请她后天喝茶吃饭，衣服可以在明天再当；而且也许明天下午有什么机会，可以和朋友借个三块五块的。如此想着，把这个包袱又放到箱子里去。

到了星期六日清晨起来第一件事，便是将那张信纸掏出来重新温习一遍。这一温习之后，便感到当当依然是不可缓，她那通信上是明明写着要试验我为人如何。我若是和她见面，第一次就一个大子也舍不得花，也透着我这人小气到一万分。所以无论事情成功与否，第一下子必定要大大地花上一笔钱。没有一点儿牺牲精神，就想得着很大的好处，这办不到。他如此想着，便打开箱子，取出那个包袱，向胁下一夹，并不做第二个感想，立刻就走出大门向当铺里面来。

这当铺里的人，似乎已经知道他所需要的数目，不多不少就给了他四块钱。欧化先首先到理发馆里工作了一番，然后很快地到洋货店里，买了一瓶雪花膏、一盒鞋油、一把刷衣服的刷子，东西预备齐了，回得寄宿舍便是十一点钟。立刻催了茶房开饭，一面刷衣服擦皮鞋，忙得满头是汗。吃过了饭，跑到账房里去看挂钟时，已经十二点钟了。

第四回

降格以求花丛携画具
乘风而起台下发雷威

　　若是人家按时而到公园，他的表若要快一点儿，这时就该到了。自己若再耽搁，恐怕就失掉这个机会，因之也等不及茶房打水洗脸，自己就端了脸盆到厨房里去舀了水来。匆匆洗过脸，抹上一层雪花膏，就是平常戴的那顶草帽子也用胰子和手巾仔细抹擦了一遍。自己屋子里没有大镜子的，记得胡同口上那家咖啡店里，在大门的转角处有一方大镜子，于是走到咖啡店去，买了三个大子的薄荷糖子，当了口香糖含着，趁势向镜子照了几下，觉得今天经过一番修饰之后，不免年纪要小上好几岁，心里倒得着一种愉快。看看人家的悬钟，已是十二点一刻，怎么随便做两件事情，就到了这个时候？这实在也不能耽误了！看看街上拉人力车的车夫，是个年轻力壮的，也不说什么价钱，坐上去就叫他快跑。

　　车夫道："快跑就快跑，只要你多给几个钱就得。可是你也得说个地名，我才好跑。难道依着我跑就行了吗？"欧化先连忙在车踏板上跳着脚道："公园！公园！中央公园！"那车夫看他那神气，大概也是真有急事，于是拼命地拉着车子跑起来。车子跑到了公园门口，欧化先为了免除车夫的争论起见，就掏出一张毛票给了他，然后就向里面跑。不料那车夫以为他是个很慷慨的人，紧紧地在身后追着道："先生那不行！那不行！你这才只有一毛钱啦。"欧化先道：

50

"一毛钱还少吗？你拉了多少路？"车夫道："我给你卖这样大的力气，你才给一毛钱，那可不行！"他说着话，索性绕到前面拦了他的去路。

欧化先本想和他交涉，无奈自己找人的时间到了，而且身上又没有零钱，只得咬了牙齿，又掏出了一毛钱票子扔在地下，然后买票进门，这自然是不必考虑，一直就走到格言亭上来。远远地看到格言亭上，有片蓝色的衣襟在石柱子摆了两下，心里可就想着，这一定是那位 KY 女郎了。在人家面前不要露出什么莽撞的样子来，先应当从从容容地走向前，给人家一个好印象，便站着定了定神，把由大门口跑来急喘的那口气缓缓地平息下去，然后满脸堆下笑容来，一步一步地向格言亭上走着。不料快走到格言亭边了，那蓝色衣襟一摆，先钻出一个大个儿来，证明那是异于女性的男性；再走向前一看，又看到那人有六十上下年纪，一部七八寸长的连鬓浓黑胡子，一张宽而且长的门字脸，鼻梁上架了两个铜框大圆眼镜，配上那鼻头上几个大黑麻子，真是浓眉大目，像是周仓一般。他看到人来，要表示他肚子里有文才，用手上一尺二寸长的大扇子，指点着格言亭石柱上的格言道："自古皆有死，民无信不立；死有轻于鸿毛，死有重于泰山。"他念着那格言的时候，胡子缝里口沫乱飞。

欧化先看到这种人，不禁怅然若失，心想这人不对倒不要紧，只是彼此约好了在格言亭相会，从中有这样一个大胡子打搅，未免大煞风景，总得把他轰跑了才好。偏是这个胡子，有和人作对的样子，背了两只手，头望了石柱上的格言，只管嘴里哼哼唧唧，在那里背诵他一肚子的滥文，怎样也没有走的意思。公园里是任何人可以来的，格言亭也是任何人可以来的，人家先在那里吟诗，自己有什么法子可以干涉人家？只得在格言亭斜对过一张露椅上坐着，望了那格言亭出神。

那个长胡子他如何能了解他的意思，索性在石柱子边斜身靠着了，抬头望那天上的白云，默默如有所思。欧化先真是气极了，恨不得走向前去，打他两个耳光；然而各逛各的公园，天下没有干涉他人在什么地方徘徊之理。于是一面用两只眼睛在东西两头胡乱张望，看看有女郎来了没有，一面两只脚在地面上不住地努力，将身子顶将起来，似乎这样努力就可以把老头子轰起跑似的。但是老头子不走，两边也并不见什么女郎前来，自己只是坐在露椅上干着急。过了许久的时候，那个长胡子也不知道得了一种什么感触，然后昂头长叹了一口气，就摆着那张门字面孔，慢慢地走了。

欧化先这一下子，倒如释重负一般，立刻起身站到格言亭上踱来踱去。把那件打刷得干净的法兰绒上身西服在日光里故意露出来，似乎这衣服上有霞光万道、瑞气千条，大大地可以让人注意。不料这格言亭的道路上，来来去去的时髦女郎尽管是多，但是没有一个女子是单独走路的。她们虽然有时也把眼睛射到这件法兰绒的西服上，并不曾十分注意。这时，他忽然有了个感觉，发现自己有个极大的错误，就是她那应征的信上，约明了要在纽扣眼里插上一朵红花，而自己出门出来得匆促，恰是把这层忘记了。到了这个日子，穿法兰绒西服的人那是有的；她或者来了，也一定认为是普通游园的人，不认为是征友赴约的人。如此想着，心里又充分地懊悔起来，不过现在也不过一点钟刚到，也许那个 KY 女郎还没有来。亡羊补牢，未始没有补救的办法，自己还带有一条花绸手绢在身上，那手绢是以红花占大部分，现在正可以把手绢由纽扣眼里穿出来，勉强翻成一朵花样，远远地望到，这也可算是一朵红花。这个办法不错，立刻如法炮制起来。在格言亭里站着，究竟还怕人看不清楚，又走亭子外来，绕了亭子，只管走圈。所可恨的，自己身上没有戴表，不知道已经到了什么时候，只好估量着，将时间延长一点儿，比方到了两点钟的光景，只当是一点半钟，那么，绝不会误事了。这样想着，自己安慰着自己，只是在格言亭外兜圈子。

当然，他的同学都是艺术家，没有不上公园之理，他在这里兜了几点钟的圈子，却也遇到不少的同学，彼此望着，有点头的，也有不点头的。到了后来，有一个男同学悄悄地走向前，笑道："老欧，我告诉你一个消息，你不要错过了这个机会。"欧化先以为他说的这个机会，正是自己所需要的机会，不由得脸上一红。那人道："你到水榭山上去，看看我们学校里的那个新模特儿抖起来了。"欧化先道："怎么抖起来了呢？"那人想着，笑了一笑道："我不说，说破了，就没有多大的意思。等你自己去看，看了之后，你足可以惊异一下子。那个时候，你就知道，我说的什么叫抖起来了。而且对于你，总是一个机会。"欧化先道："现在几点钟了？"那人掏出铁表一看，说："是三点半钟了。"就匆匆而去。

欧化先看他那奔走的样子，似乎有什么要紧的事，不便拉着他追问那模待儿的事，不过现在明白了，已经到了三点半钟，那个女郎还不曾来，真是痴汉等丫头，有些发呆。看看这种情形，定是那个女郎来了，对于本人不愿意，所以不上前招呼就走了。自己的脸子纵然是不漂亮，但是可以相信，自己是个活泼的青年人，而且面孔上多少带有一些艺术的意味。现在的女子不都最注重男性有康健美吗？无论怎么着，自己相信自己是有康健美的人，不料是什么缘故，这位女郎竟会看不中？看不中就罢。你不露面我知道你是怎样一个女人？也许是个疤子和麻子呢。自己生起气来，一跺脚就离开了格言亭，直向水榭的山上而来。只到靠山的人行路上，便远远地看到一班男同学在山坡上嘈杂喧嚷，远远地又指了过来道："又来了一个，又来了一个！"

欧化先正是不明白这是什么用意，却见胡当仁教授带了那位新就职的模特儿大妞，由矮的柏树丛里钻了出来，他以为不走正路，可以避免学生的包围，偏偏又遇到了欧化先这位对头，真是不凑巧。他觉得为先发制人起见，便高声向大妞道："你回去吧，没有什么，不必理他们。你也是我们艺术上所要帮助的人，譬如一个医生和一个女看护在一处走，那有什么关系。当学生的人，可以带了画画的箱子上公园，我就可以带你来。"欧化先对于教员向来是不让步的，便微微地点了头道："胡先生，你别忙走，我有一句话问你，你若说是模特儿和你是个朋友，你带她一路来逛公园，我们没有话说。你若说她是个画具，把她当了一样应用的东西，未免有些侮辱女性。"胡当仁急不择言，又漏了个大洞，便道："我又不和你说话，你何必多言？"说着，也顾不了大妞，扯腿就跑了。那些男同学们早已追了上来，见胡当仁受窘，就噼噼啪啪鼓起掌来，有几个人真对了胡当仁的后影高声叫好。胡当仁听了后面的声音，头也不回一直走了。

大妞在许多学生当中包围了，红了脸道："围着我干吗？我招了你们吗？"说着，用两只手叉了腰，鼓了嘴道，"围着就围着，我也不走，看你们还能把我吃下去吗？"她强硬起来，大家倒没有了办法，都呆望了她。这时早惊动了两名警察赶了过来，忙问："是什么事？"大妞觉得把话直说出来了，与学校名誉有关，也是全体学生的面子不好看，便说："有什么事，同学在开玩笑而已。"警察对于学生也是不大敢惹的，便劝大家散开了。

大妞一头不高兴，坐在一块石头上，好久没有动。欧化先走了一截路，回头看她还在那里，也就回转身来问道："你为什么不走呢？"大妞一抬头，看到是他，知道他是学校里一个捣乱鬼，记起在课堂上他闹风潮的一幕，不觉望了扑哧一笑。欧化先见她笑着露出一口白牙齿来，黑黑的头发，两脸腮上泛起两层红晕，很有些意思，便正着颜色道："你别看我在课堂上和教员为难，但是我这个人是思想平民化的，要铲除封建思想的人物，打倒资产阶级。"大姐偏了脸对他脸上注意着，问道："你所说的是些什么？"欧化先见说了一大套话，全是对牛弹琴，倒有些难为情，便笑道："你真是天真烂漫。我说我是和穷人的心眼一样，反对有钱的人，反对做官的人。"大姐道："人家有人家的钱，人家做人家的官，于你什么事？要你反对？我就不爱那种多管闲事的人。"说毕，将脸鼓着。

欧化先弯着腰，放出很谄媚的样子来，向她笑道："一定是老胡说了，请你上馆子、瞧电影，大家把你的约会打散了，你不高兴吧？那算什么，我就可以请你。你这样年轻轻儿的干吗和老胡在一处？他四十多岁了。"大姐道："他告诉我才二十八岁哩，而且也瞧不出来他有那么大的年纪。"欧化先道："他是先生，我是学生，他反正比我们年纪大吧，那都不去管他。再说，他家有了个太太不算，在北平还有个爱人。"大姐道："他说他没有太太呀。"欧化先道："那是他在骗你呀。"大姐道："他这个人这么不老实吗？"

那欧化先见她有点儿意思了，便笑道："我请你瞧电影，你去不去呢？"大姐道："我不去，你们这班学生都不是好惹的，见了人就是瞎起哄。"欧化先道："我决不起哄。"大姐道："不是说你起哄，若是遇到了你们的同学，他们就会起哄。"欧化先觉得她这话倒是可以考虑，便道："那不要紧，我们先在这山上玩一会儿，回头咱们偷偷地由后门溜了出去，不但是逛，我还可以买些东西送你。你和我交朋友，不强似和胡当仁交朋友吗？"大姐道："你真要送我的东西吗？你说，打算送我些什么呢？"欧化先道："无非是香胰子雪花膏之类。"大姐道："胡先生送了好些个给我了，要送你就送别的吧。你若是真送我的东西，我就和你一块儿去，吃馆子、瞧电影。"

欧化先一想，这位模特儿倒真是一个唯物主义者，开门见山老老实实地说出来。本来，一个人为了一块钱一钟点来当模特儿了，别的害臊的事情也未必有过于此，她有什么不能干的，便笑道："我自然不能骗你，不过要买什么东西送你，我可先想不起来。待一会儿我们再说吧。"大妞笑道："说了半天的话，我还不知你姓什么啦。"欧化先于是把姓名告诉她了，笑道："以前也有几个模特儿，她们都是干了一两个月之后，才和先生交朋友的。你真是快，第四天来就和先生出来逛公园了。"大妞道："我哪里愿意来啊。是胡先生派人到我家里去，说是他们家里还有几个人要画像呢，把我找去，让大家瞧瞧。我去了，没谈到这个，他倒送了我好些东西。"

欧化先听了这话，才知道胡当仁是先下手为强的主义者。本来模特儿这种人，她的职业是把女人的神秘完全卖掉的。女人不要了神秘，其余自然好办。所以胡当仁觉得这极易进攻的所在不能不抢先，免得为人夺去。然而他的胆子也太大了，这种人怎好带到公园里来？他考虑了一番之后，就向大妞笑道："这公园里不大好说话，我带你到咖啡馆去吃点儿东西。你要买什么，我把钱给你，你自己买去就得了。"大妞听了这话，就不由笑了起来道："哪敢！你说吃什么有灰的地方，我可不去。"欧化先一想，这个人真是个时代落伍者，连咖啡馆都不懂，便笑道："不是有灰的地方，是吃洋点心的地方。你不瞧见大街上，那卖饼干卖牛奶糖的铺子吗？"大妞道："我懂了，那里头没有鬼子吗？"

欧化先知道鬼子两个字是指着西洋人，这个女子外表倒也清秀，只是她心里一团漆黑。然而这是没有法子的事，她既是一切不懂，就不必和她谈那些，只当她是一个鉴赏品而已。他有了这样的主张，就不去管大妞心眼如何，便笑道："你以后别问这些，有我带着你在一处，就无论到什么地方去，都不要紧的。"说时，斗胆握了她一下手。她对于这种举动似乎有什么经验似的，不但不畏缩，反是将人家的手紧紧地捏了一下。欧化先心中大喜，于是告嘱她自己在前面走路，让她后面跟着，老相隔到一丈路上下。大妞对于这个条件本来有些不大愿意，可是一想到他说给钱买东西那一层上，又觉得以不得罪人家为宜，所以她含辱忍垢地在他身后跟着。由公园跟上大街，又由大街跟到一家咖啡馆门口。

这咖啡馆，里面设有小小的雅座，四周虽是木壁，却治理得一点儿壁缝都没有。再将门帘一放，这间屋子里可以说是别有天地。欧化先和大妞在这雅座里，轻言细语地足足谈有两小时。然后交给她两块钱，方始告别而去。大妞有了这两块钱，自是高高兴兴地回家而去。

后来欧化先可是知道了胡当仁的行动，他是许了私下给大妞十块钱一月的津贴，以后常到胡家去，让当仁一个人画。胡当仁是个艺术家，住的所在自然有些艺术意味，乃是朋友家里，赁了一所小小的跨院；布置了五六间屋子，他若是将院门一掩，比咖啡馆的雅座，要紧密到二十四分。欧化先知道这个消息，除一口担任那十元津贴，叮嘱大妞不得再到胡家去而外，回得公寓去，立刻就起草了一篇短短的宣言，拿到学校去，在讲义股自己油印了一百多份，在学校里四处分散。那宣言上所写的字句，乃是杯口大字题目："同学们起来打倒无耻的胡当仁！"那文字说："同学们！各位知道胡当仁欺骗女工友密斯赵的丑剧吗？他欺侮那天真的少女，将她骗到中央公园山顶上去，这是我们数十同学亲眼目睹的事情。我们同情弱者，不应当让这种人面兽心的人占据了我们艺术之宫里的一个宝座。我们应当一齐联合起来，驱逐他出校。你们的忠实同学 TY。"

这传单一散出去，全校都轰动了，轰动了不是为了别的，就是在胡当仁有欺骗少女的行为。这件事看去和学生们无关，可是学生们听说胡当仁和模特儿发生了关系，不知是何缘故，各人的心里都觉得有些无名火起，而且大家证实了的确有人在中央公园看见，并非假话。于是艺术科的学生自治会就临时发了通知，于本晚九时在大礼堂开紧急会议，专门讨论这件事。欧化先也是自治会里一个重要分子，立刻就加紧工作。第一项就是写标语了。首先是在大门外贴了一张三尺长两尺宽的大布告，上写："神圣的艺术同志！一致联合起来驱逐无耻的胡当仁！驱胡联合会制。"此外满墙满壁，大一张小一张的标语，横七竖八地都张贴起来。

这个消息传到胡当仁耳朵里去了，他并不着急，却是微笑，从从容容地打了两个电话。不到一小时，却有四个学生到胡当仁家里来。胡当仁倒茶递烟，招待了一阵。学生们早是按捺不住，第一个赵元一便道："胡先生和模特儿一路上公园去，他们又奈我们何？"又一个学生李四维站起来道："我们今天晚上的事，不要像往日一样，各发各的言论。我们应当先开一个小组会议，预备整个地应战。我在会场上，能担任五个人。"孙德三道："我也能担任五个人。密斯脱赵、密斯脱钱呢？"赵、钱二人都说，虽不能说各位五个人，但是两三个人总可以拉到的。胡当仁听说，首先鼓起掌来，笑道："这样就成了。我们原不想占绝对多数。走，我们吃小馆去！"于是打开箱子，揣了一些钞票在身上，带了四位高足去吃小馆。吃饭以后，这四位高足也就开始工作起来。

到了晚上九点钟，大礼堂上，学生纷纷入座。欧化先坐在座位的最前一排，挺着胸脯，不住地整着他那领结，只看他这一点儿情形，就知道满胸中抑郁，老大不耐烦，恨不得一下子就把许多话倾箱倒匣地吐了出来。他又时时看着讲台壁上悬的大钟，到了几点几分了。壁上的钟当当地敲了九下。欧化先向他身边坐的一个青年丢了个眼色，那人就突然站立起来，走上台去，开口道："现在开会，兄弟报告……"孙德三在人丛中向上一冲，举了手道："诸位，宣布开会的人，不恭读总理遗嘱，不静默三分钟，这是什么理由？"一言未了，早有几个人喊了起来道："打倒反动分子！滚下台来！"在台上的人自知理屈，红了脸，站得像僵尸一样。欧化先看到情形不好，就向台上一跳，两手乱摇着道："诸位同学，不要自己先把秩序弄乱了，我们要认清我们的目标！"人丛里头七东八西的，便有人鼓掌。可是同时又有人发出那唏唏之声。

欧化先明知道胡当仁手下有一班学生，但是今天攻击他侮辱女性这个题目非常正大，自认可以鼓动同学们的勇气；现在听了这唏唏之声，倒有些奇怪，难道在今天这种场合之下，他们还敢前来捣乱？心里想着，一眼看到赵钱孙李四大金刚一律在场，而且脸色是一律紧张，知道这事有些不妙，便道："刚才是密斯脱刘的错误，大概他因为急于要报告事实，所以将仪节忽略了。现在由兄弟重新宣布开会……现在恭读总理遗嘱。"说着，立刻毕恭毕敬地站在中山先生遗像之下，喃喃念了起来，"余致力国民革命，凡四十年……"当他在念总理遗嘱的时候，就没有人敢再喊嚷，念毕，他很沉着地道，"起立，静默三分钟。"这一下子，大家更不作声了。可是除了口和手足以外，别种骸体一部分继续的动作，却无人干涉。

赵元一前面，正站着一位女同学，她的头发今天烫得是格外蓬松，那洒头水一阵阵的香气，向鼻子里只管袭来。钱无二眼珠转过来，见他全副精神都在那女同学的头发上，嘴角略动，微露着笑容。孙德三将手紧紧地攥了拳头，只管在那里努力，心想：我这一飞拳，来个霸王举杯，把欧化先这小子的下巴颏打了下来！欧化先喊着"静默毕"，大家坐了下来。唯有孙德三这家伙他不肯坐下，举起一只手来道："密斯脱欧，我先质问你一句，你是不是以主席的资格宣布开会？"欧化先站在台上愣了一愣，才答道："我们同学随便开会，哪个要发言，就由哪个发言得了。主席不主席，这没有什么关系。"孙德三道："请问：今天这会，我们是在正经经地开会要讨论什么事呢，还是随随便便地闹着玩呢？"欧化先见这家伙说话句句吃紧，今天分明是要捣乱来了，这不能和他抬杠；若要抬杠，反会拆散了自己的大会，便低声道："密斯脱孙，我自认错误，这是美术系学生自治会召集开会的，可由自治会的会员公推主席。"

只他这一句话，台下乱喊起来，推欧化先为主席；有的干脆就喊着欧化先三个字，闹成一片。欧化先心里想着，你们要捣乱，就由你捣乱去吧！不论你赵钱孙李，哪一位来做大会主席，反正在这驱胡大会之下，不能提出什么建议来拥胡。因之，他在讲台上对于要撤换主席并没有什么异议。不料台下的同党绝对不了解他的意思，拼命地喊着欧化先当主席。反是异党看明了这层，也喊着欧化先当主席。到了此时，欧化先没有自行下台之理，只得就了主席。

他走到讲台口上，将手一举，正要宣布开会，就有两个人在台下站起来道："以前的不算，从新举行开会式。"欧化先向台下道："诸位同学，那宣读遗嘱静默三分钟，不过是一种仪式，与开会没有什么关系。何必为了那虚套耽误正事？"一言未了，李四维由人丛里跳了起来，用手指着台上道："主席，你说这话，你可知道侮辱总理，藐视遗教？你这种人也配当大会的主席吗？"他脸上涨得通红，台下早是打雷也似的，一阵鼓掌声震破了屋瓦。欧化先也自知失言，但是平常说这种相类似的话，并不会有什么人挑眼，不料今日台底下的人却这样认真起来。自己若要认错，再下台去，就无发言之余地，今天的会不必开了；若不认错，这不啻确定宣读遗嘱、静默三分钟乃是一个虚套，这个罪过更大了。他这样为难着，就不免呆呆地站在讲台上。台底下的人，知道这个样子，便大喊特喊起来："欧化先滚下去！散会！"一片嘈杂的声音，闹得天翻地覆。欧化先的同党看到事情不妙就跳上台去，向大家乱挥着手道："诸位请坐，我们要严守秩序呀。"于是又有人叫道："主席自己都不守秩序，还叫哪

60

个守秩序？打倒反动分子！"

只一声"打倒"，大家风起潮涌地就喊起"打"来。"打"字出了口，全场人中，有预备打架的，有预备抵抗的，而且大多数的人想着犯不上卷入旋涡，纷纷地向课堂外跑。这一跑开了端，再也不能叫人再入席了。于是大家一哄而散，就算开了会。赵钱孙李四大金刚，今天算是完全占领了胜利；但是还怕欧化先死灰复燃重新开会，四人和他们的同党依然在课堂上坐着，直看到欧化先这派的中坚分子都不在课堂上了，然后气吁吁之中带了笑容，分手而去。

孙德三和胡当仁的感情最好，坐了一辆快的人力车就到胡家报告消息。胡当仁在屋子里看见他来了，早就迎到院子里来，和他握着手，摇撼了一阵道："老贤弟，今天的事全得了你帮忙，我已经接到两个电话报告了。"孙德三一想，他的消息真是灵通，但自己作战有功，虽这报捷让别人抢去了，却也无关紧要，便笑道："漫说这样小小一个会议，就是再大的局面，我也有法子把它推翻。不过我想着，若是在学校里打电话来，虽然是消息快一点儿，但是让别人知道了却也不大好，所以我不主张打电话。"胡当仁很了解他这番意思，便笑道："这电话，不是由学校里打来的，也不是同学。"胡当仁口里说着话，只管在院子里徘徊，却不让孙德三到屋子里去坐。

孙德三正想把今日舌战的阵容在胡先生面前夸功一阵，然而他只管在院子里踱来踱去，不便追着在他身后说，只得站在一边等候着。二人这样相持着有五分钟之久，却听到屋子里面轻轻地有两声咳嗽，听那声音非常地尖锐，似乎是个女子的声音。到了这时，心里才恍然大悟，原来是有这一点儿秘密，就不必进去了。师生的感情相处得如此之好，难道还不能给人一点儿方便吗？便笑向胡当仁

道："胡先生没有什么话说了吗？我要先走一步了。"胡当仁正窘极
了，听了他这话笑起来了便道："那么我们明天再谈。"孙德三也正
要走，却不料屋门呀一声，一个女子由屋子里奔出来。于是这个秘
密终于打破了。

第五回

文野一言评穷斯滥矣
圣贤千古事利莫大焉

原来上面房门一开，那位大妞姑娘却逃了出来，口里连叫道："哎哟，哎哟！"胡当仁连忙迎上前去问道："怎么了，怎么了？"大妞道："你这屋子里有耗子，吓死我了！吓死我了！"胡当仁笑道："你太笑话了，这么大一个姑娘，会让一只耗子吓成这个样子？你还等一会儿吧，我再休息一会儿，就要开始来画了。"孙德三不管他是真话或者是假话，自己以避开了为宜，便向胡当仁道："胡先生，我要先走一步了。有什么事，请你打电话给我吧。"他说着，匆匆忙忙地就向外走。胡当仁也不必去做那个假人情了，就跟着在后面送了几步，然后走回院子来，向大妞跳脚道："你这人真要命，我正在外面撒谎，想把他轰走，偏是你要跑出来，让他看见了，怪难为情的。"大妞一撇嘴道："现在我不在乎了，什么事我也可以干。一个当姑娘的，当了人能够脱得一根纱都没有，我还有什么难为情？别的事情，也不过这个样子吧。"

胡当仁见她如此说话，简直一点儿涵养没有，对于女人那些神秘温柔的意味全都失去了，便觉得不是那么可爱。因为男女之间就是一些曲折与神秘引起了斗争，既是简单明了，像她当模特儿一样，那也就可有可无了，因皱了眉向她道："你这样大姑娘，难道不知道工作和讲爱情那是两件事，还分不开来吗？你在讲堂上脱衣服，那

63

是为艺术而工作，至于到了我家来，是我们两人的交情。"大妞道：
"就是交情，也不要紧啦。反正这不能比许多人面前脱衣服还要寒碜
些。"她说来说去，无非还是坚持着那一个有了的主张，怎样说死了
她也是枉然。便板了脸道："你若是这个样子，和我的脾气不对，我
就不和你交朋友了。"

大妞一想，当模特儿的好处不过如此，一块钱一点钟，可是和
先生们交朋友，这好处就多了，喝着吃着还到处逛着，而且人家还
跟着你买这样买那样，若是把人家得罪了，自己可是不合算的事，
便笑道："我以为你们学堂里的人都喜欢干脆的，既是你不愿意，我
以后就不干脆得了。"

胡当仁听她的话，犹如小孩子一般，却也禁不住笑了，便道：
"不是干脆不干脆的问题，男女二人的事总不能太公开了。只要你听
我的话，我就要你做朋友。今天你可以去了，待会儿我那些学生还
会来的。明天上午你可以早早地来，在我这里吃早饭。"说着，在身
上掏了一块钱塞到大妞手上，笑道："你拿去坐车吧。"大妞眯了眼
睛向他一笑道："我明天晚上不来，成不成？"胡当仁笑嘻嘻地道：
"你白天来，晚上也来。"大妞道："你干吗乐成那个样子？我说白
天不来，没有别的事情。因为你后头院子里那些人，见了我就起哄，
哄得我怪不好意思的。"胡当仁笑道："你不是说你什么都不难为情
吗？怎么又怕人家起哄呢？"大妞道："我豁出去了，害臊是不害臊
的。可是在我当面指着说着，又不能够恼他们，你说讨厌不讨厌？"
胡当仁笑道："那么，你就晚半天来也可以。"于是牵着她的手送到
大门外，方始回去。

大妞在路上走着，心中可就想到白天带两块钱在身上回家，全
让母亲搜罗去了，现在不能做那傻子。因之将那块钱，换了铜子票，
先在小摊子上喝了一碗酸梅汤，又买了一包瓜子揣在衣袋里，然后

嗑了瓜子走着。一路上看到糖担子，就买糖子儿；看到水果摊子，就买桃子杏子。心里想，虽然是让人笑话，让自己足吃足喝一阵也很值得。她在极高兴的态度中，一路咀嚼着到家。

　　果然知母者莫如女，当她走进屋子门的时候，高氏迎着她低声问道："你带了些什么东西回来？"大妞将手巾包放在桌上，高氏抢着把手巾包打了开来，然而在煤油灯光下一看，不过是几个桃子和杏子，便笑骂道："这么大丫头，只顾嘴馋。这回带了多少钱，你拿出来。"大妞道："你以为我是摇钱树吗？出去一趟，就有钱带了回来？"高氏道："那是呀。不为了钱，我还让你干这样的事情吗？"大妞道："那是呀。为了钱才干这个事。可是我自己也该花几个，不能全给你。"高氏道："你带了多少钱回来？趁早给我。"说着话，就伸手到大妞身上来乱搜。大妞将胸一挺道："你搜，有一个大子儿，你也拿了去。"高氏在她身上搜了一阵，果然找不着一个铜子。大妞向炕上躺着，伸了腿直挺挺地道："我该舒一舒气了。谁也别吵我；要不，今晚上没有睡好，明天我就不出大门了。"高氏听她如此说，怕她倒真做出来，只好不作声。

　　到了次日清晨，大妞一个人溜到大门口，在线袜筒子里找出铜子票，就买了几套麻花烧饼，靠了门框来吃。这个时候，有胡同里一班孩子们，在门口跑来跑去。有个十三四岁的男孩子，抬起一只手来，高声叫道："大家来瞧，新稀罕儿。"大妞突然听到这话，以为真有什么新稀罕儿。走到胡同中间，向两头张望着。那小孩子远远地向大妞一努嘴，向许多孩子们道："你们瞧见没有？花一块大洋就脱裤子，让你瞧一点钟，谁有一块钱？"大妞心里这才明白，原来是说自己的，便瞪了眼，骂了一声："死不了的。"心里想着，也犯不上和这些天不怕地不怕的孩子生气。正待转身要走回大门去，那野孩子们挨了骂，情有未甘，一同大声喊道："脱了裤子瞧一点钟，只要一块钱，真贱！谁爱瞧？"许多孩子应声而起道："我瞧！我瞧！"大妞实在气不过，突然迎上前，跑到那些男孩子面前，大声喝道："你们是说谁的？"

小些年纪的孩子看到她来势凶猛，就向后退了两步；两个大些的站在她面前，用一个手指头吮在口里，翻了眼睛问她道："怎么着？你想打人吗？"大妞道："你们这些有娘老子养活，没有娘老子教导的东西，打了你莫教乖了你。"大孩子道："骂人干什么？谁招了你？我们说一块钱瞧一回新稀罕儿，这跟你有什么相干？"大妞还不曾驳复他这句话，后面那些小孩哄的一声，又笑了起来。大孩子鼓了嘴道："你瞧，这可不是我们笑你吧。"大妞翻了眼，向前面那些小孩子骂道："你笑什么？笑你妈的……"她究竟是黄花闺女，下面这个字，却有些不好开口，因之突然将话顿住。前面那些小孩子真是顽皮，有的嚷道："可不就是笑那件事吗？嘻，一块钱一点钟，谁瞧？"这不但前面那些小孩子笑，就是近处这两个大孩子也咻咻一声笑了起来。

大妞待要和远处的孩子理论，近处的孩子就放松了；待要和近处的孩子理论，远处的小孩子他们会闹得更厉害。这倒让她进退不是，只管为难起来。孩子们看她站着不动，认定她不胜其麻烦了，于是又跳着蹦着嚷起来道："谁要瞧？一块钱一点钟！新稀罕儿！"大妞一人不敌众口。小孩子们大都有十三四岁的，若是伸手去打他们，怕他们真会回手来打，自己一个人一定是抵抗不过，不如罢休，便向地上连连吐了两大口沫道："呸！呸！不和你们这些兔崽子说话！算我起毛了早。"说毕掉转身来，就要向大门里走。那些小孩子们偏是不让步，大家同起同落地嚷着道："瞧哇！一块钱瞧大姑娘光眼子！瞧哇！一块钱瞧一点钟！"

小孩子们这样叫起口号来，那不要紧，连满胡同的大人都惊动了，跑出来看热闹。原来都以为不是有人游行示威，就是街坊在胡同打架，及至看到是这样一件事，都哈哈大笑起来。本来大妞去当模特儿，胡同里一些喜欢管闲事的街坊就在大妞身后纷纷议论。于今看到小孩子们笑她，有的就说："这些小孩子，怎么也会知道这件事？"有的就说："这是改良的年头儿吗？"小孩子们见大人都夸奖他们，更是闹得厉害，一直拥到大妞的门口，喊一声"瞧大姑娘光眼子"，就伸手向空中高举一下。

这样子一来，大妞若再忍受，这些孩子们不知天地之高低，真会挤进屋子里头来，因之下了决心，在大门后拿起一根门杠，反奔了出来，口里喊道："打死一个，我是偿命；全打死了，我也不过是偿命。打死你这些王八蛋！"她口里喊着，奔出了大门。那些孩子见她真要打，却如鸟兽散。大妞一张脸，气得如猪血灌了一样，手扶了门杠，站在胡同中间，大声骂道："你一家人全发瘟！"看热闹的大人还不曾进去，见她那无可奈何的样子，不但没有人和她表示同情，而且都笑嘻嘻地望了她。大妞将眼睛向各大门边的人都瞪了一眼，手扶了门杠，一句话也说不出。

她母亲高氏由屋子里奔了出来，先抢过门杠，问道："你怎么了？"她母亲不问则已，一问之后，她哇的一声哭了出来。那两只眼睛里的眼泪，如水抛沙一般滚了满脸。高氏道："到底是和谁打架？谁跟你怎么了？你说呀！尽哭有什么用？"大妞当了满胡同的人，这一种委屈哪里说得出来？只是哇哇地哭。这个时候，恰好对门会馆里那位闵老先生由学校教书回来，他对高氏母女向来是抱着无限同情的，就走过来道："你娘儿俩怎么在当街哭？有事不会回家去说吗？进去吧！"他执着那有教无类的态度，用这种半命令的口音劝她们进去，却自以为是对的。高氏也以为这老先生是个君子人，不让无故在当街哭，也是好意，便拍着大妞的肩膀道："好孩子，有话你回去说吧。我们也犯不上和这些人一般见识。"大妞用手揉着眼睛，慢慢地走回家来。

这闵宗良站在胡同中间，看到高氏母女那种可怜的情形，满胡同的街坊又在她们身后纷纷讪笑着，心里就有些明白。这转角地方有个补鞋匠，老是放了担子在这里等生意，他有一把苍白的长胡子和高出颧骨的瘦脸，在这两点上，闵宗良常引他是个同情者。这时便走向前和他打听，究竟为了什么她娘儿俩在胡同里哭。鞋匠叹了口气道："这也叫人穷志短，她们家不是穷吗？大妞现在找到一件怪事，在大学堂里让人画春宫。画一回，拿一块钱回来。刚才满胡同的野孩子拿她开玩笑，她就急了。唉，挺好一个姑娘……"那鞋匠说着，有不胜惋惜之意。闵宗良气得满脸通红，鼻子呼呼作响，许久才道："世事到了末路，非吾侪所能挽回其厄运也！"他如此说着，便禁不住摇了他的头，摆动他的胡子。他耳朵里似乎还听到大妞一种隐隐哭声，心里这便想着：这个可怜的姑娘，利令智昏，非我去下一套劝解的功夫不可。于是不顾冒昧，向对门大杂院走来。有一次高氏中暑，他曾送过暑药，到这里来了一次，所以知道高氏的家。

这时走到屋子门外，他执了那将上堂声必扬的态度，在屋子外就嚷道："大嫂子在家吗？"高氏在屋子里伸头向外一看，连忙迎了出来，笑道："啊哟，老先生来了，请坐。"说着，将身子在门边一闪，意思要让他进去。闵宗良拱拱手道："我就在院子里站一站得了。"高氏道："太阳快照过来了，你这样大岁数老先生，怕什么的？请进来吧。"闵宗良对于此层本不想说明，现在高氏自己揭破了，倒不好意思不进门去，便挨挨蹭蹭半横了身子，走到屋子里来。她们家统共就赁的是一间小屋子，炕和桌子，炉灶和衣箱，不应该放在一处的东西却也放在一处。

闵宗良进了屋子来，只见大妞站在炕头一张破桌子边，桌子上用两个汽水瓶子，支起了一块破缺的玻璃砖，当是镜子。在玻璃砖周围，倒摆了许多化妆品。她手心里握了一掌心的生发油，向头发上擦抹着。那头发光而又乌，香气喷人的，这破屋子也另添了一种气味。她见了闵宗良，笑着叫了一声"老先生"，以那白而又齐的牙齿一露，别有一种媚态。闵宗良也就不免在心里学上鞋匠一句话："嗐，挺好的一个姑娘！"高氏把客让进来了，一会子又找不着一个安顿客人的地方，在炉子边抽出一个无盖板的方凳子，找了一块洗衣服的板子，横在上面搁着，笑道："我们家太穷，连一个凳儿都没有。"闵宗良只说"不要客气"，偷眼看大妞时，见她用一条雪白的新毛巾在脸上擦抹了，然后打开一个雪花膏瓶子，挑出一块雪花膏，在手心里揉搓了一会儿，便向脸涂抹起了。她本来就不寒碜，经过化妆品一阵修饰，更觉得满脸光润有致。

高氏见这位老先生进得门来，一句话未说，左手按了膝盖，右手拈几根长胡子，却半侧了身子斜了眼睛，只管向大妞看望着，便笑道："我们家穷得没有饭吃，哪有钱去买这些香儿粉儿的。这全是人家送的东西。依着我的意思，把这些东西卖了。可是年纪轻的人总爱个花儿朵儿的，她也舍不得，我只好由她了。"这一遍话才把闵宗良说醒过来。他正了颜色道："大嫂子，这就是你的不对。我不是对你说过吗？学校里那件事干不得，别让你姑娘去。你不听，现在惹得满胡同里人议论着。"

高氏对于这个消息，她竟丝毫不感到羞惭，板着面孔道："那算什么，我干我的，他们说他们的，学校里是很文明的地方，多少人想进去，还不够那资格呢。"闵宗良千万不想高氏这种人，居然会谈到学校是文明地点。自己也是一个学校里的教员，决计不能否认她这种话，便道："学校原是文明地方，你姑娘一去，也就是文明人不成？"高氏被他如此一驳，也驳得无话可说，因道："我也不能说我们丫头就是什么文明人。可是我们穷了没有法子，到学校里找点儿事情做，总比干别的强。再说，我们姑娘到学校里去了，先生学生都看得起她，叫她作密斯。据说，密斯就是小姐。在外头佣工谁能得着这样的好处？"

闵宗良听她所说简直是没有人性的话，肚子里觉得有一两百斤墨水想倒了出来。然而这也是一部廿四史，一时无从说起，就张开嘴来，呵呵大笑了一阵，接着便点头道："好吧，我也不说了。文明也好，野蛮也好，将来你总有一天会明白我的话。"说毕，拱拱手，也不说告辞就走了出来，口里念念有词："君子固穷，小人穷斯滥矣。"他一面念着，一面走着。

他正要出大门的时候，有人叫了一句"老先生"，闵宗良抬头看时，却是王大海，于是站定了脚，向他一点头道："王老大，你回来得好，我正有两句话和你说。"王大海对这位老先生向无来往，他突然地说，等着有话相商，倒真有些不解，便停住了脚，笑道："那么，请老先生到我家坐一会儿再走吧。"闵宗良用手摸了两下胡子，然后向他翻了眼道："老大，你也是生儿养女的人，我们做事替自己想想，也要替人家想想。大妞妈穷了，大家帮她一个忙，这个也无可无不可的事情。你为什么把她介绍去干那样一件事情呢？"王大海听他一说，心里就明白了，因道："哪里是我要介绍的？是她娘儿俩死乞白赖地要去。你想学校里反正是要用人，我不乐得介绍她去吗？"闵宗良道："这话不然，她们若有非礼之事，你应该劝正她们才对，哪有随波逐流，更介绍她们去的道理？"王大海道："老先生，我不懂什么非礼之事，我可知道穷人的肚子饿得难受。你刚才不是说什么穷斯滥矣吗？大妞妈娘儿俩，就是那条路。"说着掉转头，就走开了，那分明是讨厌闵宗良说话啰唆。

闵宗良待要再说两句，然而彼此是街坊，有什么法子可以干涉人家？红了脸，胡子气得直撅撅的，望了王大海的屋子，发了一会子呆。就在这个时候，鼻子里闻到一阵香气，掉头看时，却是大妞擦了满脸的脂粉，走出大门口去。她走到大门外时，却回了头向闵宗良眼珠一转，微笑道："你还在这儿啦。"闵宗良对她看了一看，自己很想正颜厉色地说她两句，劝她不可出门去。然而看她长得那样漂亮，人家已成大家玩弄的物品了，不可怜她，岂可以反责备她？就也不觉将满脸的皱纹皱起来，向着她笑道："大姑娘你怎么又出来了？你不怕那些小孩子和你捣麻烦吗？"大妞向他瞧了一眼，将嘴一撇道："我怕什么，他们再要闹，我就大耳刮子量他！"闵宗良情不自禁地也就跟在她后面走了出来，手摸了胡子笑道："你若不信我的话，一定会吃苦的。来，来，来——你站一会儿，我还有话告诉你。"大妞将脖子一缩，又将头一扭，就很快地走了。这种样子在老先生眼里看来，自是有些不惯；然而又想着，像大妞这样的人，究竟是个可怜虫，苦苦说她干什么，于是斯斯文文地就走回他的会馆去。从此以后，闵宗良每日经过大杂院子，总是先看看大妞的家，接着便叹一口气。

有一天，他看见大妞花枝招展地坐车回来，又叹了一口气。他从施端本房门口过去，施端本却在屋子里叫了一声："宗翁，刚回来吗？屋子里坐坐，好不好？"他们在会馆里，总算是一对忘形之交，一听到他叫唤，立刻就将一路带来的微笑收起，将脸色一正，走到施端本屋子里去，先且不说话，就叹了·口气。施端本问："夫子若有不豫色然，敢问何故？"他问时，手上捧了一管水烟袋，口里喷出烟来，笑嘻嘻地将头摆了两摆。闵宗良见靠窗有张竹榻，于是坐下来，用手按了大腿，昂着头叹了一口气道："吾侪难乎生于今之世矣。"

施端本看了这种情形，料着是有重大的缘故，也就捧了烟袋，在他对面一张椅子上，架了腿坐着，正了颜色道："宗翁必定受了什么重大的感触。"闵宗良道："对过不是有一个赵大姑娘吗？那个姑娘不又是一个挺好的人吗？"施端本听说，伸长了脖子，瞪了大眼睛向他望着，问道："难道这个姑娘，还有什么失德吗？"闵宗良道："失德虽然没有，但是这件事可就荒天下之大唐了！此旷古未有之奇闻，而又人世无上之伤心史也！"说着，用两个指头在空中连画着几个圈圈，两只脚也就如筛糠般地抖了起来。施端本见他将这事更沉重一笔地说出，越见情形不小，就把头转了半个圈子，说道："我愿闻其详。"闵宗良于是把大妞当模特儿，以及那天受辱的事说了一遍。

施端本皱了眉道："鸟兽不可与同群，你又何必把这种事放在心上？现在我倒有一件事和你商量。"说着，他在一个破书架子上故纸堆里乱翻了一阵，翻出一张铅印的手折子来。自己先翻了一页，看了两行，觉得没有错误，然后放出那毕恭毕敬的样子来，将那手折子递到闵宗良手上。

他先把折子放在茶几上，再在袋里取出眼镜盒子，将那副宽脚眼镜向太阳穴下一夹，然后放下盒子，捧了那折子，就着纸窗下的光缓缓展读起来。只见那第一行印着的大字，便是"世界大同教赞扬社简章"，后面接着几行缘起，略谓："当今世风不古，人欲横流，非提倡道德赞扬宗教，不克挽此狂澜。本社集合世界儒释道耶回五教圣人，教世遗训，广为宣布。故曰大同教赞扬社。"便摇了一摇头道："这个不大妥当。"施端本道："怎么不妥当？"这一问问出了闵宗良一肚皮墨水来，便把手折放下，在竹榻上正襟危坐地向着施端本道："孔子非宗教家也。"他用很沉着的语调说完这七个字，算是一篇文章的破承题。然后他接着道："宗教家谈生死鬼神、天堂地狱；孔子只说个未知生，焉知死？又说个未能事人，焉能事鬼？是充其量地说，他老人家也只谈个敬鬼神而远之。这完全是和宗教异趣的。"

施端本也是个子曰店里出来的人，闵宗良根据了四书五经和他辩论，他是无可强辩的，也就挺了腰子向他正面坐着，用手摸了几摸胡子，将白果眼还转了两转，然后微微摇了头道："然而不然。韩退之说了：尧以是传之舜，舜以是传之禹，禹以是传之汤，汤以是传之文武周公。孔子这个大道，就是我们尊敬孔子为宗教的大原因。宗教不一定要说鬼神生死的。再说我们这大同教赞扬社，也并没有诵经做礼拜这些举动，只是逢着三六九日在圣教堂上扶乩一次，和降乩的圣人讨论些古今学术而已。"闵宗良道："这样子说，端兄也在该社吗？"施端本道："原也不打算加入该社的，史子超先生介绍，所以我不能不参加一番。"闵宗良道："什么，史子超先生他也在内吗？他是合肥①手下一个极红的人，虽然合肥现时不在台上，可是有朝一日他要登台了，史先生少不得是一个简任以上的官。"施端本道："这社本来是一班逸老们发起的，他怎样不在内？"

闵宗良听说，连忙将折子拿起，先翻最后一页，看看发起人是谁。只见第一名是前总统，第二名是前五省巡阅使，第三名是前国务总理，第四名还是前任督理的上将军。有三四十个发起人，没有一个不是知名之士。他且不看那简章，便问施端本道："这个社，不论什么资格的人都可以加入吗？"施端本道："请你想想，在社的都是那些阔佬，没有资格的人怎样可以胡乱加入？我是不知找着史子超先生多少次，才得了他一封八行，加入了敝社。这社里讨论的是圣贤千古事业，人家自也不能不慎重其事。"闵宗良一想，刚才你说是史子超先生介绍，你不得不去；这会子你又说是求着人家一封八

---

① 合肥，即段祺瑞，段是安徽合肥人，故以"合肥"称之。段祺瑞曾任北洋政府执政（国务总理）。

行才能加入，究竟也不知道哪种说法是对的。

　　他正如此沉吟着，施端本便道："宗兄若要愿意加入敝社，我倒可以想一点儿法子。"闵宗良听说，把那折子拿起，又从头至尾看了一遍，将头晃了几晃，才向施端本笑道："章程却也堂皇正大，只是我每天要教三四点钟书，又要改几百本卷子，恐怕没有工夫到社。"施端本手上捧的水烟袋，依然是不曾放下，却拿了一个纸煤儿在手上，左手夹在烟袋底下，右手却把那纸煤儿慢慢地抽松着，眼睛望了那纸煤儿上出的烟，只管出神，许久许久，才笑道："我们是知己之交，有话不妨直说。你想，这社里都是些政治上的重要人物，我们只要和他们认识了，将来无论大小事都有个照应。我们研究宗教，那还是小事。这可是一条好出路。"

　　闵宗良虽然以道学自负，但是根据儒家的传统思想，以及做八股为应试的主张，他是一日不忘情政治的，便笑道："若是端翁能和我介绍一番的话，我倒愿意试上一试。苟有用我者，虽不能三月有成，然而富而可求，圣人且甘为执鞭之士，我也就大可以借此解嘲了。"说毕，打了个哈哈。

　　施端本正要说什么时，小长班却进来告诉他说："洗脸水打好了，请老先生去洗脸。"原来他有个洁癖，屋子里总是收拾得一尘不染，由外面回来，必定要洗上一把脸。他听说，却回自己屋子里来洗脸。洗脸以后，看到座椅上还有些浮灰，就在桌子横挡上，亲自将桌子凳子都抹擦了一回。那小长班手上捧了一叠破衣服，随手就向一张椅子上放下。闵宗良看到，抢上前一步，就把那破衣服一齐掀到地下，瞪了眼道："你这个孩子，太不懂事！你亲眼看见我擦抹桌凳的，又把我的凳子来弄脏。"小长班将地上的破衣服一齐捡了起来，向胁下一夹，就奔了出去，走到院子里叽咕着道："这也没有什么脏，值得这样子吗？"

闵宗良向外面看时，却见大妞夹了一个纸包站在那里，便问道："大姑娘，你给我送衣服来了吗？"大妞走到房门外就停住了，伸着头向里看了看，笑道："我不是送东西，我倒是和你要东西来了。"闵宗良道："你要什么？挑有的说吧。"大妞靠了门框子，却伸进一只腿来，那意思就是看老先生拒绝不拒绝入门；因为听到母亲说，那位老先生脾气有些古怪，他的屋子是不让女子进去的。现在伸进一只腿来，他也没有作声，似乎也不至于说什么话，于是后面那只脚也就随着跨进门槛来。原来闵老先生本也打算阻止大妞走进房来的，只是她在房门口嫣然一笑，露出两排雪白的齐整牙齿来，便不忍轰她。她也不过十几岁天真烂漫的姑娘，让她走进来，也不要什么紧，索性给她一个大方，便笑着指了那方凳子道："你就在这里坐下吧。"

大妞且不坐下，将她夹的那个报纸包随手就在那张方凳子上放下。这个纸包，没有将口封紧，一放下，纸口敞了开来，唏唆一声，许多的荞麦皮，如瀑布一般，一齐向地上流来。大妞啊哟一声，两手将纸包抄起，偏是抄得不大好，又撒了满凳。闵宗良看到，瞪了两眼，撅了胡子，真不知如何说她是好。大妞笑向他道："老先生，我真对你不起，把你的地弄脏了。你别生气，我给你扫扫得了。"说着这话，向门角里看了一看可有扫帚。闵老先生一把将她拉住，笑道："不要紧，不要紧，回头我叫小长班来收拾就得了。"大妞回了脸，向他微笑道："老先生，你真是好说话。"闵宗良见她笑嘻嘻的样子，手拉了她的衣袖几乎忘了放下来，翻了两只白果眼，眼珠子也不曾转上一下。

正在他这样发呆的时候，却听到窗子外有人叫道："宗翁洗脸洗完了吗？"他这才放下手来向窗子外答应道："我立刻就来。"同时，他所得的圣贤遗训告诉了他，男女授受不亲，于是他就向窗子边上一让。然而他在这相让的时候，施端本已经走进屋子来了，他手上捧了一本册子，举得高高的给闵宗良看。一扭转头来，看到一个花哨哨的大姑娘站在门角边，不免一愣。闵老先生脸上微微一红，立刻又板住了道："这就是对过住的那位大姑娘，我今天到她家里去劝她的，大概她母女心中有些明白，又来找我来了。"施端本听说，也就向她周身上下打量了一番，果然的满脸胭脂花粉，很是妖艳。于是摸了两下胡子，对她微点了几下头。在这点头的工夫，他看到了凳上和地上的荞麦皮了，便道："嘻，闵老先生，你是个最爱干净的人，怎么一进门，就弄得这样子脏？"大妞用白牙咬了红的下嘴唇，耸了肩膀一笑。闵宗良也不等她分辩，就替她道："这不能怪她，是凳子没有搁稳，倒下来的。"

施端本笑道："宗翁总是君子人也，这样地犯而不较。刚才我们说的话，宗翁怎么样？我打算马上到史子超先生那里去，若是宗翁愿意加入，我就和史子超先生提一提。"闵宗良看大妞站在那里不走，好像有什么话说，施端本又只是啰唆着，只管耽误时间，便拱拱手道："这是圣贤事业，道在千古，我焉有不愿加入之理？至于有好处没好处，我倒不管。"施端本道："我不是说了吗？只要和发起的那些名人来往，就有莫大的利益。"闵宗良向他深深地作了一个揖，抬起手两袖比齐靠了鼻尖道："诸事奉托。我照老哥的办法，一致加入。"施端本听说，上半截身子晃成了半个圈子，笑道："吾道不孤矣。"

他说毕，转身要走，可是复又转身回来，低了头，却伸到桌子下面去。闵宗良呆了，不知道什么事，及至他站立起来，手上拿了一张二指宽的字纸起来，上面还沾了一块浓鼻涕。闵宗良这才会意，赶快在书架下取了字纸篓过来，将这张字条接住。施端本也并没有说什么，就这样走了。大妞在一边看到，用两手指捏了鼻子，皱着眉道："哎呀，真脏死人！"闵宗良道："什么脏？你以为字纸脏吗？"大妞道："那样一大块浓鼻涕，还不脏吗?"闵宗良道："你知道什么？这上面都是圣贤的教训。"大妞道："神仙，别胡说了。我们学堂里都是拿字纸上茅房。"闵宗良道："那都是些无父无君的禽兽，干吗学他们?"他本来把笑脸偏着说话的，这时就将脸色一正。

大妞虽不懂什么叫无父无君，禽兽两个字倒是懂的，便问道："老先生，你既然不喜欢学堂里学生，为什么又在学堂里教书呢?"这一句话却把他问得无言可答。很久很久，他不住地摸那胡子，这胡子倒也能和他分忧解愁，居然被他在胡子杪上找出一个答案来。

第六回

骨肉与思潮父父子子
金钱到恋爱我我卿卿

却说大妞因闵宗良反对学校，就问他为什么在学校教书，这一句话问得他无言可答，只用手摸那长胡子。在这胡子上，他忽然得了一点儿新感想，便道："咳，姑娘，你哪里知道，我年纪老了。我有这样大的年纪，手边下又没有一点儿什么积蓄，我若不找一点儿事情混混，余几个钱，再过几年，我什么都不能动了。我的衣食两件大事怎么样子办？因为如此，我也只好去教书。况且我在学校里教书，总是劝学生跟着我学，不要胡来。这也是我不入地狱，谁入地狱的意思。"大妞摇着头道："你说的这些，我不大懂，反正你在学堂里挣钱，我也在学堂里挣钱，那有什么分别？你说没有法子，谁不是没有法子啊！我要有钱，我一样地也会在家里当大姑娘呢。"闵宗良用手摸了胡子笑道："你这孩子倒会说话。"只说了这句，也无甚可说了。

大妞见他书桌上放了一个双和合抱住的小笔管子，便笑道："这两个胖小子，真有个意思。"于是就伏在桌上手捧了那笔管只是玩弄。闵宗良站在她身后，见她穿的这件短裤子蓝布长旗袍，恰是用最时髦的制衣法做成功的，腰部瘦小得只一把，臀部却肥大起来；旗袍下面，开了很长的衩缝。她的只脚竖了脚尖，向后斜悬着，露出一大截白线袜子来，这袜子里裹了她的腿肉，紧绷绷的。再向上面看，她梳着光亮油乌的双髻，露出下面雪白的颈脖子来，这虽不必看她的脸，也就觉得这位姑娘不怎样讨厌。她并不知道这位老先生在身后赏鉴她的曲线美，她自己拿了那和合笔管只是看着玩。老先生缓缓地走了过来，也伏在桌上，笑道："这样大的孩子，还只是淘气。"她忽然打了个呵欠，将手一伸，那只左手不偏不倚恰好地搭在他的颈脖子上。闵宗良的脖子让她又暖和又轻软的手碰了，心里说不出来有一种什么感觉，望了望她，竖起胡子一笑。大妞也将眼珠斜瞟了他，向他低声笑道："劳驾，劳驾。"于是慢慢地将手胳臂抽了回来，还是伏在桌子上。

闵老先生情不自禁了，便笑道："你喜欢这个笔管吗？就送给你吧。"大妞笑道："这两个胖小子，妖精儿打架似的，我真爱它。"说着，一手拿了就向衣服袋里一塞。闵老先生一手撑了桌沿，一手搔了鬓毛，笑嘻嘻地道："你喜欢什么，只管和我要；只要我有的，我一定送你。"大妞依然站在那里，并不离开。那头上的生发油香、脸上的脂粉香一阵阵地向人鼻子里送了来。闵老先刚要收起来的笑容，却又笑了起来。大妞笑着抬了肩膀道："你今天什么事那样大乐？捡着了什么米票子吗？"他就用手摸了胡子笑着，连说："你这孩子淘气。"

大妞在他对面站着，用一只手摸了自己的脸，偏着头想道："哟，我是干什么来的？我都忘了。哦，我记起来了，我妈说你这儿陈报纸很多，和你要几十张。"闵宗良道："你们拿了字纸去，无非是糟蹋，我给了你，我也罪过。"大妞道："老先生，你说话有点儿不顾信用。刚才你还说来着，只要你有的，我要什么你就送什么。你瞧，你那床底下那一大堆报纸总有好几十斤，送我们几张也不肯。"说时把她的小嘴噘了起来了。闵宗良道："送，我是送你，你且说要报纸干什么用。"大妞道："我们的厕所壁子上全漏了缝，总

79

得糊上才好。你说买白纸来糊吧，哪有许多钱；就是报纸好，又省钱又结实。"

闵宗良正了颜色道："你不看到我刚把字纸由地上拾起来吗？拿去糊茅房，那怎么使得？"大妞鼓了嘴道："不给，我就知道你不给，一斤报纸，要卖二十六枚铜子了。"闵宗良便笑道："送你这些报纸，那是没有什么不可以的。可是我有一个条件，就是你要糊茅房，只能糊上截壁子，不能糊下半截壁子。你也是认识几个字的人，你总也不能那样不怕罪过。"大妞只要他答应肯送报纸，这个问题无答复之必要；自己马上就蹲身到床底下去，把堆好的旧报纸伸手掏了一大叠，拿起欲走；看那样子，约莫有六七斤。闵宗良虽然是心痛，然而为了自己很喜欢这个女孩子，也就只得忍了。

大妞拿了报纸出门去以后，剩了满地的荞麦皮，闵宗良本待叫小长班收拾了去，又怕小长班说出了底蕴要大声反对，只好找了一把扫帚，在屋子里亲自扫来。只扫了几下，大妞忽然跑了转来，一路嚷着道："老先生，老先生，你的大儿子来了。"她嚷着，把脚跨进房来。闵宗良见她笑容满面，便笑道："你这孩子，你又把话来冤我。"大妞道："真的，冤你我不是人。你那大儿子，很好的一个人。"闵宗良看她样子夸赞，似乎不是假话，伸直了腰，向外一看，果然是儿子来了。他穿了一条白帆布裤子，上穿哔叽西服，胸面前垂了个大红领带子，手上拿了一顶蜇白的平顶草帽，引着一挑行李走了进来。

闵宗良这个儿子，原名闵执忠，后来执忠自己觉得太腐化了，而且没有一点儿刺激性，就改名不古，外号滔天汉子，原在本省中学读书，是个能演说、能打架、能吹口琴、能演话剧的人。只是有些缺点，功课全不及格。闵宗良屡次写信给他，绝不承认"不古"这个名字。每次写信，都是写着"闵执忠"。在不古方面，每次接到父亲的来信，在信封面上，看到"闵执忠开拆"一行字也就老大不快，以为父亲既顽固又专制，儿子取名字都不能给他一种自由。他气极了，这样的父亲还要他做什么？和他断绝关系也就完了。因他在接到父亲的信以后，总要十天半个月不写信给他父亲，然而所停歇的，也就这十天半个月；因为十天半个月之间又非和他父亲要钱不可的了。为了这一点儿缘故，闵不古虽是十二分地不满意他父亲，然而在文字上，总还没有明显地表示出来。

在最近两个月内，闵宗良因听到了一些消息，说是儿子在南方报上大登文章，主张非孝主义，这比儿子用刀扎了他一下还要痛恨十分。曾写了一封"原道"一类文字的长信，去质问不古。不古对于这种信，当然一笑置之，并没有答复。这样一来，父子的感情就差多了。不古也就想着，千生气，万生气，也不该和钱生气，因之便写了一封信给父亲道歉，说是外面的谣言不足信，自己并不曾有非孝主张。闵宗良知道这信是为要钱而来的，依然不给他一个答复。这样有了两个月之久，不古实在熬不住了，在南方借了几个川资，就动了身到北平来。闵宗良真是未曾料及的一件事。

这时不古走进屋子来，手上拿了帽子，微微地向父亲勾了勾头，接着便道："这会馆里有地方住吗？"闵宗良见儿子见了面，连爸爸也不叫一声，便觉得这孩子太不懂得孝道，应当教训他几句。不过转身一想，这样一个玉立亭亭的儿子，和现一班莘莘学子去比，并不能比了下去。他之不讲礼节，都是自己当他幼小的时候惯养出来的，非一朝一夕之故，也不能怪他。便把手缓缓地摸了胡杪，望了儿子道："地方呢是有的。你怎么事先也不写一封信给我，就突然地来了？"不古道："南方的学校，现在办得都不好，我想转学到北平来。"闵宗良站在屋子中间，依然用手一下一下地摸了胡子杪，沉吟着道："到北平念书，是你根本错了。我在此教书多年，向未见好德

81

如好色的学生。不过你既来之则安之，这里东边房有两间空屋，你就在那里住着得了。"不古看到父亲的颜色并不十分难看，这倒和一路揣想的情形有些不同。以为父亲见了面，必要咆哮一顿，如今却是说了既来之则安之的了。

他爷儿俩在这里说话，大姐依然在房门外站定，夹了一捆报纸，向里面呆呆地望着。不古望了她一眼，就问父亲道："这会馆里还住家眷吗？"闵宗良却也闻弦歌而知雅意，便道："不相干。这是对面住的街坊，在会馆里常接些衣服洗。"不古听说，心里想道：这可了不得，北平这地方真是文明荟萃之区，连接衣服洗的姑娘都是这样子装束时髦，便向大姐笑着点了两个头道："我一路之上，换了有好几件衣服，请你给我拿去洗一洗。"闵宗良觉得儿子太唐突人家，便道："人家现在已经不洗衣服的了。"大姐道："没关系，你们大少爷从远处来的，有衣服只顾拿出来，让我妈去洗。今天她正闲着呢。你换下来得了，待一会儿我来拿。"说时，她的眼神向不古一瞟，于是笑嘻嘻地走了。

不古虽看不出来她和父亲是什么关系，然而她这个样子自是一番好意，心里这倒想着：到了北平来就遇到这样一个解事的街坊，这倒不会感到苦闷的。匆匆忙忙，将屋子布置好了，就把换了衣服理在一处，吩咐小长班把那个洗衣服的姑娘找来了。闵宗良见他对洗衣服这件事如此注重，心里却有些不高兴，然而也不便拦得。那大姐来了，直接就到东厢房，把衣服接了去。

闵宗良屋子里那一地荞麦皮还未曾收拾，这时拿了一把短扫帚又待去扫，但因为大姐来了，他就隔了玻璃窗子，向院子外呆呆地看着。及至大姐去了，他却走到东厢房来了，向不古正了脸色道："这姑娘不是好人，以后你要少和她说话。"不古道："怎么不是好人呢？我一来的时候，就看到她老在你房门口。"闵宗良道："我知道你一定是这样说的。但是你不想我这一大把年纪，没有关系吗？她是街坊家的姑娘，我也没法子拒绝她来。"不古道："你说她不是个好人，是不是她手脚有些不干净呢？"闵宗良道："她倒不是偷东西，不过她干的事情不好。"不古听了父亲如此说，倒注了意了，就站到父亲面前问道："莫非她是干皮肉生涯的？"闵宗良将手上的扫帚放着垂下来，昂了头望着天道："难言之矣！"说毕，他自回屋子去扫地去了。

这时，那小长班捧了一盆水进去擦抹桌椅，不古问道："你们只管擦桌子，不管扫地吗？"小长班道："管啦，那是我们分内的事。怎能说不管呢？"不古道："那么为什么我父亲屋子里脏了，你不给他去扫呢？"小长班道："你说的是那荞麦皮吧？那是老先生自己愿意扫。这位老先生本来干净得可以，一天扫好几回地。刚才那位大姑娘，不是在这里夹了一捆报纸走了吗？那荞麦皮就是她撒的。老先生不好意思让我们来扫，所以他自己扫了。"不古笑道："原来如此。这姑娘做什么的？"小长班望了他笑道："说起她来，跟你到对劲儿。她是个模特儿。"不古笑道："哦，原来如此。她还接衣服洗做什么？"小长班道："她早不洗衣服了。你来了，她是特别高兴，所以就要接你的衣服去洗。"不古听说，手摸了光油的头发，只管微笑。他心里这也明白了，原来父亲说她不是好人，她是一个模特儿；那意思，他倒想据为己有呢。

他有了这样一番思想，闵宗良和他说的话，当然置之脑后。当天也不向他父亲表示什么。到了次日，等他父亲出门去了，就吩咐小长班把大妞叫来，说是有衣服洗。不到十分钟，大妞就来了，站在院子里头，就笑起来道："昨天拿好些衣服去了，怎么今天又有衣服？"不古由屋子里跳了出来，向她一点头道："密斯赵，我们是同志呀。"大妞在学校里混了这多天，也知道什么叫同志了，便笑道：

"哟，你客气。"不古道："我也是最爱美术的一个人，以后我们可以常常谈谈，请你等一等。"

说着，他就跑到屋子里翻了一阵，手上提了两个纸包出来，交给大妞道："没有什么好东西，家乡带来的几两茶叶送给你喝。"大妞接了，两手捧着笑道："你大远的路带了来，留着送人吧。"不古笑道："送别人是送，送你也是送，只要挑愿送的人送，带了来，就算没有带错。"大妞眼珠向他转着，微微有些笑意。不古更高兴了，看这样子，这姑娘并不是毫无意思的，因笑道："我们都是邻居，以后有事请你多照应点儿。我们出门的男子，有好多事是要求女子帮忙的。"他说到这里，不觉把话顿了顿，因为说这话固然是无心说出来的，然而细心去揣测，倒好像有心占人家的便宜。

大妞倒也坦然处之，向他笑道："有事你只管找我，我不在家，还有我妈啦。缝一点儿，洗一点儿，全成。你不是还有衣服洗吗？"不古说："是的。"就走进屋子去拿衣服；然而打开小箱子来看一看，几件换洗衣服都拿着去洗了，哪里还有？捡出两件干净的衣服看了一看，实在没有洗的必要；手上捧了衣服，正踌躇着，却听得身后有人道："那衣服不用洗的。你若是找不到要洗的衣服，可以把你带来的铺盖拿去拆着洗。"回头看时，大妞靠了门站着，向人只管微笑。这倒好像她已经知道自己的用意，令人怪不好意思的。还没有把话答复出来时，她又道："你就没有衣服洗，也不要紧，我们是对面的街坊，你有事找我，只要我在家，我一定就来的。"不古不料这位姑娘倒如开门见山的有话就说，倒红着脸不好意思。大妞笑道："既是你要拆洗被褥，我那里地方脏，又窄小，不要把你的棉花套子弄坏了，让我在你这里拆了拿去吧。"她真大方，说时就到不古屋子里去，把他卷着的铺盖卷打了开来，侧了身子在床上慢慢地拆着。不古心想：她既比我大方，我还怕些什么？于是也就走进屋子来，坐在椅上，有一句没一句地和她谈着闲话。

一床被褥只拆了一半，高氏却追着来了，站在窗子外面喊道："大姑娘，大姑娘，家里有事，你怎么老不回去?"大妞听说"有事"两个字，心里有些明白，就笑着出来，望了她母亲一眼睛道："胡呢？欧呢?"高氏道："你回去吧。"大妞只得随在母亲后面，走回家去。高氏道："你今天发了什么疯？一天到这会馆来好几趟?"大妞笑着一扭头道："那个小闵先生很有意思。"高氏道："老先生也就够贫的了，他那儿子也不过穷小子一个罢了。"二人说着话，走到了家里。

大妞一看，屋里屋外并没有人，便道："有什么事胡说八道的？你一定把我逼了回来，干什么?"高氏手按了她的肩膀低声道："你这孩子，记性真是坏。昨天你回来说，不是今天下午三点钟欧先生约你去看电影吗？现在什么时候了，你还不该去吗?"大妞笑道："我不爱跟他们去看电影，坐着那里一点儿也不老实。"高氏轻轻一顿脚道："别嚷！别嚷!"大妞笑道："怕什么？谁还不知道呀?"高氏道："别废话了！你去吧。我叫你和胡先生借五块钱，还没有回信呢。"大妞一噘嘴道："天天向人家要钱，怪不好意思。"高氏道："有什么不好意思？他们天天要你去玩，你就天天能和他们要钱。他们要做了我的姑爷，我还打算要他养活一辈子呢。这就算不好意思吗?"高氏说着话，就用面盆打了一盆水来，又把香胰子白毛巾一齐放在脸盆边，把刚收洗的蓝竹布旗袍烫得一点儿皱纹都没有，也放在炕上，就催着她道："你快洗了脸，就走吧。去晚了，就赶不上钟点了。"大妞被她母亲催促不过，收拾一番，雇了一辆人力车，就到欧化先的公寓里来。

欧化先这时已知道胡当仁以金钱的力量将大妞这颗心收买过去了，自己要想把大妞夺过来，非得比胡当仁出的钱多不可。一个人在公寓的屋子里，正背了两只手在屋子里转来转去，大妞一开门笑着进来，这就弯了腰向她一鞠躬道："密斯赵才来，哦，真把我等一个够……"说着，连忙倒了一杯茶，双手递给了大妞。大妞笑道："我今天不舒服，本打算不来的。可是我妈再三地和我说，你约好了我，我不能不来。再说，我还有一件小事求教你，这两天我家里很缺钱用，你可不可以借两三块钱给我？"欧化先红了面孔，便低声说了一句道："昨天我给你两块钱了。"大妞道："我知道你给了我两块钱，那个钱是你送给我的，我很谢谢你。现在我是和你借两块钱，过几天有了钱，我就还你。"

欧化先对于她这个要求，却是有些难于答复，要说借给她，就是送给她；身上恰是只有一块钱，仅仅够看电影的。若说不借给她，或者实说自己身上没有钱，这都不大好。那两只手依然插在裤子袋里，抬了两只肩膀，斜伸了一只脚，站着向大妞微笑着，却没有什么话可说。大妞道："不借也不要紧，为什么不言语？"说时微低了头，噘着嘴唇。欧化先看她有些生气的样子，若不借钱给她，她一定就会疏远起来的。临时想了个折中的办法，就把预备看电影的那块钱掏了出来，笑嘻嘻地弯了腰伸了过来，笑道："我们这交情还谈什么借不借？我送你一块钱就是了。"大妞低了眼皮，看到只有一块钱，并不伸手来接，淡淡地道："我还不差一块钱用，你带着吧。"欧化先被她扫了这样一个大面子，那一块钱一定送给她不好，收回又不好，站在那里倒发了呆。

大妞看他那样子，是舍不得拿出两块钱来的，便道："欧先生，再见了。"手扶了门就要向外面走。欧先生既拿不出两块钱来，又怕她一走之后就此决裂了，只得赶快地向后倒退了一步，塞住了房门，两手平伸着，笑着连连地道："别忙，别忙，我们还要一块儿去看电影呢。"大妞笑着点头道："我不瞧电影，你有钱自己花吧。"她这两句客气话，真比打了人家、骂了人家还要厉害。欧化先怒气上冲，立刻将身子一闪，就让她过去。她真也不肯稍微留一点儿情面，挺了胸脯子就这样走了。

她一路走着，口里还咕噜着道："凭你这样一块钱，就想占人家的便宜，哼！"她对于胡当仁，本来也不过为了一些金钱上的利益，并没有什么特别良好的感情；可是一受了欧化先的气，立刻就改变了方针，心里想着：你不是怕我和胡先生要好吗？我偏要和他来往，活活地气死你！于是雇了一辆车子，就到胡当仁家来。恰是他站在门口送客，未曾进去，看到大妞下车，就笑问道："多少车钱？"一问之后，立刻把钱给了。大妞觉得和欧化先一比，人家就大方多了，笑着走进房子去道："你今天下午没有出去吗？"胡当仁道："因为怕你要来，所以没有走。居然一猜就着，你果然来了。"

到了屋子里，看见桌子上摆了两只玻璃碟子，一个碟子里装着水果，一个碟子里装着鸡蛋糕。他笑向大妞道："我怎么不是等你来？吃的东西都给你预备好了。"大妞道："你怎么就知道我一定会来呢？"胡当仁道："你不是和我要五块钱，我约了你今天下午来拿的，所以我想你不至于失信。"大妞心想：和人家讨钱的人，还会有什么失信？这可见他用钱真是满不在乎，遂即笑道："我倒不是来拿钱的。今天下午没事，我想陪你去看电影。"胡当仁携了她的手，向她笑道："怎么着？你也爱看电影了吗？这可见得一个人只要受了艺术的陶熔，自然也就会爱起艺术来的。你有这个兴致，我当然赞成。"于是又加了一只手，握了她的手。两个人四手相携，四目对视，就笑起来了。

胡当仁看了一看手上的手表，已有三点半钟，因向她道："要看第一场是来不及了。我们看五点半那一场吧。我沏壶好茶来，我们先谈谈好不好？你出来久了，你妈不找你吗？"大妞道："我出来都是和我妈说明了的，随便什么时候回去都没有关系。"胡当仁笑道："真没关系吗？"大妞道："真没有关系。"胡当仁道："那也好，你就在我这里谈一宿，明天吃了早饭回去吧。"大妞瞅了他一眼道："那干吗？"胡当仁笑道："不干吗呀，你不是说没关系吗？"大妞向屋子外一努嘴道："你这儿还有个小听差啦，说出去了多难为情。"胡当仁依然拉了她的手，拉着同在一张沙发椅子上坐下道："你果然有那个意思，我就把这小听差辞了。"

大妞将身子一靠，歪在他怀里，笑道："你还要怎么着，这不称你的心吗？你真有那个意思，你赁一所房子让我娘儿俩过日子，我也不用上学堂给人去画了。你瞧好不好？"胡当仁立刻没有答应她的话，心里似乎想了一想，接着才道："这慢慢地再说。"大妞将他两只手一摔，闪开了，坐在一边道："我明白，你和我要好，不过是拿我开心，哪会真心要我呢？"说时，就低着了头，嗽了嘴。胡当仁连忙一把将她搂住道："不是的，不是的。"大妞将身子一扭，还是躲了开去。胡当仁道："你别生气，听我说，我为了你惹得许多学生反对，几乎砸了饭碗，这是你知道的。这个时候，我要正式和你成起家来，更要引得大家疑心。所以我尽管爱你，不敢太弄得明白了。你若是望我事情成功，当然也不会逼我走上丢饭碗的那一条路的。"

大妞道："你发了财，做了官，又怎么着？我也是想不着你一个大的。"胡当仁道："怎么想不着？譬如说，昨天我答应给你五块钱，就是我在学堂里会计处借来的。假使我的事情丢了，今天就不好意思到会计处去借钱。我借不着，今天你又哪里有钱来呢？"他说了这话，才猛可地将大妞提醒：自己和人家要钱来的，钱还没有到手呢，怎好和人家闹别扭？便抬起头来，向他笑道："你这话倒是真的。可是你的钱，还没有交给我啦。"胡当仁道："不忙，看完了电影，回头到我这里来吃晚饭，吃过了晚饭，我给你雇好了车揣着钱回去，也省得丢了。你看好不好？"大妞笑道："我又不是三岁两岁的小孩子，揣五块钱在身上都揣不住吗？"

她原是掉过身来和胡当仁说话的，看到他脸上微微地有些黑痕迹，就在纽扣上摘下手绢来，向他脸上去擦着，脸对了胡当仁的脸笑道："你要人家知道你是教书先生，所以在脸上挂着幌子吧？"这样随便一擦脸，本来也没有什么特别之处，可是她的手碰到脸上，她的眼睛看到脸上，就让人有一种不可言传的痛快；让她慢慢地擦完了，就笑向她道："我若是有你这样一个人，常常地和我收拾屋子，照顾我穿的吃的，那我就痛快了。我心里一痛快，做事有劲，挣钱也自然会挣得多起来。就是你和我要钱花，也方便得多啦。"

大妞看着他手指甲长得挺长，笑道："我和你剪一剪吧。"于是将桌上的一把白钢小剪刀拿了过来，挨着他坐了，拖了他的手到怀里来，低了头给他修剪着。胡当仁心想：她先是撒娇，怎么又突然地这样巴结起来呢？是的，为了我许了她五块钱还没有拿出来的缘故，这钱我倒别忙，非到那时候不能给她，乐得让她多奉承一些时候，因之便向她笑道："我说话是不失信的。许了人家的东西，拼命也要和人家弄了来，除非那个人有特别的原因把我得罪了。不然，我是说得到办得到的。"大妞站在他身边，两手拿了他的手指，一个一个地和他修理着指甲。她的胸脯并不曾用什么抹胸或小坎肩去束缚着，可就正对了胡当仁一双眼睛。胡当仁为了这个缘故，索性把头一伸，将鼻子尖伸到她怀里，耸了两耸道："多香哇！"大妞正是把他十个手指甲都修理完了，连忙将身子一闪，闪到一边去，笑道："你好好儿的又要胡来。"胡当仁笑道："这就算胡来吗？我觉得我为人就很规矩呀。"大妞笑道："对啦，你很规矩，你是规矩人里面挑了出来的。"

胡当仁见她手扶了沙发椅子靠背，半侧了身子，向人瞅着微笑，真是一个绝好的姿势，于是走向前拉了她的手，一同在沙发椅上坐下，笑道："你说句实心眼儿的话，我待你怎么样?"大妞想到他刚才说的话，若是有人得罪了他，他许了的东西也会不拿出来，便将头靠在他肩上，扭了两扭，故作娇声道："你待我好。"胡当仁道："既然我待你好，为什么你又和欧化先那些不相干的人交朋友呢?"大妞依然撒娇道："哼，哼，哼，你冤枉我的，我没有。"胡当仁道："哈哈，你不要赖。昨天我在电影院里亲眼看见你和他在一处。"大妞道："他死乞白赖地逼了我去，我是没有法子。"胡当仁道："我就不信，他比我年轻，你不喜欢他，倒会喜欢我吗?"

大妞将手挽了他的颈脖子道："我喜欢你，我不喜欢他。年轻怎么着? 也不能卖多少钱一斤! 你能挣钱，又是个先生，我喜欢你。"胡当仁道："我会挣钱；我要不会挣钱，你就不喜欢我了。这可见得你喜欢我并不是真的。"大妞用手臂将他的颈脖子又紧紧地勾了两下，扭着身体道："你矫情，你存心挑我的眼，要这么着，我不来!"

胡当仁看她这样子，多少已经解得一些温柔意味，在艺术家的眼光看来，所谓女人就是艺术，这多少有些道理，便向大妞道："以后你永远像这个样子，我就喜欢了。学校里那个事情，你可以不去，每月在学校里能挣多少钱，这钱归我给你就是了。你愿意不愿意呢?"大妞道："你这是怪话了，难道我有那样贱骨头，愿意脱了衣服让人瞧、让人画吗? 可是我在学校里差不多一月要拿到二十块钱啊，你都能拿出来吗?"大妞这样说着，似乎这二十块钱在她眼里是个很惊异的数目。胡当仁就毫不犹豫地将胸脯子一挺道："这很不算什么，完全归我得了。"大妞见他很慷慨地答应着，便站了起来，对了他的面孔问道："你这话是真的吗?"胡当仁道："你这叫笑话了。我若是骗了你，将来把什么东西向你交代呢? 别的事情可以撒谎，你的职业我可以胡乱误你吗? 将来你辞了那个事，一家子吃喝穿全没有了着落，我若不帮你的忙，我不但是不算爱你，而且是害了你的啦。你想我为人，是那样损德吗？不过是那二十块钱，我要帮助你，只要我事情好，我还要和你做许多衣服穿呢。"他说着，所许的条件竟是越来越大了。

大妞真个从心窝喜欢出来，只管向他笑着，不但不要胡当仁来招待，而且忙着跑进跳出和他打洗脸水，提开水壶，倒了茶，亲自送到胡当仁手上去。胡当仁笑道："可惜我自身还有障碍，要不然，有你这样一个年轻的太太伺候着，那是多美的事情。"大妞跟着教员学生们终日厮混，她也就知道一些文言的意思，胡当仁说到他自身有些障碍，揣情度理的，便有些明白，这样说来大概他家里是已经有了太太的了，便问道："你结婚几年了？"胡当仁伸了一个懒腰，笑将起来道："你问我这个做什么？"大妞道："我问问也不要紧呀。难道你有太太，还瞒着人吗？"胡当仁笑道："这又不是犯法的事，我干吗瞒着人呢？"大妞冷笑道："犯法是不犯法，可是说出来让人家知道了，就差一点儿劲儿。"胡当仁笑道："差什么劲儿呢？我倒有些不懂。"大妞道："没什么劲儿。不管你有太太没太太，我全不在乎。"胡当仁站了起来，用手拍了她的肩膀道："一千个对不住，一万个对不住。"

如此一说，大妞一想，他许我的五块钱，一个子儿还不曾拿他的，若是真凭这句话和他闹僵了，这五块钱到底是要与不要呢？她如此想着，接着就微笑起来道："说着玩话，你就发急。"胡当仁道："这样说起来，我就是有个太太，你也不在乎的了？"大妞笑道："你这话可怪，你有没有太太与我有什么相干呢？我管得着吗？"胡当仁道："既然与你无干，你怎又说有了太太，要差一点儿劲儿呢？这样看起来，我们的交情大概不能老往前进行，不过做一个平常的朋友罢了。"大妞笑道："你别多心，我是和你闹着玩的。你就是有太太，我也一样地和你要好。"胡当仁道："那为着什么呢?"大妞道："这个你有什么不懂，还不是为了我爱你吗?"胡当仁呵呵大笑道："这可了不得! 你现在也知道恋爱了。好吧，只要你有这一句话，我为你费多大的气力都是愿意的。"

二人越说越亲爱，又坐到一处去了。但是大妞心里头却不时地在那里提醒自己，乃是和他要五块钱，和他要五块钱，和他要五块钱。这五块钱在胡当仁腰包里，恰是一时又不能拿出来。这一幕钩心斗角的趣剧，于是乎也越演越长了。

现在的世界，有钱阶级和有枪阶级同是一样地蹂躏人权者，有枪阶级蹂躏人的时候，人家只有恐怖着，战战兢兢地听他宰割，痛快是痛快，可是没有什么趣味；有钱阶级蹂躏人的时候，人家并不用得恐怖，他也并不给什么为难的脸子你看，被蹂躏的人却是笑嘻嘻地对他表示好感，心里尽管有不愿意的时候，面子上可表示着受用极了。胡当仁虽不是有钱阶级，然而在大妞的眼睛里看来，就是个有钱阶级了。因为如此，他尽可以拿出他那有钱的威风来对付大妞。大妞心里是越想那五块钱，越不敢得罪他；他要怎样，就只得听他的便怎么样做去。

纠缠了一个多钟头，那小听差没有得到主人翁的命令，也不敢走了进来，还是胡当仁觉得到了看电影的时候了，这才向大妞道："我们可以走了。"大妞走到墙上一面镜子边，照了一照，用手摸着头道："你真够瞧的，把我的头发闹得成了乌鸦窠般了。"于是和他要了一把小骨梳，将头发梳理了一会儿。胡当仁平常也擦雪花膏的，又要了他的雪花膏，将脸子敷抹了一阵，然后整一整大衣襟，牵牵衣领子，笑向他道："走哇。"胡当仁倒望了她只管笑。

第七回

廉耻不疗贫金钱骨肉
糊涂还有理菩萨心肠

　　大妞道："你笑什么?"胡当仁道："我想一个女人就像一棵花一样,这花若是随便栽在乱草窠里,没有人理会,无论天生得怎样好看,也没有人注意。若到了花儿匠手里,费一点儿功夫,下一点儿资本,无论什么草本花木本花,开了出来,一定好看。你好比是一棵花……"大妞笑道："下句不用说,你就是花儿匠。"胡当仁笑道："你也知道,我把你修饰得很时髦了。你应当怎么样谢我呢?"大妞笑道："你说吧,我要谢你的那一份儿,早也就谢了你了。还要谢你什么呢?"胡当仁笑道："你虽是谢过我了,但是我还有一份不满意,就是你依然和我的学生来往。我要和你谈恋爱,就不能让你再和别人谈恋爱。若是我得的人,我更不愿意了。"大妞道："好,只要你有这句话,以后我就只和你一个人要好。所有你的学生,我都不睬他,你看好不好?"胡当仁笑道："那当然是好,可是你不嫌我比他们年纪大吗?"大妞又靠到他怀里撒着娇,不许他说这话。

　　他这才陪了她一块儿去看电影,然而胡当仁和她去看电影,与其说是找娱乐,不如说是找罪受。因为他怕人看见,要电灯灭了,电影开映了,方始进场。休息的时候,电灯一亮,他装了小便立刻就走了。大妞对于他这种行为,当然也是很不高兴,不过为了要得他那五块钱,遇事都得屈就,也只装了麻糊。

看完了电影，大妞又陪了胡当仁一道回家去。现在她不像以先那样笑嘻嘻地说话，皱了两道眉毛，垂着头，只管无精打采的样子。胡当仁道："你怎么了？"大妞两手伏在茶几上，自己将头枕在手臂上。胡当仁道："怎么样？你是不大舒服吗？"大妞正要说出这句话来，他代为说了，那就更好，就微微抬起头来，向他皱了眉道："可不是吗？我全身都发烧。"说完了这句话，她又枕着头睡下去了。胡当仁一想，不要是自己胡来，闹出了什么乱子，赶快打发她走吧，于是掏出五块钱来，塞到她手上笑道："我说了的话，现在实行了。你回去安歇安歇吧。我去和你雇好一辆车。"大妞将钱拿到手，一天愁云都算拨开了，站起来微笑道："你干吗那样客气，回回都要你替我雇好了车？我真不好意思。"胡当仁笑道："要那样子说不好意思的事情多了。"大妞道："多谢您啦。"她说过这话，就起身向外走着。胡当仁跟在她后面送她，她已很快地走出大门去了。胡当仁这才觉悟过来，终日打雁，被雁啄了眼睛了。

　　大妞出了大门，精神抖擞地雇了一辆车子就回家了。这虽是夏天的日子，然而到了八点多钟，天色也就昏黑了。走到家里，在窗子外面就看屋子里灯影摇摇，她母亲高氏在屋子里念念有词，走到门边听时，却听到了一句话道："这孩子这个时候还不回来，真让人不放心。"大妞一掀破竹帘子，钻了进去，笑问道："有什么不放心？难道我这样的老大个儿，还会怕人拐走了吗？"高氏见了她，且不答复她的话，先反问道："那姓胡的给你的钱，你拿着了吗？"大妞道："钱是拿着了，可是话要说明，这钱我挣来也不容易，你应当分给我一半。"

　　高氏正在炕上清理她一大卷破布片，听了这话，将所有的布片卷着一团向炕头上一塞，站到大妞身边，握了她的手道："给了你多少钱？你快说出来，你快拿出来。"大妞绷了脸道："嗬，真狠。咱们得评评这个理，我十七八岁的大姑娘，不顾脸面，什么事都干，挣来的钱我一个花不着，全倒要给你。"高氏气得也红了脸道："你这是什么话？你说你是身子换来钱，你身上的骨肉还是打我肠子里出来的呢！我把你活卖了，也不为过。让你去赚几个钱来用，那算什么！"说着，她就伸手到大妞衣兜里去搜钱。大妞一手捏了衣服的口袋，紧握住了那五块钱，身子就向地下一蹲，那一只手虽是被她母亲拉住，她还极力地想要摆脱，口里还嚷着道："你只管抢，我偏不给你。你能为这个把我打死来吗？"

高氏本来没有生气，可是看到大妞这样和她一闹别扭，她就有气了，只等大妞说了一个"打"字，引起了她那打的观念，一伸手，照定大妞头上就是一巴掌。大妞被她打着，哇的一声哭了起来："好，你打我吧！你打死我吧！"说着，身子向地上一赖，直挺挺躺在地上，口里又哭又嚷道，"你打死我吧，我不活着了！"高氏也是气不过，就将身子坐在大妞身上，用拳头在她身上乱捶乱打。大妞更是手乱划、脚乱踢、头乱撞、口乱嚷。这一下子，早把大杂院里的邻居完全引着跑了来。有两个手快的，就将高氏搀起。大妞依然直挺地躺着。有人就问道："娘儿俩过日子，为什么这样地拼命！"大妞突然地坐在地上，头发披到口角边，眼泪水和鼻涕沾成一片。她指着高氏道："她狠心，要把我打死哩！请大家评评这个理，我把身子换来的钱，我自己一个大都不能花，全要给她，有这个理吗？"高氏一拍桌子道："为什么没有这个理？你是我肠子里拉出来的，我爱把你怎样，你就得怎样。我叫你让人去画，没有叫你姘汉子。我的脸都丢尽了。我要再不弄几个钱，我为了什么？"大妞道："那活该！是你叫我出去的，是你叫我去姘汉子的！"

邻居里头有个石太太，儿子是个算命卜卦的，她为了母以子贵，在这院子里也是个知识阶级，听了这话，就对高氏道："我说大妞妈！你别那样乱嚷，有话慢慢说。什么都是八字注定了的，强也强不来。我大儿子和大姐算过命，说她今年下半年准交好运。你多少年月都熬过去了，这二三个月的你就忍耐一点儿。我们儿子说，大姐还要做夫人。"大姐听了这话，心里非常地得意，坐在地上，靠了桌子腿，也不哭了，鼓着脸望了她妈。高氏是最相信八字的一个人，听了石老太太这话，软了大半截，便道："我有什么不熬着呀！这两个月，实在熬不过去了。一天两顿窝头都混不出来，才托王大哥给她找了这样一个事。不瞒大家说，这满胡同里的人，谁不在身后笑我？谁叫我穷来着呢！拿亲生骨肉去当窑子的也有，这总比那好一点儿；所以我也就开一只眼，闭一只眼，让人家去谈论去。可是我这样丢脸受气为了什么？不就为了钱吗？她在外面得了钱，全数归她，一个也不分给我。你想我为什么不着急？"大姐道："我每回拿回来的钱，都没有给你吗？"

石老太太上前，将她拉了起来道："瞧我吧，大姑娘。你要用钱，也不要紧，可以跟你妈好好地商量。俗言道得好：'君要臣死，不得不死；父要子亡，不得不亡。'你怎么样子有理，也是你妈肚子里出来的。十月怀胎，就不容易。你将来出了门，一添孩子，你就知道。再说由毛毛虫似的把你养成人，那不是一口气力的易事，你又是个没有爸爸的人，你妈很可怜啦！俗言说：'当家才知柴米贵，养儿才报父母恩啦。'你别闹，你别闹，听着我的吧。"大姐本有一肚皮道理，经石老太太这一篇老妈妈大纲一提，她竟是完全屈服了，坐在那凳子上，低了头，垂着泪，不作一声。

邻居的男子们都走了，这就剩下王大嫂、石老太太、杨家婶、小狗他妈。有的坐在炕上，有的坐在门槛上，大家议论起来。高氏靠了一只小水缸，屁股半坐在水缸盖上，掀起一片衣襟，擦了眼睛道："死鬼要是活着，我又何必受这些委屈！养了这样大闺女去干这种事，我也是没法子。现在我是见人低三尺，我落着什么呢？也不过多吃两餐饱饭罢了。想起来我真恨不得寻死！"

小狗他妈的丈夫是在下处写账的，她自己也当过几个月妓女，她最反抗一种妇女的廉耻论，这就接着道："大妞妈，你真想不开。这年头谈什么低三尺高三尺呢？俗言又说了：'有钱的方知羞，花花小姐住高楼；无钱的胡知羞，狗窝里边捡骨头。'有了钱，住着大洋楼，出门坐大汽车，谁不叫一声太太？你没有钱，就是个三贞九烈的女人，那才叫瞎来。谁给你在大路上竖贞节牌坊去！到了粮食店里去，少一大枚，依样地买不出人家的白面来，这个你倒别伤心！"她是坐在门槛上，半歪了脖子神气很足。

然而杨家婶以前是个小官僚的小姐，她丈夫在衙门里当过小录事，早亡故了，她却受了旧礼教的洗礼，赞成三从四德。现在把两个儿子抚养到十几岁，全靠娘家的接济与做针线度日。小狗他妈这种议论，她有些不赞成。她坐在炕上，扯了一扯衣襟道："这话倒是有理。可是三贞九烈的人，没有人给她立牌坊也不要紧；举头三尺有神灵，什么事都有过往神知道。不图今生图来生，穷命里注定了的，那也没有法子。要顾面子，是救不了穷的。"她说的话虽然欠些修辞，可是在她身份上，总算顾全了，于是劝了大妞母女几句，告辞走了。除了小狗他妈以外，也都走了。

小狗他妈将嘴撇道："你别信杨家婶的话。这年头还是找钱要紧。有了钱就好办了。你娘儿俩以后要有商有量地过日子。大妞不是有几个男朋友了吗？好好地挑个靠得住的，靠了他过日子，哪怕做个二房呢，也没关系。"高氏道："我也是这样说。要不，我为什么有了不吃，拼命给她做衣服，买五角钱一双的丝袜子？不都是为了出去风光一点儿吗？"小狗的妈道："对了。从前我们一个街坊，也是苦了半辈子，后来她姑娘嫁了个阔主儿，吃好的，穿好的，就阔起来了。你们大姑娘模样儿挺好，准找得上一个好主。石先生算命，说她福带贵人，准不会错。"高氏听了很是动心，就不再说她姑娘了。小狗他妈又两头劝了一顿，大妞就在身上掏出三块钱交给她妈，自己留下两块用。坐了一会儿，小狗他妈也走了。

高氏既知道女儿将来要做夫人，现在又得了三块钱，刚才痛打大妞的事，倒有些后悔，便对大妞叹了一口气道："并不是我和你过不去。你这几天，脾气长得大得了不得，我不能不说你两句。我只要有饭吃，又何必要……"大妞见她母亲软化了，知道完全是那三块大洋的关系，心想：没有钱打得我死去活来；有了钱，又来叫我儿子宝贝。这是什么鬼吗？不过就是那堆大洋钱罢了。心里如此想时，就将背对了她妈并不看着。高氏一看她那神气，知道女儿还在生气，就不敢作声。一个人自言自语说道："也该做晚饭吃了。做什么呢？撑面条子吧。买四十子羊肉切着葫芦馅子，包饺子吃吧。买一斤米来煮饭吃吧。"接连说了十几样，都是自己问自己不答。大妞明知道她问上这许多，是要自己答话，心又想着：我跟了先生们出外玩儿去，要吃什么没有。哼！你包几个葫芦馅的饺子，就能哄住我吗？于是依然背了身子坐着。高氏因女儿始终不作声，也没有法子去解决这晚饭的问题；一人犹豫了一会子，忽然想着像决定了的样子，便高兴道："得，还是买羊肉包饺子吃吧。"她于是拍拍衣服，走了出去。

旧京人总还是过着那北方人朴素的生活，一年难得吃上一次肥鸡大肉，高起兴来了，买半斤十两羊肉，夏天对上二三斤葫芦，冬天对三斤白菜，这就和二三斤白面，可以全家大小吃一餐包饺子，所以高氏忽然大高其兴，说包饺子吃。但是大妞当过模特儿以后，进过上中等的饭馆子，吃过外国人吃的西餐，这一餐包饺子那算些什么？因之高氏尽管卖弄，她还是在暗中撇嘴。

高氏出去了约有一个钟点，果然累累赘赘地带了许多东西回来。手上托着个报纸，口袋里面是白面，手指头上钩着一块羊肉。一摇一摆，那只手就提了一个大葫芦，慢慢地走了回来。一进门，她就把那串羊肉直伸到大妞面前，笑道："你瞧，这四十个子羊肉真不少，将到半斤了。"大妞坐在方凳子上，连忙将身子一扭，转到一边去。高氏笑道："哎，你还生我的气啦？"大妞依然坐着，扭了身子不去理她。高氏虽然知道女儿的脾气比较压下去了一点儿；但是姑娘的脾气大，若是只管去敷衍她，她不但不听劝，恐怕还要嫌啰唆。因之剁馅子和面，忙成一团，口里依然不住地自言自语道："我真是命苦，过一辈子，吃没有吃着，穿没有穿着，还要忙得像畜类一样，手脚一齐用上。唉，我这一份儿苦劲儿，有谁知道？我是打二十八岁守寡起……"

　　大妞不等她说完，突然地站了起来，将脚一顿，顿着头上的辫子就甩上一下，立刻就走到院子外面去了。这个时候，恰好王大海由学校里回来，搬条凳坐在院子里和几个院邻谈话。他看见大妞低了头在月地里走着，便道："大姑娘吃过了吗？这儿坐一会儿吧。"大妞硬了嗓子答道："吃过了，不坐吧。"王大海早将身边一张方凳子端着向中间送了一送，笑道："大姑娘又和你妈拌嘴来着吧？怎么着她也是你的母亲，你就让她一点儿吧。"大妞道："这年头儿，什么是父母，什么是儿女，有子儿就得了。儿女没钱，把他宰着吃了，还要嫌他的肉酸；儿女有钱，那就是财神爷。我们这样大的姑娘，不能够像窑子里人一样，整百整千地大洋钱往家里挪，挨挨还不是应该的吗？"

　　王大海用手拍了板凳道："你请坐请坐。我还有话要和你商量呢。"大妞将一条白绸手巾放在牙齿里咬着，用手扯了手巾的下端，挨挨蹭蹭地在那凳子上坐下。她低了头，看月亮地上的人影子，并不说什么。王大海道："今天我遇到欧化先先生，他对我说：'有……'"大妞一看，还有几个邻居坐在一处，完全说出来了，恐怕有些不雅，便道："你不用说，我知道。我明天到学校里去，你再详详细细地对我说吧。"王大海沉默了一会儿，才道："那也好，不过你要明天一早就去找我才好，因为欧先生还等着我的回话呢。"大妞道："也没有什么事，不过他要照一张相片好让他去画，不相干。"她说了这话，就回家去了。

高氏以为做了一顿羊肉包饺子，可以得女儿的欢心，不料她来也不来，心里也就想着她什么东西也吃过了，这种羊肉包饺子她哪会放在眼里？只好忙忙碌碌，一个人自做自吃。大妞想到母亲如此心硬，只为了几块钱的事情，打我这一顿皮开肉破，一点儿母女之情都没有。我赤身露体到外面去挣钱，倒让她坐在家里享福。如此想着，立刻端了一块门板，放在卧室里地上，自爬到上面去睡。她母亲吃也好做也好，她一概不管。到了次日，天色刚有一点儿灰白，就爬了起来，自己只舀一盆冷水，马马虎虎地洗了一把脸。倒是从从容容地将头发抹光，仔仔细细地在脸上抹上脸粉，又匀匀点了胭脂。身上穿的这件花布长衫已经脏得不能再穿，于是找了一件昨天洗晒干净的换好了，掖块手绢在胁下，然后悄悄地走出门去。高氏因为她到学校里去都在早上的，今天虽然是走得格外早一点儿，但是为了昨晚打架的关系，却不敢去问她。

大妞走出门来，倒犹豫了一阵，是去找欧化先呢，还是去找胡当仁呢？欧化先年轻些，他可穷；胡当仁虽是大了几岁年纪，他可有钱。胡当仁昨天和我约了，不许再去找他的学生；我若是不听他的约束，恐怕以后他就不给我钱花了。昨天已为了欧化先舍不得拿钱出来，和他决裂了。其实不见得舍不得，恐怕就是他拿不出钱来，所以昨晚上托王大海带了一个信给我，约我今天去相会，也许今天见了面，他会给我钱花的，还是去找他吧。这话又说回来了，他今天纵然可以给我几个钱，那也不过是这一次的事，以后他还不是穷着吗？心里如此踌躇着，当然也走得很慢，忽然在她身后有个人叫了一声道："你不是密斯赵？"

这样摩登的称呼，大妞虽是听得很多，但是这可以料定，除了大学里那班学生，是不会如此叫人的。莫非欧化先来了？猛然回头一看，却是闵不古，他穿了一身蓝色的法兰绒西服，里面白衬衣的翻领翻到西服外面来，露出胸脯面前一块白肉。头发虽是光乌，然而却蓬乱着并不整洁，这显得他别有一番风致。那雪白的脸子和他的浓眉乌眼睛，在大妞看来，觉得处处都好，较之欧化先之年轻、胡当仁之苦苦修饰，都要好上若干倍。她就立刻回转身来，向他笑道："叫我做什么？又有衣服洗吗？"不古笑道："我已经打听出来了，你不是洗衣服的人。以前还只管叫你洗衣服，真是对不起。"大妞道："要什么紧啦。你又不是叫我白洗，就是叫我白洗，你也没有错。原来我就是洗衣服的，你不叫我洗衣服，还有什么事呢？"闵不古笑道："我是初到北京来的人，许多好玩的地方，我都没有去过。我想请你一路去逛逛公园，你能赏光吗？"大妞将牙咬了下嘴唇，向他周身看了一遍，微笑着点了一点头，那意思自然就是可以的。不古笑道："你先走一步，在胡同口上等着我，我一会儿就来。"大妞会意，自向前走着。

不古走进会馆，故意在院子里高声问长班道："图书馆在哪里？我要到图书馆去看看。"他的父亲闵宗良在屋子里摊了一本碑帖，在用早功，忽听到儿子要到图书馆去，心里已很是欢喜，然而儿子那个摩登样子，穿洋衣、戴洋帽，恐怕也是去看洋书，这与自己的脾胃是完全反背的，因之隔了窗户，喊着问道："你要到图书馆去做什么？"不古道："我在南方，只听到《四库全书》这个名词，究竟不知道《四库全书》是什么，我很想参观一下。"闵宗良听了大喜，便道："你也知道《四库全书》是好东西。没有钱坐车吧？你在我这里拿些钱去。"

不古倒不希望父亲给钱，只希望给予他一个长时间出去游玩就是了。现在父亲答应给他钱，这倒喜出意外，便站在窗子外等着。不多一会儿，闵宗良抖抖擞擞地由屋子里出来，手里托了四五十枚铜子交给他道："这里到图书馆去，没有多少路，有三十枚铜子就够了。我这里已经多给你二十多枚了。回来的时候又不忙，可以走回来。多二三十枚铜子，买一包瓜子在手上，一路嗑了回来，又舒服，又省钱。"不古不便反驳他父亲的话，只好接了几十枚铜子，拿到自己屋子里摔到网篮里去，带了四五块钱就出门去了。

宗良心里想着：北京这地方，究竟是个文化区域，无论什么人，一到这里来，就会把他的性格变过来。自己的儿子是个最不爱读书的人，一到这里，也就知道要看《四库全书》了。高兴之下，背了两手，就慢慢地踱出大门来，口里念着那最得意的两句诗："贫不卖书留子读，老犹种竹与人看。"猛然一抬头，却看到大妞妈开着大步走了进来。

闵宗良看她袖子高高卷起，露出两截白胖而又结实的手臂，心里一动，想着故乡的老妻和她年岁也差不多，绝不能像她这样不出老。心里想着，两只眼睛不由得盯在她的手臂上。高氏笑道："老先生你又要搬出孔夫子来了吧？我这件衣服是穿了多少年的，上面打了好几个补丁，有些不大好看。"闵宗良道："那要什么紧？穿补丁衣服，也不过是穷罢了。穷是不伤志气的，你不看见我最喜欢和穷人来往吗？大嫂子，你这个人也很不错，不知道嫌人穷，所以我和你非常地说得来。我有几句话和你说，请到我屋子里坐了。"高氏笑道："哟，老先生，你又要和我搬书箱啦。我是不大懂的呀。"闵宗良笑着摸了他的胡子道："我和你们搬什么书箱，最了不得也不过是说两句好话。现在我也想明白了，各人有各人的苦处，只有财神爷能各处照顾别人，哪里有孔夫子可以各处照顾别人呢？"说着话，已经进到了他屋子里。高氏也觉得老先生今天说话最为透彻，笑着跟到屋子里来。

闵宗良将桌上的瓦茶壶倒了一杯茶，两手捧着，送到一张茶几边，就向高氏点了头道："大嫂子，你坐下，我还有话和你说啦。"高氏和他虽然很熟，然而来来去去不过接衣服送衣服，向来没有正式坐着谈话过。现在让她突然和孔夫子一般的人坐着来对面谈话，实在觉得有些受拘束。一手按了茶几，一手摸了脸，身子向下沉着；屁股刚刚要落凳坐着，却又站了起来，笑道："有什么话，你只管吩咐吧。我家里做好了窝头，还等着蒸呢。"闵宗良看她那样子，绝不能安然坐着在这里谈话的，便用手伸到下巴颏下胡子上一把揪住，然后缓缓地向下摸着，这正是表示他在沉思着，而又未得头绪要急于找出头绪来的一种神气。

高氏看见他沉思着，自然也不便怎样去追问。

闵宗良想了许久，手依然揣在胡根子上，却把头来摆成一个小圈道："我来问你，你家两口人过日子，要花多少钱一个月呢？"高氏这倒莫名其妙，他何以忽然问出这句话来？只管望了他发出苦笑来，也不曾说什么。闵宗良正色道："我不是和你开玩笑，实实在在问你的话。你家里每个月要多少钱开销？"高氏无话可说，急得只将两只手在大衣襟上摩擦着，笑了一笑，才道："我们这种人家过日子，谈得上什么开销？有钱饱一餐，无钱就饿一餐。"闵宗良道："就是有钱饱一餐，无钱饿一餐，你也应有个每月用钱的数目。反正两餐饿，也得吃一餐，就是这样两餐只饱一餐的日子，每月又当花多少钱呢？"高氏道："那就有限啦。连什么在内，一个月也不过七八上十块钱啦。"闵宗良本分开两腿，按了腿向她望了谈话的，这时两手同时一拍大腿道："这不结了！你家两口，每月不过花七八上十块钱，你干吗做那种事？把你的姑娘送到学堂里去当模特儿了？古人云：'饿死事小，失节事大。'你母女二人，照情理说，本也就不至于饿死，何必多此一举？又去干这样丢面子的事？"

高氏不料这位老先生绕了大弯子，还是干涉大妞去当模特儿的这一件事，心里大为不高兴之下，便叹了一口气道："我的老先生，各人有各人的难处。你哪里知道呢？"闵宗良道："你说了，每月不过用七八上十块钱，这十块钱以内的事情，你不必远求；找我，我就有法子。何必干那种事呢？"高氏听到说找他也有法子，心想钱这样东西，越多越好，还怕咬了手吗？便道："老先生，我早知这样，求佛求一尊，我就不把姑娘放出去啦。不过现在求求你，这事还不嫌晚。"

闵宗良两手按了腿，就越发地沉着了，低了头，望了自己一双双梁头鞋，只管抖着，然后从从容容地道："大嫂子，你知道我这个人是菩萨心肠，我看了你母女两人很可怜的，倒和你们想了一个办法。你现在和人洗衣服，五个铜子一件算，一天只能洗十件的话，现在勤快起来，每天就洗二十件。大姑娘也别让她闲着，你那大杂院里，不也有糊取灯盒儿的吗？你也让她接一份活来做，也许一个月可以得个块儿八毛的。娘儿俩这样一凑合着，不也就可以凑合到上十块钱一个月吗？"高氏心想：原来你想的法子，和你一点儿也没有关系，还是要我们娘儿俩自己去卖苦力。你真明白，能够这样想法子，自己早想法子了，还用得着来问你吗？心里如此想着，那种菲薄的意思怎样也忍耐不下去，就向他冷笑了一声。

闵宗良一番好意，讨不着人家一句好话，倒让人家冷笑了一次，心里非常之难过。但观于高氏这一番情形，可以断定她是嫌自己想的法子并不用掏出一个钱来，在枯皱的脸上，自也不免泛出一点儿红色，于是，就向她强笑着道："话是这样说着，真是你们一点儿法子都没有得想的时候，我也可以在银钱上帮你们一点儿忙的。你想想我这个话有理吗？"高氏气他不过，点点头道："对的，你的话有理。我们糊涂，快糊涂死了。老先生就是这几句话吗？还有别的话吩咐没有？"闵宗良摸了胡子正色道："你不要把我的话错看了。我希望你们娘儿俩做人，能自食其力。纵然苦一点儿，吃到肚子里去，心里也是坦然的。我这样的金玉之言，比助你一千八百，还要有价值。除了我这样的人，哪个有这样的菩萨心肠呢？"高氏越听越烦恼，她实在不愿听了，就起身道："好啦，我去啦，记着你这一番活菩萨的话就得了。"说毕，她挺着胸脯就要走的样子。

闵宗良一想，我对于她娘儿俩实在有一番怜惜之意，不料这妇人们不懂好言好语，唯利是视，有这一番话倒反而把她得罪了。这话又说回来了，假使我有钱的话，我说的这一套她必定是能容纳的。现在要把她信仰我的心坚固起来，只有一个法子，送几个钱给她们花。当然一块八毛她不会重视，至少送她五块钱，再少一点儿也要送三块钱。凭空地让自己拿出三五块钱来，这倒有些肉痛。这到什么地方去找一笔外快来把这个事情开销才好，这一笔钱却叫人从何而找去呢？一个人四处望望，不由得出了神。他由屋角四周，看到床的底下，见床下堆着的那一堆报纸，忽然眉头一皱，计上心来，好像那报纸在床下向他说："对我生财吧。"

第八回

尴尬解囊心忘情不易
凄凉摇尾态求饱真难

原来闵宗良既夸下海口，可以帮高氏的忙，但是要自己掏出钱来赈济人，生平不曾做过这样痛快的事。可是要不拿出钱来，一来是面子不好看，二来又把高氏得罪了，所以正在想法，如何把这层难关打破。后来一看到床底下的一卷报纸，忽然计上心来，想道：有了！这一堆报纸，大概可以卖个两块钱。自己的计划原来是想买一件棉袍面子，混这一个冬天的。现在不如把它来卖了，只当是没有这堆报纸得了。下半年把旧棉袍子混着不去更换，这也没有什么关系。肚子里把计划想着，打了几个翻转，就有了主意了，因道："当然，要帮人的忙，不是空口说几句闲话就去了事，必定要拿出钱来才行。现在我手里不大方便，你明天若到我这里来，可以和你凑上一点儿款子。"高氏本来对闵老先生有些讨厌了，他现在忽然转了话锋，答应着拿出钱来帮忙，这就不由她不从心里笑将出来，因道："哟，无缘无故的我怎好收下老先生的钱呢？"

闵宗良道："这不要紧，你要知道，我老先生为了要人做好人才来教书。但是这不是口头上的，在别的地方我能尽力的，我也愿帮人做好人。你的姑娘既是为了求这一饱去当模特儿，当然要先把她弄饱了，才可以叫她不去当模特儿。我既然答应帮你们的忙，自然是要帮忙到底，不拿出来钱，光说空话，那有什么用处？而且我光是说空话不拿钱，你不会疑心我自己说大话，叫人家去上当吗?"高氏听了这些话，更觉心中骂他的话都让他口里代说出来了，便笑道："你老先生有这番好意，我们死也不忘记。"闵宗良道："那倒不用得你死也不忘记。只要你记着我几句话，过个十天半月穷苦日子，等到心里干净过来，你就知道我这些话是有道理的了。"高氏听到说老先生给钱心里固是欢喜，可是想到这位老先生说出仁义道德那一套话来，又非常之讨厌，自己只有躲开他来得为妙，于是笑道："好啦，我都依着你啦，我得回家去瞧瞧我们丫头去。"说毕，她就走了。

闵老先生等她走过之后，就回想着她那一种态度，觉得她那种瓜子脸儿，虽是在四十以上的人，也不会现出老来。你看她那两只手臂露出衣袖外面来，又肥又白，多么好看。那岂是半老妇的皮肤，简直是青年人啦。再说到她那偶然对人一笑，露出一嘴白牙齿来，也就不由人不随之动心。就是她说话那种音调也很是好听。自己乡下的夫人要是有她这种样子，也就真可以终老斯乡了。有她这样一个妇人做先生娘子，再有她姑娘那样一个孩子做……做什么呢?当然是做女儿；然而自己实在没有这种幸福。他想着，想着，就背了两手，在屋子里溜来溜去。最后一顿脚，自己决定了主意了。天下的妇女，绝没有在无条件之下被人征服了的。现在只有把帮忙这句话，实实在在地做出来，让她高兴一番，然后才可以谈上两人的感情去。如此想着，就吩咐长班，门口有收头旧报纸的，可以把他叫进来。

这一句话却是长班最不爱听的，因为会馆里先生的旧报纸都是赏给长班，让长班拿去卖的。然而这位闵老先生的报纸，始终是他自己卖，别人得不着一点儿好处。不但得不着好处，在那卖报纸的时候，而且还要帮了他搬报纸扶秤杆，忙个不了，真是苦恼。因为如此，长班受了他的嘱咐却不去理会。

闵宗良正急于要得这笔开支，现在得不着，他心里很焦急。只得自己走到会馆大门口来，一面带望了高氏那个大杂院，一面观望着胡同两头可有打小鼓收旧报纸的来。约莫有一小时之久，收买报纸的来了，一问价钱，却是二十八个铜子一斤。闵宗良道："普通市价，都是三十枚，到了你这里，怎么变成二十八枚呢?"小贩道："别人三十枚一斤，是十八两的秤；我出二十八枚一斤，是十六两的秤。你想想看，我要多出两个铜子，每斤要多秤你二两报纸，究竟是哪个合算呢?"闵宗良闭了眼睛，掐着指头算了一会儿，因道："说是这样说，你的秤是十六两，或者是十八两，我们有什么法子可以知道? 现在我有个很好的法子，价钱依了你，秤可依了我。"小贩道："设若你是十五两十四两的秤呢?"闵宗良叹了一口气道："你这人不通世故，住家过日子的人，他们总是买东西进来的时候多，哪个不用大些的秤称人家的东西进来?《朱子格言》上有两句话：'与肩挑贸易，毋占便宜。'我闵老先生为人，可是对做小生意买卖的人，要占便宜的人吗?"小贩一看这位先生道貌岸然，却也深信不疑，依着这个办法做成买卖，挑了担子跟着他一路进会馆来。

　　闵宗良一人走到后进院子里，却和一个贩卖茶叶的同乡来借秤。同乡道："我们的秤，你怎样能用? 十五两不到。"闵宗良道："差一两八钱的，没有多大关系，就是它吧。"同乡将秤交给他，口里可就赞不绝口道："你老先生真是好人，拿十五两秤去买人家的东西。"闵宗良也没有心去听人家的话，拿了秤到外院来，就引着小贩到屋子里床下面去搬报纸。

　　闵老先生知道叫长班不动，也怕长班和小贩勾结起来，就自己找了一根木杠来穿在秤纽索里，和小贩抬着来称报纸，看到杆子竖了起来，连连摇着头道："这个不行，这个不行，要是这样称法，二十八枚铜子不卖。"小贩看那报纸一叠一叠理得清清楚楚的，而且那报纸的价钱又依了自己，怎好把这生意打散了？只得把秤锤挪平，成了一条平线。闵宗良虽看到还有些不平，也只好算了。把报称好了，共有五十多斤。小贩给了两块洋钱，其余的却给的是铜子。依了小贩，洋钱合铜子四百一十枚，闵宗良却只肯算四百零八枚，争来争去，还是小贩胜利。闵宗良心想，普遍钱币，都是四百零八枚，在这上面，他又占我几枚铜子的便宜，我不能随便地上他的当，于是向小贩道："一切都依了你，你送我十几张报纸糊壁子吧。"说毕，也不管小贩同意与否，在报堆上拿了上十张报纸就走。小贩虽然要在后面追他，然而看到他那样年老，恐怕惹出祸来，叹了一口气道："这样一个斯文的老先生，把银钱倒会看得这样重。"只得收拾了报纸，挑着担子走了。

闵宗良将报纸卖得的钱，心里估计了一下子，假使只把两块整钱送给高氏，这未见得算少；但是在家乡将两块钱送女人是一种忌讳，却不知道北京风俗如何。再说两块钱现洋，堆头也太少，让人看到，不会引起怎样的高兴。不如把两块现洋也换了铜子，那么，一千多枚铜子分起来包着，也有一二十包，这就好看了。他自己觉得这个办法是很对的，立刻拿着两块现洋，又换了八百多枚铜子，然后一齐拿到屋子里去，用报纸一卷一卷地包起来，包起来之后，上面再裹了一层白纸，在白纸上写着铜币的字样。铜币两个字写得小，百元两个字却写得特别的大。一齐封了十二个纸包，都叠在桌上，自己故意做个由外面进来的样子，向桌上很不经意地一看，果然桌上的纸包堆得高高的，很是令人吃惊的样子。他自己捉摸一下，很是高兴。漫说是高氏这样的穷妇人，便是自己对于这大堆铜子，也不能坦然置之而无动于心。像高氏这样的洗衣妇人知道什么，看到这样大堆银钱，哪还有不动心之理？一个人对了桌上那一堆铜子包儿出了一会儿神，然后微昂着头笑了一笑，觉得很是得意。

一个人忙了一上午，随着就到了吃饭的时候。每天都是和儿子一路吃饭，也只有在那个时候，可以宣传他的孔孟之道。过了那个机会，不古总是躲闪着，不肯和他父亲说话。在昨天晚上，闵宗良看了他儿子手上，拿了一本画着人体封面的书在那里看，书面有四个红字的书名，好像是《爱的弦上》。当时一看之下，心中大不谓然。什么书不好看，却要看这种海淫的书。从前看春宫这样的东西，照着大清律，就该责打四十板；而今居然印在书面上，可谓斯文扫地！只是不古看到父亲来了，立刻将书藏着闪到一边去，自己没有法子捉着他的把柄。说了他也是不承认的，倒不如到吃饭的时候，慢慢地借题发挥。他如此想着，想了一大篇起承转合的话，要等儿子吃饭，大大地教训一顿。不料闵不古好像预知这件事一样，吃饭的时候并没有回来。

闵宗良关于吃饭的这一件事，向来是不肯马虎的，儿子不曾回来，也就不再等他，自己叫了长班来开饭吃。这一程子，都是叫会馆厨房开两客饭吃，这一餐一个人倒吃两个人的菜、两个人的饭，如何吃得了？他心想：一介不以与人，一介不以取于人，这才是廉。两个人的饭菜一个人吃，未免便宜了会馆的厨房，于是吃完了饭以后，在网篮里取出一个瓦罐子来，在小饭桶里盛出四碗饭，倒在罐子里面，将吃不了的菜也归纳到一个碗里留将下来了。他的意思是这样说：儿子没吃饭，回来可以给儿子吃，免得再买东西吃。万一儿子吃了东西回来，这些饭菜可以留到晚上，自己在煤油炉子煮着当半夜餐吃。他这个计划自己想着是很对的，便是起圣人而问之，不能说自己这种举动刻薄。他处置已毕，锁着门，然后出去教书去了。

到了下午六点钟的时候，自己回得家来，问一问长班，闵不古依然不曾回来，自己这倒有些奇怪。他到哪里去了？在外面混了一餐中饭吃，难道还可以混到一餐晚饭吃吗？他这样揣想着，不古果然也在外面吃晚饭，并不曾回来。闵宗良觉得还是要便宜厨房一餐，心有所不甘，于是再盛四碗饭，倒在钵子里，又把吃剩下来的菜也一齐留着。殊不知不古这一次出门，在晚上十一点钟的时候，还不曾回来，如何能吃留下的饭？

闵宗良正觉这事有些奇怪，高氏就跑来了，在院子里站着问道："老先生，你的少爷回来了吗？"闵宗良道："你怎么知道他不在家？"高氏听到闵宗良谈话，便问道："老先生还没有睡觉吗？"闵宗良道："没有，没有，请进来吧。"高氏一脚踏了进屋来，只见闵宗良身上光了脊梁，下身一条单裤，将两手操了裤腰站在屋子当中。高氏是个中年寡妇，怎样能看这种形象？立刻倒退两步，站到房门外去。闵宗良在屋子里笑道："我这样大年纪，你还怕什么？"高氏在外面道："你系起裤子来吧，你系了裤子，我就进来了。"闵宗良还不曾答复这句话，却听到院子里面有皮鞋声，接着又有人咳嗽，正是儿子回来了，于是捞了一件夏布长衫赶快地穿上，就向门外道："大嫂你就在门外站着吧，我还没有穿袜子呢。"

不古进了会馆，就得了长班的报告，说是大妞妈在这里，因之心里倒有些忐忑不安，站在房门外，就伸头向里面看了一看。高氏道："噢！我的少爷，您这时候才回来啊？您带我姑娘到哪里去了？"不古连连地道："我不知道呀！我不知道呀！"高氏道："我听到我的街坊说，你同我的姑娘一块儿走出胡同口上去的。"不古道："去是没有去，刚才回来的时候在胡同口上碰到了她，她已经回去了。"高氏听他如此说，转身就向家里跑回去了。

闵宗良心想：怎么是在胡同口上碰到她回来的？分明是自己的儿子带了人家的姑娘出去玩，上半天出去的，到了这时才回来，这在外面究竟看见什么呢？自己本待把儿子叫到屋子里质问一顿，转念一想，为将来计，有了这样一个转念，才把心里一腔气愤平下去。到了次日早上他又出去了，记起昨天留下来的饭，这时还不曾吃着，再不吃就要坏了。这个事情，实在是不争气，要说热着自己吃饭，两餐共留下八碗饭，一餐又吃不下去，坐在椅子上，对了床头边网篮子里一钵子饭，心里是非常地踌躇。由网篮里又看到箱子里，记得自己筹备来的铜子，却还不曾交给高氏呢！这就叫小长班把高氏叫了来，笑着迎到门外头，拱了手问道："大嫂，昨晚你姑娘准时回家去了吗？"

高氏笑道："那个时候还不回去，那可糟了。"闵宗良斜了眼珠向她瞧了一下，撅着胡子笑道："请到里面来坐吧，我听说你们这一程子，早上一顿饭都是窝头，对吗？"高氏忽然听到他问起这句话来，倒有些莫名其妙，可是逢人诉苦，这倒是自己愿意的一件事，便道："可不是？唉！没法子！"闵宗良道："你进来，我送一点儿吃的给你吧。"于是站在门口向高氏连连招了几下手。高氏向来信仰老先生是个道德高重的人，虽然刚才的态度有些欠于尊重，这倒也无甚关系，便笑着走进来道："又要你关心！"闵宗良在网篮里捧出那个瓦钵子放到桌上，将钵子盖一掀，向她笑着道："这是我自己留着吃的，我一想到你每天吃窝头，我一天吃了两餐白米饭，还要留着饭再吃一餐，未免太享福了，所以把这一钵子饭送给你吃，虽然是不新鲜的，但是这些都是我吃的东西，我吃得的自然你也可以吃得。"

高氏听到，心里可就想着，为什么你吃得的我就吃得呢？这可有些纳闷了，便笑道："多谢！多谢！可是……"说着，向他笑了一笑。她这一笑，当然是有些春秋的；可是闵宗良并不曾有嗟来食的表示，首先就说是自己吃的东西，以自己吃的东西送人，纵然不能说是推食，总也可以说是待遇平等。现在高氏一笑，他觉得这一笑，在那胖胖的白白的大脸上，更又露出两排白牙来，自然是十分动人。当年孔夫子见南子，子路就不悦，这正可以见得老圣人见了女子，也不能不犯嫌疑，当时笑嘻嘻地用手摸了胡子道："送你这些饭，这不过是一种陪衬；其实我不是送这一点儿小人情就算了。昨天……昨天……嘿嘿……"说着，他笑成了中国文人形容的那种鹭鸶笑。

高氏对于他的用意始终是莫名其妙，以是呆望着。闵宗良见她的态度，似乎不至于和自己发生什么恶感，就笑着将胡子动了几动，然后拱手道："我不是答应和你帮一点儿忙吗？这绝不是空口说白话的事情，一定要实实在在地做起来。现在……"他只说了这两个字，立刻就把床底下的一只藤箱拖了出来，将箱子掀开，显出里面许多报纸包来。自己两手捧着，一包一包地向桌上放着。当他放的时候，两手捧了非常之沉重的样子。高氏看了，心想这是什么玩意儿？他儿子在家乡弄了钱来，要在我面前卖弄一番吗？他说了帮我的忙，我倒要看看他是怎样的帮法。因之也不作声，只在一边站着，且看他怎样地分发。闵宗良半弯着腰，将许多包铜子陆续地搬到桌上来放下，然后就向着高氏笑道："这是一点儿小意思，我送给你吧。"他鼓了十分的勇气，把这话说出来；可是他的脸，也是跟着先红了一阵。

高氏本也猜着他会拿个两包三包给自己的，却不料他说给就完全相送，这倒不由得心里就荡漾一下，也就微笑着道："啊哟！我怎好受您这样的重礼呢？"闵宗良摇着头，闭了眼睛出神道："并非我送礼，这是我昨天说了帮你的忙。现在真帮你的忙来了，你拿去吧。"说着，他就向高氏拱拱手，又向那桌上一大堆铜子拱拱手。高氏当闵宗良搬运着的时候，自己就予以注意的了，绝不能够是一包一包的洋钱，一定是铜子；就是一包一包的铜子，点着数目，也有十几包，这可不是小意思了。站在一边望了许久，两只手只管搓挪

113

着，笑着，连抬几下肩膀，那意思就是说：怎好受你这样重的礼？受了礼，算是什么意思呢？因之对了那些铜子只管傻笑。

闵宗良笑道："我说送你，就一定送你，你只管拿去。"说着，拿了两包铜子沉甸甸地就向高氏手上一塞。高氏手上捏了铜子，抱在怀里只管笑道："这怎样使得？这怎样使得？"闵宗良见她并没有什么拒绝的意思呢，索性亲自上前，给她把衣襟牵了出来，塞在她手心里，让衣服来兜着铜子，然后一包一包地拿了来。高氏接得这些铜子，衣服有些兜不动，只管弯腰蹲了下去。闵宗良连忙搀住她道："你拿不动吗？我给你找个篮子来，把铜子提了回去吧。"高氏还不曾答言呢，忽然院子里有人说话，似乎有走进来的意思。闵宗良想到男女授受不亲这一层上，立刻将手一缩，后退两尺路。高氏倒莫名其妙，以为自己有什么举动得罪人家了，便问道："先生，您怎么了？别是头发晕吧？"

闵宗良笑道："这倒不是，我觉得……"说着，伸头由窗子里望望窗子外边，然后笑道，"我觉得我的举动鲁莽一点儿，可是人非草木，孰能无情？夫太上忘情，此逃世者之举动也。吾圣人以为饮食男女，人之大欲存焉；初未尝忘情是尚也。"他说时手摸着胡子，只管摇头晃脑，表示着得意的样子。可是高氏听了这一大套，完全是不知所云，只管翻了一双眼睛，向闵宗良呆望着。闵宗良自己觉得总是斯文一流，太粗鲁的言语也不便出口，现在一看高氏情形，却有些不懂的样子，只得向她笑道："难道我的意思，你不懂吗？"高氏笑着摇摇头道："要是你念起文章来，我也懂，我早就发了财；何必还是娘儿俩苦扒苦挣呢？"闵宗良听着摇了几摇头，做一个揣测文情的样子，笑道："你这话很有理，可是我要用浅的话来对你说，未免觉得我老先生说话粗一点儿。"说时，用手不住地理着他的胡子，表示着很犹豫的神气。

高氏心想，这个老头子斜了一双眼睛，眼角上露出许多鱼尾纹来，简直是要不得的一副形象，可是照着老先生向日为人说起来，却是二十四分规矩的，现在突然地不老实起来，倒令人有些莫名其妙了。这不可以这样的胡猜，只有多谢人才是，难道这样的老先生对人还有什么歹意吗？于是向闵宗良道："老先生，你只说吧，客气什么，你要我代你做什么的话，只要是我能力办得到的，一定去办。你若是问我借什么的话，挑我家里有的，我一定送给你。"闵宗良摸了胡子笑道："办是大嫂可以办到的。有呢，大嫂也是有的，但是……"说着，又只管摸了胡子，点头道，"再说吧，再说吧。"高氏很客气地向他道："老先生，你就是我们的老长辈一般，你对我们有什么话，只管吩咐就是了。"闵宗良理了胡子，只管踌躇，最后还是说出那三个字来："再说吧，再说吧。"高氏到底摸不出他说的是些什么意思，只得解下了身上的围襟，将铜子完全包了做一个包袱，提了回去。

闵宗良在屋子里站着，背了两手，来回地踱着，心里可就想着：我是个斯文人，论起万般皆下品，唯有读书高起来，像高氏这种女人，不应该不崇拜我。他越想越对，却又转悔刚才错误，为什么不把话对她直说了呢？然而不要紧，好在她已受了我的钱，她应当念我的好处，只要她有一番好心对我，什么时候我和她讲交情，都不算迟的。他真是个劳碌心，在送出三块钱的铜子以后，自己依然不得安宁，还是来来去去，一个人只管背了手去想他的糊涂心思。但是高氏对于闵老先生这一番好意，却一点儿也不知道，捧了那钵饭和那些铜子带回家去，铜子一包一包放在桌上，然后两手抱了膝盖，坐在炕上，对了这堆铜子只管发呆，她心里想着这位老先生倒真有这番好意，送这些铜子给我。其实这也没有多少钱，不过三块钱铜子罢了。他为什么做起好人，将三块钱铜子送给我呢？

她正在出神，却听到门外有个妇人的声音问道："大妞妈在家吗？"高氏伸头向外一看，却是杨家婶，便啊哟了一声道："你倒得闲儿来坐坐，请进来吧。"杨家婶走进来，首先就看到她桌上堆着十几包圆纸包，料着是铜子，这就笑道："你家大妞，现在是越来越能干了，你瞧，给你挣了这么些个钱。"高氏将桌子底下的一只方凳子拖了出来，放在屋子中间，笑着抹了两下，然后向她道："请坐吧，你是难得来的。"杨家婶手扶了凳子，缓缓地坐下，笑道："我也没有什么了不得的事，全是瞎忙，哪有你娘儿俩好？现在总算熬出头了。你瞧，整堆的铜子在桌上放着。"高氏道："你别看了这一大堆铜子，换起洋钱来，不过两三块钱罢了。可是这话又说回来了，一个妇道人家，要挣个两三块钱，真也不是容易的事。"杨家婶道："这不结了。"说着，凭空无事地却叹了一口气。高氏看到，却不知道她这叹声由何而起，倒望了她脸上去。她看到有人看她，由桌上又望到地下去。她看到地面上，放了个瓦钵子，钵子里面满满地盛了一大钵子饭，而且那饭上还浇有许多菜汤，便问道："你家两口人，干吗煮上许多饭啦？这个天气，剩下这些个，怎么留得住呢？"

　　高氏本想说是闵老先生送的，又转了一个念头一想，凭什么东西可以让人家送，吃的饭怎样也好让人家送呢？便答道："是大妞说，今天有几个女朋友要来，我巴巴地买了几升米来煮饭，不料煮上一大锅饭，偏是没有人来呢，非坏了不可。唉！这孩子，刚吃两顿饱饭，就是这样胡来。"

　　杨家婶家里昨天上午就断了粮了，只是勉强地喝了一顿小米粥，昨天晚上把剩的小米粥兑着开水喝了。今天上午，就饿着到这时间，原想向大妞妈借几个钱买点儿东西吃的，可是一进门，就看到人家桌上堆了一大包铜子，她心想着，若是这个时候开口和人借钱，人家一定说是见财起意，所以夸奖了大妞一番，自己反是叹了一口气。

后来看到地面上这一大钵子饭，倒不由得吞下两口口水，就是不能借钱，心里正饿得火烧，和人家借两碗饭吃，也未尝不可。可是果然和人家要饭吃的话，更惹人笑话，以为见了吃的东西就嘴馋，因之心里越想，嘴里倒越是不敢说出来，却顺了高氏的口音道："年轻的姑娘，都是玩心重的。三朋四友地在一处玩，把吃饭就忘了。她的朋友大概都是阔小姐，哪个身上不带个十块八块，遇着小馆子，顺便吃上一顿？比到家里来吃痛快得多啦！您说是不是？"高氏道："可不是吗？女大不受管，我这孩子性情儿坏，我也没有法子去管她。"说着叹了一口气。

杨家婶子听了这话，口里答应着是，眼睛却不住地向桌子底下那一瓦钵子饭看着，心里就想着：我这样地向这一个瓦钵子注意，她或者会明白我的意思，是饿了要饭吃，就随便地说一句，把饭送给我吃，岂不是好？然而高氏啰啰唆唆，只说些闲话，绝不问杨家婶吃饭没有，也不提到她桌底下那钵饭的事。杨家婶肚子里饿久了，犹如火炙一般，看到人家的饭不能进嘴，心里出火，嘴里却出水，那水如泉涌似的，只管由嘴角上流出来。她心里想着：我这样大的人，见了吃的东西，嘴里会流出水来，那不是一种笑话吗？这话在心里，只管转着念头，自己就不住地看看高氏，又看看桌子下面。说了许久，并没有谈到饭上去，她的肚子可不如她为人这样客气，只管叽里咕噜作响。她没有法子坐下去了，就向高氏告辞道："大婶儿，回头见，我要回去瞧瞧两个孩子去。"

杨家婶说着话，无精打采地走回家去，一只白炉子盛着一炉子赭色的煤渣，一点儿热气都没有，屋子里可以进嘴的东西只有小缸冷水，这个日子虽是不妨喝些冷水下去，可是冷水这样东西如何可以解饿？因之手扶了缸沿，呆呆地在屋子中间站了一会儿。她一个十四岁的男孩子，不知跑到什么地方找东西吃去了，一个七岁的小孩子却坐在门槛上，只揉着眼睛流泪。杨家姊道："好孩子，你别哭，我这就和你找吃的去。"小孩子听说，更揉着眼睛，哭得厉害了。他哭着道："我要东西吃呀！我要东西吃呀！"杨家姊道："你别哭，赵大妈家里，有好些个剩菜剩饭，我到她家去和你讨些吃的来就是了。你可别哭，院子里这么些个邻居，让人家听见了多么寒碜，好孩子你别哭。"那孩子不但是不肯停住了哭，被娘几句好话相劝之后，他要吃得更厉害，加倍地哭着要吃。

杨家姊看了这情形，也是没有法子，就二次走到赵家来，一进门满脸就堆下笑脸来道："你瞧，我又来了。"她看见大妞妈在洗衣服，便笑道，"您太勤了，你家大姑娘现在会挣钱，你还怕什么？自己就别太劳苦了。"高氏将一大木盆衣服放在阶檐石上，自己跪在地上，向盆里搓挪衣服，因为正忙着啦，并未起身，就向她道："你请坐。"杨家姊不说话，先叹了一口气，然后放下一片苦脸子来道："你听见吗？我家那小东西哭得厉害！"大妞妈道："大嫂子，你是古道人，家教好，把孩子管得太紧一点儿了。"杨家姊道："并不是我打他骂他，是他自己要哭。"杨家姊扶了她慢慢走进她的屋子，两道眼光早是如箭一般，射到那桌子底下去，看看那一钵子饭依然放在那里，未曾移动，于是向大妞妈道："您吃过饭了吗？"她口里说，心里想着，这样说下去，总可以提到那钵饭上去了。大妞妈两手搓了水里衣服，唏里呼噜作响，她头也不回，顺便地就答应一句道："我早吃过了，唉！一天到晚，我们都就是为了这两餐饭，唉！我哪如你，养一个大丫头，终究是人家的人，眼见你的大孩子就大了。你享福的日子在后头呢！"

杨家姊好容易听到她提起一个饭字，正好趁了这个机会，跟着就和她要饭吃。不料她只说了这个饭字，立刻话锋一转，倒转到自己身上来，说是自己有儿子，倒比她享福，享福的人倒去和可怜的人要饭吃吗？莫不是她知道我来和她要饭吃，故意这样说着，来堵我的口的吧。自己正想问一问，瓦钵子里那些饭她要不要，如此想着，她说到口边来的那一句话又忍了回去了。看到靠壁一张破凳子，索性坐下去了。这倒好，主人翁在屋外头洗衣服，客人倒在屋子里面很自在地坐下了，大姐妈始终不知道她是来做什么的，不过看到她去即复转，有话又吞吞吐吐的，必定是有什么事。在她未开口之先，自己不便先去问她，以免问出什么祸事来，因之她唏呼唏呼，只管使劲在水盆里搓衣服，忙于工作，就可以不必去和杨家婶说话了。杨家婶一个人坐在屋子里，牵扯牵扯自己的衣服，又轻轻地咳嗽了几声，以遮盖她的无聊，而振作她的精神。然而她要和人借饭吃的那句话，始终是没有能够说出来，她又继续地坐冷板凳下去了。

第九回

平等有方乃求同命鸟
低能难拔原是可怜虫

杨家婶在大妞妈家里坐了有一小时之久，想了又想，关于和她借钱的这一句话，始终不好说出口。后来还是她的孩子实在饿不过，哭着跑了来要东西吃。大妞妈就问道："到这个时候，你还不给点儿东西你孩子吃吗？"那孩子就叫道："我还没有吃饭呀！我还没有吃饭呀！"他口里哭着，身子就向地上蹲着打赖。大妞妈道："哟！这个时候孩子还没有吃东西，这也怪不得他要闹了。"杨家婶道："唉！我的大婶，您是饱人不知饿人饥。我有饭吃，为什么不给他吃呢？为的就是家里一粒饭也找不出来呀！"大妞妈道："您怎么早不说，我那瓦钵子里还有一大钵子饭。"杨家婶也不等她把那句话说完，立刻站起来就一弯腰，先道了一声谢，笑道："这可谢谢您了。孩子，你回去拿一只碗来，在大娘这瓦钵子里……"

这时那孩子也看见桌子底下那一钵子饭了，立刻伸头到桌子底下去，抓了一把饭就向嘴里塞了进去，接着一手抓了一把，然后才伸直腰来，也是他伸腰伸得太快，咚的一声，头和桌板相碰，碰了一个大泡，然而他嘴里含了一嘴的饭，足以加增他的勇气，掉转身就向家里跑去。只听到扑扑扑一阵脚板响，由近而远；接着扑扑扑，由远而近，那脚板又响着回来。他两手捧了一个小瓦钵子，走回来了。杨家婶道："你瞧这孩子倒是人小心大，叫你拿一只碗来，怎么拿了一只瓦钵子来?"大姐妈倒不失一番好心,便道:"哟,这个孩子,也是饿怕了。不要紧的,这些饭我一个人一天也吃不了,留着也是会坏掉了的,孩子你盛吧。"

那孩子钻到桌子底下,将小瓦钵子向大瓦钵子里用劲一舀,就舀起大半钵来,然后还用手抓了许多饭,向瓦钵子里按了下去。一面按着,一面抓了菜饭,只管向嘴里塞。杨家婶道:"得啦,你和那钵子饭,倒好像有仇似的。"那孩子嘴里咀嚼着饭,含糊地道:"妈,你没有吃,哥哥也没有吃,多抓些饭回去,大家吃,那不好吗?"杨家婶来不及用别的话来辩证,就向他发狠道:"你胡说!"大姐妈倒是听准了,便道:"您饿了就在我这里吃一些吧,客气什么?"杨家婶听了这话,说客气是不好,说要吃饭也不好,只好向大姐妈淡淡笑了一笑。

大姐妈看看孩子手上捧的那瓦钵子饭,却是不少,就走上前,替他把瓦钵子端了起来,笑道:"我给你送回家去吧。"杨家婶连连摇着头道:"不敢当,不敢当,您这样待我们,我们就感谢得了不得啦!还要您送了去,我心里怎么过得去呢?"说着,手伸了出来,想接住那一钵子饭,但是手刚伸出来,自己又想到这种举动或者有些不大高明,因为只有一个手伸出的样子,立刻又将手缩了回来。大姐妈看到了,索性就把那钵子饭交到她手上,笑道:"你娘儿俩快回去热饭吃吧。可怜,把孩子饿到这种样子。"说时,用手摸摸那孩子的脑袋。杨家婶连连道着谢,将那瓦钵子冷饭端回去了。

大姐妈刚才对于那孩子饿得啼哭,心里有些不忍,立刻就被感情支配着,让她把那一瓦钵子饭端了去了,等她把那钵子饭端去了以后,心里可就想着那一大瓦钵子饭,怕不有两三斤米?这个年头,一斤米总也要值一二角钱,刚才她将饭分了一半去了,便有二三角钱,二三角钱要洗衣服打补丁找了出来,那可费事费大了。这样想着，自己走到桌子底下，把那钵剩饭端了出来，观察了半天，叹一口气，又把饭放下了；然而钵也刚放下，自己又转了一个念头，有道是善门难开，不要是杨家婶吃了我这一顿，又来一个第二回呢？这倒不要紧，反正是闵老头子送我的一钵子饭，我再送给她吃就是了，若是到了第三回，她再要来，我就非掏老本不可，我掏得起吗？不，若待她第二回要来，我就把饭给它收起来就是了。

当她这样想着，大妞身上一阵铜子响走了回来了。高氏笑道："嗬，你是抖起来了，走起路来，满身都是钱响。"大妞道："满身都是钱响吗？也不过块儿八毛的罢了，你就那样不开眼！"高氏道："你别那样把块儿八毛看得不值什么，刚才杨家婶也只为了半钵子饭的事情，倒在这里转了半天哩。"大妞听说，眼睛早看到桌子下面放了一大钵子饭，便问道："这一大钵子饭，从哪里来的？"高氏道："是对门闵老先生送我们的。"大妞道："干什么送我们一大钵子饭呢？"高氏笑道："我也是这样说，无缘无故，送咱们一大钵子饭，倒叫人怪不好意思的，好像咱们吃饭也吃不饱，跟人家要了来吃呢。可是倒是一番好意，大概是把会馆里茶房送给他吃的饭，他留起一钵子来给咱们吃。"大妞道："他妈的真丢人！做出这样现眼的事情来！"说着，伸手去端桌子底下的饭钵。高氏道："你打算怎么着？"大妞道："把它倒掉了就拉倒，院子里有好几条饿狗，让它们也开开荤。"高氏怕口说来不及，连忙身子向前一横，笑道："你千万别那么着，杨家婶看到，又要说咱们卖弄有饭吃了。"于是就把刚才杨家婶来要饭吃的一番情形说了一遍。大妞道："这些饭，咱们反正是不要，索性做个好人，把饭送给她去吃吧。"高氏道："这倒使得，让我盛下一碗来……"大妞将嘴一撇，端着钵子走。高氏在家里，只听到那边屋子里杨家婶千恩万谢，说个不了。

一会儿大妞回来，还是不高兴的样子，可又带着笑容道："我真不明白，小闵先生人是那样文明，为什么他这个老头子，这样地不开眼，说起来真会气死人。"高氏道："今天你又是和他一路出去的吗？"大妞笑着道："你别那么……"一句话未了，大妞喜笑颜开地由屋子里飞舞了出去。高氏看时，正是那个小闵先生来了，他向着大妞笑道："咱们就去吗？"大妞笑道："就去的。"高氏连连向大妞招着手道："进来，进来，你刚回来，又要到哪里去？"

　　大妞因母亲的声音叫得很大，怕是让邻居听到了，有些不便当，就跑进屋子来，轻轻地顿着脚道："你嚷什么？你嚷什么？胡同里那些野孩子，这两天起哄好一点子了，你又要给我惹祸吗？"高氏道："这几天，你成天跟小闵在一块儿，什么都不干了吗？"大妞道："谁说什么都不干了？刚才我由学堂里出来，他在学堂门口等着我的。"高氏道："那更走不得，什么胡先生、欧先生，为了你正在闹着别扭哩，怎么你又来添上一个捣乱的？"大妞道："这有什么捣乱？交朋友我有自由权，我爱同什么人交朋友，就同什么人交朋友，谁也管不了我。"她已经走出屋子，笑着向等候的闵不古道："走吧，你说上哪儿都成。"于是跟着闵不古一路走出大门来了。

　　原来大妞自当模特儿以后，虽然教员方面有胡当仁捧场，学生方面有欧化先捧场，可是和胡当仁在一处，为了要得他的钱，事事要顺着他意思。至于对欧化先呢，虽是不必顺从他的意思，然而他的脾气不大好，脸子上常是有一种难看的颜色，和他在一处，让人家老是不能痛快。现在和闵不古交朋友就不然了。他件件事和你想个周到，你刚刚渴了，他就想法子让你喝茶；你刚刚饿了，他就想法子买东西你吃。他虽是花钱不多，样样事情让你称心如意。这个时候，不古正和她买了一把小小的纸伞，以便她出门的时候不为太阳所晒。今天呢，太阳正是高照着，不古并肩和她走着，然而却微微地退后一点儿，以便将伞撑了起来，替她遮着上半身。

大妞自出世以来，不曾有人这样伺候着，所以心里是十分的痛快，走到胡同中间，向他微笑道："你别替我打伞，让熟人看见了笑话。"不古道："笑话什么呢？难道朋友还不能替朋友撑伞吗？"大妞道："不是那样说，我这么大人，还要你撑伞，我成了三岁两岁的小孩子了。"不古笑道："据我看起来，你不是说你小，你是觉得两个人这样靠了走，未免太亲热了，那要什么紧！我们年岁相当，这样走着，正好让人家看到我们，说是一对儿。"大妞道："一对儿，那我怎样配呀！"不古道："为什么不配？你要说你穷，我家里有些钱，在北京我可没有钱。你说你是当模特儿的，那更不要紧，这叫为艺术牺牲。"

　　本来什么叫作艺术，大妞是不知道的，自当了模特儿以后，在学堂里成天成夜听到教员和学生们只说些艺术，因之知道唱歌画图以及一些好玩的玩意儿，这都叫作艺术。就是当模特儿，也叫作艺术，无论什么东西，叫过了艺术之后，就是高明的，所以不古这样说着，她就明白几分，因笑道："因为你这样抬举我，肯这样子说。"不古笑道："只要我肯抬举你就得了，你还说什么呢？"大妞忽然停住了脚，向前面嚷着道："咦，你打算带我到哪里去？顺着胡同，就是这样糊里糊涂地走。"不古道："几家公园都是人很多的，去玩没有意思，反正我们是找地方谈话，又不是要游公园。什刹海那地方可以随便来去，我们上那里走走好吗？"大妞还没有说话呢，他又道："你觉得不妥当，就改过一个地方也行。"大妞笑道："我也没有说出来不妥当，你怎么这样子说？"不古笑道："你是知道的，我在北平，没有你别个朋友那样方便，所以我只有让你精神上得一种安慰。"大妞问道："什么？"这句话她又有些不懂了。不古这倒有些困难，"精神上的安慰"这六个字，要他译成白话，却有些不能够，想了一想才笑道："我总愿意你心里痛快。"

二人说着话，不知不觉地尽管向那冷僻些的胡同走了去。不古不管他身后有人无人，只看到眼面前并没有人，就越发地和大妞靠近了走。初秋天，衣服都是很单薄的，两个人有时要相撞一下，就让人心里一动。大妞回头看了一看，身后并没有人，才笑道："你真让我心里痛快吗？"不古道："你还有什么不明白？我对你不说假话的。"大妞道："你既然和我要好，为什么倒叫我和胡当仁天天混在一处？"不古道："我不是告诉你了吗？咱们落得冤他几个钱来同用。就是那姓欧的小子，他要约你到什么地方去玩，你也只管答应他。带你出去玩一回，你就和他要一回钱。他要心痛着钱，就不来跟你麻烦了。"大妞笑道："你这人真开通，倒不吃醋。"不古道："这有什么吃醋的？现在男女平等，男的可以想法子来骗女人，女子自然也就可以想法子去骗男人。你只要骗到他们一百二百的，我们有了盘缠就可以远走高飞。我也不知道什么缘故，自我看到了你，我就爱你，我非娶你不可。"大妞笑着将身扭了两扭道："你们当学生的人，动不动就说是我爱你、我爱你，说得怪肉麻的。"不古笑道："这是真话，有什么肉麻。难道你说我爱你不是真的吗？"大妞笑着点了一点头。

　　二人默然地走了一截路，最后还是大妞扑哧一声笑了。不古道："你想着什么了？突然地笑了起来。"大妞瞅了他一眼道："小白脸儿，没有好心眼儿。"不古忽然听到她这句话，倒不觉脸上一红，便道："你这是什么意思，以为我骗你吗？要拐带你去卖掉吗？"大妞道："你怎么说这话？你也不是那种人。我的意思，总听到你说带我到南方去玩玩，可没有说带我妈去；人家有了爷们的，都不要娘了，这是好心眼吗？"不古叹了一口气道："你这人真是旧脑筋，十足的封建思想。"大妞道："什么？你说什么？"

　　不古道："三纲五常，三从四德，这都是以前孔夫子那班人害人的话。现在我们不要去信他。做儿女的不是父母的牛马奴隶，就算从前经过父母养大，到了自己能挣钱的时候，给点儿钱父母，还了那笔账，也就权利义务两下相消了。难道为了父母，把一生的幸福都要牺牲掉来吗？你虽是个大姑娘，儿女怎样子养出来的，你总也会知道。"说到这里，抬了两抬肩膀，瞅了大妞微笑着。大妞将身子一闪，闪出了伞阴以外，笑道："你别胡说了。"不古笑道："真的！你想父母生儿女，是快活的时候无心生出来的。他们并不是成心要养儿女；儿女出世以后，他们又看看好玩，所以把儿女喂养大来，这和父母有什么关系？"大妞不等他说完，抢着向地上吐了一口痰道："亏你说得这样子脏！"说毕，瞅了不古一笑。不古正色道："我这是真话，怎么脏？你爱信不信。"

二人并肩说着话，不觉已是走到什刹海的南岸。不古本想邀着大妞一同走到海中间柳岸上去，只是那柳岸上两面全是茶棚酒馆，以及玩耍场。假使自己和她前去，无论到哪家店里去，都要花上一笔钱的。然而一摸自己的口袋，可是只有十几枚铜子，便是在茶店里给伙计的小账恐怕也是不够，因向大妞道："据我看来，那些茶棚里的人……"大妞笑道："去吧，我们一块儿去，我身上有钱，让我来请你得了。"

不古听了这句话，心里未免有些惭愧。一个要扶助弱者的男子，怎好要一个模特儿来请呢？可是转而又想了，我还正想利用她，去骗取那蹂躏女子们的钱财，两个人合作，现在先让她请我上一回茶馆，这并算不得什么，笑道："照普通人说起来呢，只有男子请女子，没有女子请男子的。其实男子也是人，女子也是人，为什么说男子请得起客，女子就请不起客？你知道，我这个人最看得起女子，讲究男女要平等，你若是请我，我不答应去，倒显得我看不起你了。"大妞笑道："你别给我谈这些，我是这样想，反正又不是我家里挣出来的钱，用掉了就拉倒。"不古一拍掌道："你这话说得对。男朋友送你的钱，你再拿来送男友，那有什么关系！"大姐笑道："你一张嘴真会说，你是怎么说怎么有理。"不古道："你以为是说假话吗？"大姐笑道："假是不假。我也不知道怎么一回事，居然让你迷住了。"

不古听了这话，心里一阵冰凉，抬了肩膀笑道："我说句老实话，我并不用话骗你，我一看到你，我就由心眼里喜欢出来。人家当学生的人，对于模特儿总是看不起的。但是我就不那样想，凡是一个人，都应该平等，谁也不能比谁高一点儿。那些和你来往的人，都不过带着你当一个玩意儿罢了。只有我是真看得起你，不把你当玩意儿。"大姐道："你不把我当玩意儿，你有什么法子证明呢？"不古笑道："了不得，证明这两个字你也会用了，足见得你这个人很可以造就的。你要是念书的话，你真会比我高明得多，往后你要跟我三年五年的，一定赶上我了。"

他说着话，挽了她一只手，只管向湖后面一带少人的地方走去。大姐道："咱们上哪儿呀？"不古道："我有几句话和你说呢！说完了，咱们去喝茶，你能够……"说着笑了一笑道，"你能跟我走吗？"大姐笑道："你怎么老忘不了这句话。"不古抬了一抬肩膀，笑道："咱们只有做起一对儿来，才算是平等。你要怎么样子来证明我看得起，只有这个法子是最靠得住了。古来人家说夫妻就是同命鸟，你想：命都可以相同，其余的可想而知了。"大姐瞅了他一眼道："你的嘴真甜。"她说了这话，笑着身子扭了两扭。不古道："真的！真的！我一定要和……"说到这里，瞅了她一眼。她这时已不考虑，一直地走到湖岸中间的茶棚里去了。

闵不古不知道她是赞成自己的话呢，还是反对自己的话呢？但是在自己跟着她多日以后，若是没有什么结果，这显得自己太没有手段了。当他在大妞身后紧紧跟着的时候，眼睛已是不住地看着她的身材，觉得她的腰肢是那么细，手臂是那么圆，披在后面的头发又是那么鬈曲，这真可以说一声曲线美。这样好的人才，让那进化大学的学生一文不名地天天随着，有些令人不服。他想入非非的时候，只管看了大妞的后影，大妞走得快，他也走得快；大妞走得慢，他也走得慢。也不知是什么时候，大妞已经在前面站住了。

　　他自己也不知是什么时候，也站住了，只在这里看着人家的后影时，人家忽然将身子扭了转来，把他的视线扰乱了，他才抬起头来一看，原来大妞被一个穿西服的中年男子挡着，正在和那人谈话呢。她回转身子来笑道："这是我们学堂里胡先生。"不古这才明白了，就是那位大艺术家胡当仁，看他那样子年岁已到四十附近，虽然他脸上让雪花膏擦得十分的白，然而脸上的皱纹，由额角上一直到两腮，全是那一道一道地堆叠着，像中国画家画的远山，堆满着在脸上。不过他身上的西服是那样紧凑，他的皮鞋也是擦得雪亮，若是远远地看去，当然是个时代青年了。

　　胡当仁看到他，见是如此的年轻，早是死命地盯了他一眼。大妞笑道："胡先生，我给你引见引见吧，这是我们街坊闵不古先生。"胡当仁乍听了这三个字，耳朵里好像很熟，而且是个最出风头的学生，但是常听到一些什么人说的，一时却无从记起，于是勉强地走上前，和他握了一握手道："久仰！久仰！"闵不古在南方当学生的时候，本来知道他的大名的很多，颇有令人久仰的资格，所以胡当仁握着手说"久仰"来，他也不以为异，很坦然地受着，笑道："怎比胡先生是个大艺术家？"

　　胡当仁听了他说话的口音，这才恍然大悟，他是在南方去请愿的首领，报上曾大事铺张记载着的。为了他的风头出得过甚，政府曾逮捕着他关了数小时，全国学生会都曾打电报到南京去挽救他，所以他的名声，只要一说起来，就让人想到他那次丰功伟绩，因笑问道："什么时候到北平来的呢？"不古道："没有多久，因为没有多久，所以关于北平的名胜地方，我还是开始在这里游逛着。这位密斯赵，她很热心，今天带我来逛什刹海。"他轻描淡写地如此说着，以为可以预先伏下一笔，免得胡当仁心里不痛快。其实胡当仁何曾知道他和大妞有什么关系，而且他是初到北平来的人，预料和大妞也不能发生什么深密的关系，因之他也就不怎样介意。关于能出风头的学生，教员们总是愿意联络的，因之胡当仁笑道："难得遇着的，我请闵君和密斯赵同到茶棚子里去喝杯茶。"不古眼里所看到的阔教员们总有钱的，吃他的，喝他的，那都是应该的，也不用客气，就向胡当仁道："我也很愿意和胡先生谈谈。"于是三人一同走进一个靠了河岸搭棚的茶社，找了座位。

不古偷眼看大妞的神气，很有些不自然，她那个意思当然就是怕三角恋爱的局面会完全揭了开来，因向她丢了一个眼色，趁着胡当仁向伙计打招呼的时候，自己又就向她微微摆了一下头，暗下告诉她不要紧。大妞无甚可说，他们坐下，自己也坐下，他们喝茶，自己也喝茶。胡当仁道："密斯脱闵，你也到什刹海来玩玩。"不古道："当然的，这里是大众的娱乐场所，能看这些来来去去的人，也很有意思。"胡当仁在西服袋里，抽出一条芽黄的花绸手绢将脸揩了一揩，又向桌上吹了一口灰，然后弯了手臂伏在桌沿上，就向他笑道："密斯脱闵，思想非常之平民化。"不古笑起来了，因道："在这个时代做一个青年，我们总要站在潮流前面。胡先生到这里来，当然是来找些大众的艺术。"

胡当仁一想，这位先生大概新得厉害，自己在学校里，让新思想的学生教训够了，和他们这种人谈起来，谈得投机，不过是个同志，谈得不投机，不定在什么刊物上，他们会大骂一顿的。最好恭维他们一顿，对于自己的志趣却不必露痕迹地说出来，便笑道："大众的艺术，我虽是有这个志愿去追求，但是我的勇气不够。北平依然是笼罩着黑暗的势力、统治阶级的权威，无往不屈。我很知道我无出息，所以也不想找出什么新生命来。再老实地说出来，艺术这样东西，究竟也是有闲阶级的东西，大众并不怎样地需要它。所以我也很惭愧，密斯脱闵当然是个有作为的同志，大众正在那里期待着你呢！"

不古道："不，艺术这样东西，大众也需要。你看，那里就是一个绝好的图画。"胡当仁看时，却是一个挑煤球的，浑身漆黑，挑了两篓煤球，向一家茶馆里走去。大妞坐在一边，大半天的工夫，只见他二人嘴动，究竟不知道他说的是些什么。到了这时，她才懂得这句话，说挑煤球的是幅图画，不由得就扑哧一声笑了。胡当仁这倒有些奇怪，彼此谈着艺术的新思潮，倒有她发笑的地方，便问道："你笑什么？"

大妞道："我想现在画画的人都缺德。"说着，把声音低了道，"在学堂里，你们要人家光了身子来画；到外面来，又说挑煤球是图画。人家从前画画，都是什么山水儿、人物儿、美女儿、刘海戏金蟾、八仙漂海、荣华富贵、五福蟠桃……多啦！全是有名堂的好玩意儿，不想现在变了，什么难看就挑什么来画。"胡当仁听了这话，不由得哈哈大笑道："这叫胡说了！我们的图画经你这样一批评，就一个大钱不值了。"大妞道："本来嘛！你们把人家大姑娘脱光了衣服，瞪着几百双眼睛瞧了人家来画，这就够缺德了。现在你们说挑煤球的人也是好的图画，我可真有些不懂了。"

不古虽然是爱惜大妞，但是大妞说出这样的话来，却也不能说她说得不对，就向胡当仁笑道："一个人要生得秀外慧中，本来不是一件容易的事；不过像密斯赵，却内外有些不相称。唉！这话说起

130

来就远了，无非是国家教育不能普及，将市民的智识耽误了。若是密斯赵自小儿地就念书，自然也不会弄到这步田地。"胡当仁道："密斯赵的情形，大概是如此；不过我早就这样可惜她的。学校里有学生们开的平民学校，我就劝她去念几年书。"大姐摇着头笑道："不成，我看见了书本子脑袋就痛。"胡当仁向闵不古道："你听听，她的态度却是如此，真是一个低能儿。"大姐道："你说什么？"说时瞪了眼望着胡当仁。胡当仁笑道："说你是个低能儿。"大姐噘了嘴道："你们就是这样不好，说起话来总是说外国话，闹得人家一点儿也不懂得。"不古笑道："他并不是说外国话，低能儿的意思就是说你不认识字，是个可怜虫。"大姐道："不认识字，就可怜吗？做总司令的人，不认得字的还多着呢，那也可怜吗？我说没有饭吃，没有钱用，那才可怜；不认得字，有什么可怜？"

胡当仁听了说话，不由得叹了一下无声的气。大姐笑道："你说我这话不对吗？"胡当仁笑道："我总想和你讲讲道理，可是，细想起来，一要和你说就有一大堆，我就懒得说了。"闵不古笑道："我看这情形，胡先生倒是爱她的，可惜她不懂胡先生这一番提拔之意，未免有些辜负盛意了。"大姐见他当面就说到胡当仁爱她，这话未免过于公开，瞪了不古一眼道："你怎么说出这种话来？"不古道："就怕胡先生不是真爱你。若是胡先生真爱你的话，说了出来，乃是一种荣耀，你还不愿意吗？"大姐身子靠了椅子背，用手撑了头，低声道："我刚才对你说了，说你们动不动就说爱谁不爱谁，怪肉麻的，怎么你又说这话！"说时，皱了两道眉毛。不古道："你真是个可怜虫，在这种时代，一个人都需要一个爱人，我当面背后都是这样子说。"

胡当仁听他二人的口气，一定是不古对她有一种求爱的表示，今天到什刹海来的这种用意也就大可揣想了，因笑道："密斯脱闵也爱她吗?"这句话虽问得率直,然而不古觉得他自己的立场却不能那样直率地答复。斟了一杯茶,自己端着,一仰脖子喝了,放下来,用手按了一按杯口,表示他那沉着的样子,因答道:"胡先生以为我要和您演三角恋爱吗?您要知道,我是无产阶级。刚才您说了,她是个低能儿,我却只把她当个可怜虫,谈不上爱她,可怜则有之。"他在一边喝茶一边放杯子的犹豫期间,居然说出了这样一套话,闹得胡当仁也没有了对付的办法,因道:"我和密斯脱闵一样。"不古道:"怎么能和我一样呢?胡先生绝对不是一个无产阶级呀!"胡当仁红了脸道:"那么,密斯脱闵倒疑心我是个有产阶级了?"

大妞见他两人说着话,有些面红耳赤的,料着这话说得是越趋于严重,就望了胡当仁道:"你们都说的是些什么?"胡当仁道:"他说我是个有钱有产业的人,这话未免太重了。"大妞道:"这话可就怪了,说你有钱有产业,这是好话呀!你为什么不乐意听呢?"胡当仁笑道:"你这又要不懂了,说人家有钱财有产业,这就是骂人。"大妞道:"我不信这句话,要说人有钱就是骂人,干吗胡先生还在学堂里当先生,每月挣好几百呢?就是你,也是老对我说,能发一笔财就好了。你既恼恨有钱,你为什么还想发财呢?"说时,眼望了闵不古。他觉得大妞前半段驳胡当仁的话,正是让人痛快不过;现在大妞转个弯,却说到自己手上来,让自己也没有话可说,红了脸道:"你真是个低能儿。"

大妞噘了嘴道:"讨厌你们总是用外国话来骂人。"胡当仁道:"这不是外国话呀!"大妞道:"怎么不是呢?好譬你们叫起人来,不叫先生,不叫太太,总是密斯脱。人说鬼话,怪难听的。若是我,我就不好意思那样说;可是你们都把外国话当中国话用了,我就纳闷,为什么洋鬼子他们不说中国话呢?"胡当仁连连喊道:"开倒车!开倒车!"引着闵不古也就跟着笑了起来。可是大妞自己,却还莫名其妙呢！

闵不古和胡当仁谈了两个钟头的话，发现了大妞是个低能儿，可是同时发现了胡当仁这个艺术家，也不过是个有产阶级的消遣品，因为他口里虽然是从事大众的艺术，究竟也只有他口头是这样说，他并没有说到怎样的做法才是大众的艺术。分明他猜着自己的思想是极新的，所以随便附和，表示他这个人并不落伍而已。他心里如此想着，脸上当然有些表现出来。胡当仁他在艺术界，不但是想的盛名，想的挣钱，而且想做个权威者。

第十回

训子振纲常一毛不拔
挣钱换恋爱二者得兼

这种权威者，绝不是自己吹吹法螺可以得着的，必定要上有文艺界的名人提拔，下有社会上新思想的青年捧场，才可以到那个境地。以进化大学而论，自己本来是做的这种工作，无奈这里面有几个经过大风浪的学生，各个要造成自己的地位，专门以教员为假想敌，活动得厉害了，就会引起他们的注意，以至于反攻。而且自己学徒里的学生，只能利用他们为做维持饭碗的用处，用以对内；对外面用学生捧场，那显然是阿私所好，不足为奇，所以自己的意思，总是想拉拢几个校外的青年，以替自己张扬，像闵不古这种人就是绝好的人才，一见之下本想就收罗到自己夹袋中来，不料听他的言语与口气，竟有些不佩服的神气，大概是自己说的话不大彻底，所以没有引起他的信仰，于是他突然之间叹了一口气，手扶着茶杯，头仰着望天。

不古见他突然叹了一口气，那必有所谓，就问他为什么如此。胡当仁道："我们真要为民众谋利益的话，用文的方法，用静的方法，我觉得无济于事，必定要集合民众的力量，来大干一下。民众是用不着文的手腕去指导的，非我们自己向前，杀开一条血路来不可。只可惜我的气力太小，一个人做不起，这样的工作若有人去干，我倒愿附骥尾。"谈到了这种地方，不古就不能不持重了，知道胡当仁是什么人？也许是统治阶级的一条走狗。便什么也不说，只微微地一笑。胡当仁道："闵同志，你看怎么样？"说时，两眼盯住了他的脸望着。他居然喊起同志来了，倒叫不古不能对他太淡薄了，便笑道："北平这个地方，深深地在封建势力之下，我们怎能谈到这上面去呢？"胡当仁笑道："虽是做不到，我们谈谈也是好的，可以借此痛快痛快。"

大妞瞅着胡当仁道："你们说些什么，我全不懂。"不古道："你要懂得这个，你也就不至于受资产阶级的压迫了。"大妞鼓了嘴道："你们说话，总喜欢这样带着文章字眼，要不你们只管谈文章吧，我要回去了。"说着就起了一起身。不古笑着拉住了她道："好吧，我们不谈文章了，你爱谈什么，我们陪着你谈什么就是了。"胡当仁于是向她面前斟了一杯茶，又抓了一把瓜子送过来，两个人都笑喀喀地望了她不作声。

大妞笑道："怎么又不言语了？"胡当仁道："不是你要我们陪你说话吗？你爱说什么，就说什么，我们好跟着你的话转。"大妞笑道："我没有什么话说，跟你们也谈不上。"胡当仁道："那不要紧，你能谈什么，我们就跟你谈什么，谈听戏，谈看电影，这个你总是懂的吧。"大妞道："谈那样我也是不在行，别费神吧。"胡当仁道："这就难了，我们只管谈话，你说我们没有理你；我们要和你谈话，你又说不懂。这样吧，时间还早，我请二位去看电影。"大妞道："是中国电影呢，还是外国电影？外国电影，我真懒得看，老是两个人搂着亲……"说着，将头一低嘻嘻地笑了。

胡当仁笑道："这有什么要紧，外国的风俗就是这样。现在中国人，把这事也看得很平淡了。怎么，到你这儿就通不过去吗？"大妞道："咱们中国人，为什么事事都学外国人呢？你瞧！你们穿衣服要穿洋服，吃饭要吃西餐，说话要说洋文，这是什么意思？我真不懂!"胡当仁笑道:"看你不出,你倒是个国粹派。这个意思,要说给你听,恐怕要费三日三晚的时候。"

大妞道:"别拿大话唬人了,这个我有什么不懂?无非是新时髦三个字罢了。我说咱们是中国人,还是遇事照中国原来的章程办好,一死劲儿地学洋鬼子,我说不好。我这几句话,未免说得太退化一点儿。"不古便笑道:"你就真的不喜欢一件洋东西吗?"大妞摇了两摇头道:"我一样都不喜欢。"不古道:"至少有一样你是喜欢的,别的不喜欢,难道大洋钱你也不喜欢吗?"大妞道:"洋钱也是外国来的吗?这个我倒不知道。"胡当仁道:"以前你不知道洋钱是外国人的,所以喜欢它;现在你知道了洋钱是外国来的,还喜欢它吗?"大妞笑道:"我干吗要洋钱,就是钞票也行呀!"胡当仁拍手哈哈一笑道:"究竟是你聪明,我以为我提出这个问题来,一定把你难倒了,不料你倒是这样一转,这可见得一个人到了要钱的时候,怎么着,他就会变着话来说了。"大妞笑道:"那是呀!一个人会不知道要钱的吗?"胡当仁道:"不要说这些话了,我们去瞧电影吧。"说着,就站起身来会了茶账。大妞是当然不会谦让的,闵不古认定了胡当仁是个资产阶级,也正是要叨扰,因之三人很老实地走开了什刹海。

胡当仁在路上走着,就问着道:"此地民众化的电影院,可是设备不好。"他口里如此说时,心里可就想着,这家伙的态度十分地激昂,一定是不愿到资产阶级的娱乐场合去的,所以到了现在,要决定向哪家影院去的时候,突然想到这要向哪家去呢?无论哪一家影院,都是带着资产阶级的色彩的,设若走到那种影院里去了,万一这位闵先生发起他先生的脾气来,不肯进去,那可怎么办?不料闵不古对于这一点上,却并没有加以注意,就笑道:"既然去看电影,当然要找一个比较舒服一些的所在哩!"大妞道:"胡先生,就是昨

136

天你带我去的那一家就很好，你不是说今天要换一张更好些的片子吗？为什么不到那家去呢？”胡当仁心想，这是平安电影院，完全是资产阶级去的所在。不古道："这倒无所谓，我们不能说是资产阶级去的所在，我们就不去，而且我们要看看资产阶级是怎样的娱乐，也要实地到这种地方去调查一番，才能得着究竟。”他这样说了，不是顺便愿去看看，乃是正在找着机会，要去看看的。

于是胡当仁就在街头雇了三辆人力车，坐到平安电影院来。当他在街头喊人力车的时候，他的脸子还向不古脸上望着，一种人拉人的事情，显然是一种极不平等的事，像不古这样崭新的人物或者会出于反对，可是自叫车以至于坐车，他都很坦然，胡当仁这才觉得是自己过虑了。到了平安影院门口，拉不古的车夫，向他要增加两个铜子，还让不古喝骂了两声。到了影院里，舒舒服服地看完了，胡当仁又请他们去吃晚饭，直闹到星斗满天方始分手。

这在大妞，却无所谓，这一程子本来都是很晚回来的了。可是闵宗良自听到高氏说，儿子和大妞在一处游玩之后，他不知道什么缘故，就多了一桩心事，觉得儿子举动恐怕不会突然就改过来的，因为他还是刚刚走入迷途呢！儿子出去了，自己心里就十分不安，老在大门口望着。当他在第四次来到大门口的时候，正值着不古和大妞笑嘻嘻地走过来。闵宗良看到，只觉周身血管紧张，人跟着抖颤起来，可是等他们走到身边，自己却没有那种勇气去骂他们，只是很平和地问了一声道："你们哪里来？"不古听了这一句严重的质问，事实上不能不站住了等上一等，他答复的那一句话还不曾说出，闵宗良接上又向他说道："你到北平来，是找着我来念书的哩，还是到北平来游山玩水的呢？"不古本想顶撞他父亲几句，但是想到今天早上和他开口，要他给十块钱买书，他虽是没有完全答应，看那样子，也不至于完全拒绝，这个时候，若是和他翻了脸，恐怕他一不高兴起来，就不肯出钱了，只得向大姐说了一句："你回去吧。"自己就走回会馆来。

闵宗良紧紧地跟着，一同到了房里，就向他瞪了眼问道："我一再对你说了，叫你不要跟对过的大姐在一处，你为什么不相信我的话？"不古将手整理着桌上的书道："我是在大街上遇到她的。"闵宗良道："你把我当三岁的小孩子来骗着吗？这几天你天天和她在一处，天天一同回来，这都是在大街上遇到的吗？你到的第一天我就告诉你了，叫你不要和她来往，为什么你偏偏不听我的话？我也知道现在男女社交公开，在一处交朋友没有什么要紧，但是……"他本应说大姐的品行不好，不过在自己良心上说，对于她自己做模特儿的那一层，已经是很加饶恕的了，自己都愿意和她拉成一家人，难道儿子和她亲近，就势所不许不成？因之他说的那个"但是"，只有起意，却无煞尾，睁了眼睛望着他，却默默只管摸着胡子。

不古看他如此，觉得他对于自己和别个女人交朋友，没有什么要紧，唯有和大姐在一处却势所不许的。这却有些奇怪：为什么单独不许我和大姐来往哩？是了，必然嫌她是个模特儿，其实他应当知道大姐当模特儿是不得已的，他不是表示过了好几次，愿意和大姐妈想点儿法子，让大姐不必干这事吗？那么，自己和大姐交朋友，有什么使不得？他心里如此揣想着，脸上表示了沉吟的态度，就没有说什么，不住将桌上的书慢慢地清理着。

闵宗良站在屋子中间，呆呆向不古看着许久的工夫，他想出一句话了，因道："拜上礼也，今拜乎下，吾从众，就是圣人有些时候，也不能不随俗一点儿。自从我到学堂里来教书以后，为了大众都讲平等自由，我也就不能不跟着新人物讲平等自由，但是在人情上，总要说得过去；男婚女嫁之前，彼此先来往着，古人也是有的，所谓青梅竹马之交；诗上说的有两小无猜嫌，然而这里面有个分别，必须要发乎情、止乎礼而后可。若像现在青年人，哪里谈得上这一层？比之古人，钻隙相窥，逾墙相从，已经加上十倍了；而青年人还在那里瞎说，什么恋爱神圣！咳！人欲横流，势不至于沦为衣冠禽兽不止。别人这样胡闹，我自然无法干涉；连自己儿子也这样胡闹，那断断乎不可！"

他引经据典地说了一大篇，不古却有些不知所云。但是正要向他要钱，就不便去驳他，老头子没有什么是最高兴的，只有人家跟着他后面相信孔孟之道，这是他最愿意不过的事，因之点点头，低声答道："不用说了，我明白了就是了。"老先生见这一番话，把儿子说得折服了，心中甚是高兴，脸上放出得意的样子来道："你也知道我说的话不错吧！睡觉吧，有话明天再说。"说毕，他自回房去了。不古本想今天就和父亲讨几个钱的，但是刚才挨父亲的骂，马上就要父亲的钱恐怕有些不可能，父亲也说了有话明天再说吧，分明是叫我明天才和他要钱，我又何必不等上一晚呢？于是他也就不说什么。到了次日天亮以后，自己到厨房煤炉上，舀着热水来洗了脸，于是就打开窗户，敞着房门，在玻璃窗内的桌子上写大字。一会子，闵宗良起床来以后，走到院子里来，见儿子在那里写大字，甚表同情，先在玻璃窗外张望了一下，然后走进房子来，站在不古身后，看他写了几个大字。

不古目不斜视地只管挺了胸，三个指头捏了笔，悬着手腕，在那里写字，似乎并不知道父亲站在身后一样。闵宗良手摸了摸胡子，站在身后不住地点头摆脑，觉得儿子的行为可嘉。不古写完了半篇大字，方才放下笔，在身边看了一下，装着刚发现父亲的样子，就笑着站了起来。闵宗良点点头笑道："早起写字，这是对的，从前曾文正公军书旁午之时，无论如何忙，早上还要写一篇大字，写字唯有在早上才能够进步，你若是能够这样跟着写了下去，当然会写出一点儿书法来，现在，也不过刚有一点儿影子罢了。"

不古看到父亲一脸慈祥的样子，已经到了说话的时候，便站起来道："我的大字笔没有了。"闵宗良道："不要去买，我那里还有好几支呢。"不古道："我也要买几本帖子看看。"闵宗良道："我那里还有好几本呢。"不古一想，这用不着借题说话了，无论说买什么，老头子也会说自己家里原来有的，因道："不过我身边几块几角钱都没有了，我总也要搁几个钱在身上，当着零用。"闵宗良听了这话，立刻脸色一沉，瞪了眼道："你要什么零用钱？穿衣吃饭，我都替你打算好了；纸笔墨砚，我都现成；你打算要了我的钱，去逛公园、看电影，那可是不成！你要知道，我挣的钱都是在讲台上立正磨粉笔磨来的，你要随便拿去挥霍，那可不行！君子爱人以德，小人爱人以姑息，姑息则养奸，你打算我养你为奸吗？"

不古每次讨钱，都免不了受父亲一顿教训，然后掏钱出来的，今天说的话虽然是严厉一点儿，但是觉得这也并不例外，依然沉住了气，做出那诚恳的样子来，向他父亲道："我并不是要钱胡花，比方洗澡呀、剪发呀，什么地方不要花钱？身上一个铜子不带，到哪里去也是觉着不方便的呀！"宗良道："你不用花言巧语来骗我，你要钱去做什么用，我全知道。古人拔一毛而利天下不为也，我是拔一毛而利小人不为也。"不古听到父亲说得这样决绝，而且说了一句自己是小人，这却不由得火高千丈，将桌上的纸笔墨砚一阵乱推，也将面色一变道："不给钱就不给钱，为什么说我是小人？"闵宗良道："你这样子是儿子对父母的态度吗？凭你这个样子，就是一个小人，我不能给你钱，我不能给你钱……"说毕，摔着大袖子，就走回自己屋子去了。

不古见父亲这样的专制，恨不得走上前去，在他那半弯的背上咚咚打上两拳。然而真这样做，全会馆的人一定要不依，只得将桌上的纸抓到手上，三把两把扯了个粉碎，而且用脚连连在地上顿了几下，表示那愤恨无可发泄的样子来，他把纸扯碎着，就没有别的愤恨可泄了。靠了窗户站着，向院子里望着发呆。

见大姐放轻了脚步，轻轻悄悄地走了来，只管向这个屋子里看看。不古跳了出来，急速向她招了几下手。大姐放轻着脚步，三下两下地跨到屋子里来，轻轻地问道："你起来得真早，我以为你还没有起床呢！"不古道："不要提起，一早起来，和我们老的抬了一阵杠，实在是可恶。"大姐笑道："谁让我们不小心，让他碰见了。你不会说，自由的年头，他管不着吗？"不古摇着头道："倒不是为了这个，今天我早起和他要钱，他说一毛不拔。"大姐笑道："他舍不得钱给你，倒有钱送人。我告诉一件新闻，你真会不相信，他昨天无缘无故地送我妈几百吊铜子，说是让我们拿这个钱用着，叫我别到学校里去当模特儿。这不是笑话吗？凭那几个钱，我们够干吗的！"不古道："这是真话吗？"大姐道："干吗我骗你？"不古点点头，鼻子里哼了一声道："好的，只要他有这样一件好事，我不怕他不给我钱花了。"说毕，又微微一笑。大姐将手一扯他的衣服道："你可别胡来。明天追究起来，说是我说的，我妈要怪我的。"不古道："当然不会牵扯到你头上来，这个你放心得了。"

大姐道："今天我有几堂课，下午才能回来，我特意来和你打个招呼，你别着急。"不古笑道："我怎么会着急呢？"大姐道："可不是吗？这几天都是这样，我要出去有半天不回来，你就要问我跟谁出去了。"不古看看屋子外面没人，就握着她的手道："你要知道，我不是吃醋，我是愿意知道他们怎样对付你，好让你去怎样对付他们。"大姐点点头道："这个你倒不用跟我发愁，他们想占我的便宜，不拿钱来是不行。你差钱用吗？我身上还有一块多钱，留下几个车钱坐车子，我全给你吧。"说着她伸手向衣袋里一掏，掏出一块雪白的现洋钱和一把铜子票。她清理出来了几张铜子票，依然揣到身上以后，就把那块现洋和其余的铜子票，向不古的手里一塞。

不古身上实在穷得一文不名，当大妞说着给他钱的时候，他心里就在考量着，这钱还是要不要呢？现在大妞真把铜子票现洋票塞到手里来，就不容他有考量的余地，手上捏了钱却向她笑道："我怎好用你的钱呢？"大妞道："我们分什么彼此？你有钱可以给我用，我有钱也可给你用。"这几句话说得太亲切了，若是不把钱收下来，好像彼此是不知己，因放出诚恳的样子来道："好吧，我要客气，就对你不住了。"大妞道："这不早了。现在我要到学堂里去了，下了课我就回来，你用不着在路上等我，回头让你父亲知道，又要说我们的闲话了。"

闵宗良在上面屋子里踱来踱去，想到《孟子》上说的"一介不以与人，一介不以取于人"，觉得心中空空洞洞，虽然和儿子吵了几句，未免减了天伦的乐趣，然而尧之子不肖，舜之子亦不肖，这无伤于自己之为正人君子，越想到这里，越觉得自己是对的。正想到自己意志沛然的时候，却听到不古屋子里有一种喁喁之声，心里想着，不古刚和我吵闹的，这有谁到他屋子里去说话呢？于是咳嗽了两声，慢慢地走到院子里来。那房门呀的一声开了，大妞笑着走了出来道："等一会儿见。"她说毕，偶然一抬头，却看到闵老先生正了脸色，背了两只手，站在瓦檐下面。大妞道："老先生你吃过了饭吗？我是到他屋子里来拿衣服去洗的。"说时她也不等老先生说上第二句，已经是匆匆走出了院子门了。

闵宗良睁了一双大眼睛，向着不古屋子的窗户上望着。本待说他几句，可是一时又想不到说句什么话好，只是提高了嗓子，重重地咳嗽了两声。不古在窗里面，看窗子外面，那是可以看得清清楚楚的。只见父亲脸色下沉，紫中透黑，大概是气极了，于是脸上放下微笑，心里向他道:你生气活该！管得着吗？闵宗良心里也想着:自己正向赵家示惠，叫儿子来拒绝了大妞也有些不对，因慢慢地走出了大门，向对面大杂院里望着，意思是要告诉大妞妈，叫她不要让女儿常到会馆里来。但是自己斯文一脉，绝不好意思说直接冲到那大杂院里去，因之只是背了两手，站在大门口来往地徘徊。

可是那院子里的高氏，这两天得了闵宗良大批铜子的资助，大妞也把朋友给的钱分了一些给她，她快活极了，在家里高枕而卧，正睡她的早觉。门口有个人在盼望着她，她哪里知道呢？

不多一会儿，却见一个穿西服的少年匆匆走到这里，也向大杂院里望着，看到了闵宗良不由出了一会儿神。闵宗良认得他，这是那次在校长家里拜寿遇到的那一个青年，他是主张人体美、提倡模特儿的欧化先。和这样子的人，有什么交情可讲？撅着胡子，立刻走进去了。

来的人果然是欧化先，因为大妞和他说过，男女交朋友，原不看在几个钱上，只要是有真心，那就是好朋友。欧化先和她交朋友以来，仅仅和她握过一两次手，除此以外，什么也办不到。心里想着:若是说用银钱来和胡当仁拼，当然拼他不过；提到用工夫来和他比较，反正自己有的是工夫，和胡当仁拼上一拼好了。他如此想着，所以今天算定了大妞到学校里去上课的时候，自己就先在大门口等着。不料他来时已晚，大妞早已走了，他在门口徘徊了一阵子，并不见大妞走了出来，心里想着，假使她今天不出来呢？难道在这里等上一辈子不成？好在大妞家里，也不是什么诗礼人家，自己照直找到她家里去就是了。什么也不必考虑，说办就办。他有了这个念头，立刻就向大杂院里冲了进去。

这是个大杂院，当然可以由他直进直出，然而这院子人一多，没有人理会。欧化先也就不知哪一处是赵家，只管在院子里站着四

143

处张望。那上边屋子里，噗的一声一盆温热水正向身边倒了过来，水虽是没有泼到身上，然而却溅了一身的泥点，这不由得沉下脸色向对面屋子里喝了一声。那里是个中年以上的妇人，就笑着向他赔罪道："我没有留心，对不住，劳驾劳驾！"欧化先瞪了一双大圆眼道："这样一个大人站在院子里，你会看不到吗？这也就怪了。"那妇人笑着，只说"对不住"。欧化先一想，这倒是个问路的机会，不要错过了，就把脸色放和平了一些，问道："你们这院子里，有个姓赵的吗？"那妇人道："我们就姓赵哇。你是找我们大妞的吧？她到学堂里去了。"欧化先这才知道她就是爱人的母亲，刚才不该吆喝人家一句，这样一来不好和人家客气了，随便哦了一声道："她不在家？"也不再说第二句话，就走出这个大杂院子来。

他路上走着，心里想着那个大杂院，真是破烂；好像大妞家里，房门也没有，只挂一极破的竹帘子，烟熏日晒得黄中带黑，窗格子都是无僧古庙里的东西一样，灰尘堆了多厚，这个样子的家庭怪不得要把她出来当模特儿。人一受了金钱的压迫，是无论什么事都肯做出来的。这种家庭的女子，当然是什么知识也没有，她为了银钱出来，她不要人家的钱何待？我对于她进攻，向来是忽略钱的一方面，这是我的大错误了；从此以后，我还是由银钱上来努力。他如此想着走路，本来要雇人力车子的，他一摸身上，还有一块钱，心里就想着这一块钱不要兑散，可以带到学校里去，请她吃一顿午饭。如此想着，就把两只脚加紧了马力，一直向学校里跑了来。到了学校里一打听，大妞已经在课堂上，许多学生正上着人体写生这一堂课呢。

他站在课堂外面走廊上，不住地在那里踌躇着。去呢不去呢？心里老不能决定，这真让人感着一种极大的苦闷。当他一个人老是在这里苦闷着，在讲堂上的一班同学眉飞色舞，对着大妞正画了个得意忘形。耳听下堂钟声，欧化先把一堂课算是牺牲了。人体写生这堂课，现在依然是胡当仁主持着，两堂课既然是耽误了一堂，就索性不上。学生们对于误课这件事，总是这样想着，既是误了一堂，再要上课，也只上得一半，何必去呢？欧化先虽然思想比同学们更新，然而论到读书的态度，他倒与其他的同学不能例外。因之这下一堂课，他在球场上，看看同学打了一阵篮球，又跑到阅报室里去，将报纸上的社会新闻翻着看了一看，但是总怕下堂的时候到了，一个人就不住地看着手表，不让时间过了。料着大妞快下堂了，自己立刻就到课堂外去等着。原来胡当仁和大妞虽十分地接近，但是在学校里，他总装出极淡漠的样子。所以这个时候，大妞下堂，欧化先尽管跟着，绝不会和胡当仁冲突的。

不一会儿，大妞走了出来，欧化先当面遇着，向她丢了一个眼色，意思是说我们一路走。然而大妞在未识闵不古以先，对他还给几分颜色，自认识不古以后，觉得他那样漆黑的脸蛋子，说起话来又是一种夹杂的口音，极是讨厌，就不大愿意和他来往。这时见欧化先半路相邀，不能推托，却故意站住脚，问道："欧先生你叫我干什么？"这句话说的声音非常之重，恰好身后还有几个同学跟了来，欧化先只得佯佯不睬走开了。原来学校里，模特儿尽管是公开地牺牲色相，供给大家描画，但是一下了堂，女学生要自抬身价，不肯和她说话；男学生要避嫌疑，更是不敢和她说话。这期间，若是和她在一处说了几句话，必定会引起多数人的注意，而况大妞在本校里，又是几乎闹起了一场大风潮的人，哪个还敢跟大妞接近？所以她大声一说话，欧化先没有法子，只好跑了。

大妞倒毫不介意，出得学校来，坐了一辆车子，就径自到胡当仁家来。她到胡当仁家里来时，他还不曾回来呢！她倒也不在乎，就在院子里坐着等候。一会子工夫，胡当仁左胁下夹着一个大皮包，右手拿了一根斯的克，皮鞋囊囊，一路走了进来。大妞迎上二步道："你回来了，累我等得好久了。"胡当仁道："你又与欧化先一起吗？"大妞将嘴一撇道："谁和他那穷小子在一处？"胡当仁笑道："他是穷小子，你不和他来往；那个姓闵的也不是有钱的人，你怎样倒和他来往呢？"大妞笑了一笑，没说什么。胡当仁就正式开了正屋门引她进来。

大妞望着他将大皮包放到书架子下面去，便笑道："学堂里先生，每个人都夹上这样一个大皮包，这是什么意思？"胡当仁笑道："吃饭的家伙呀！"大妞道："压根儿没有瞧见谁在皮包里拿出什么东西来用。什么吃饭的家伙？依我说，一定是做幌子的，穿了西装，夹上这样一个大皮包，人家就知道是大学堂里先生啦。"胡当仁走过来用手拍了她的肩膀道："你居然知道这些，比以前聪明得多啦。你倒不猜这里有大洋钱。"大妞顺手拖住他那双手，将脸靠在上面，鼻子里哼了几声，扭着身子道："你给我五块钱吧。"胡当仁将手摸她的脸道："你怎么又和我要钱？不是前天在我这里拿去两块钱的吗？"大妞将他的手一摔，嘬了嘴道："两块钱，两块钱做得什么事出来？你不想，一天到你这儿来两趟，车钱要花多少？我尽是好说话的，你爱怎么样我就怎么样，可是我要你什么，都不行。"

她说完了这话，俯了腰，垂着头，什么话也不说。她那长长的睫毛是胡当仁最为赏识的。她低了头，那两眼的睫毛就自然地向外簇拥出来。胡当仁侧看了她的样子，于是想得了一个画题，乃是"微嗔"。大妞不偏过头来，只将眼珠在眼角上，斜瞟了他一下，两手放在怀里搓手绢，身子动也不动。胡当仁得意之余，不觉嗤哧一声笑了。大妞嘬了嘴道："这是呀！你应当笑呀！把人家气了个够，你就高兴了。"

胡当仁笑道："我们今天来订个条约，你一个月究竟要花多少钱？你说定了，我一次付给你，以后你省得零零碎碎要，我也省得零零碎碎付，你看好不好？"大妞道："可以呀，为什么不可以？以后你一个月给我三十块得了。"胡当仁道："给你三十块钱，以后你还要零的不要零的呢？"大妞道："十包九不尽，块儿八毛的零碎钱，难道还不许我跟你要吗？"胡当仁笑道："那么，总数是三十块，每天又要个块儿八毛，那是一里一面呢！"大妞笑道："你要是舍不得钱，就别跟我要好。你想我们干这个玩意儿，那为的是什么？"胡当仁看她的样子，既像是真话，又像是玩话，望了她只管微笑着。大妞道："你笑什么？我说的是真话，你想一个大姑娘家，她要不图着大洋钱，能够光了身子让人家来画吗？所以我想开了，玩是你们尽管玩，大洋钱我也要。哼！"胡当仁看她这样子，是非要钱不可的，于是先掏了两块现洋给她，随后把玻璃窗帘放下了。

大妞为了这两块钱，到下午五点多钟方始回家。到了家门口，且不进去，在身上掏出四个大铜子，向对过门里长班的小儿子招了两招手，将他叫过来，先把铜子塞到他手里，然后对他道："你把小闵先生叫出来。"那小孩接着铜子回会馆去，不一会儿工夫，闵不古就出来了。大妞向身前与身后看了两看，笑道："我身上有两块钱，我们一块儿去吃晚饭吧。"不古笑道："你弄到了钱吗？"大妞笑道："他们不给我钱，那也不成呀！"闵不古笑道："你为什么不到会馆里去叫我？"大妞道："你家那个老头子，噜里噜苏，我有些讨厌。"不古笑道："哦，到了现在，你也知道老头子讨厌了。"大妞笑道："我家那个老太太，也是不得人心。所以有了钱，我决计不带了回去的。快去戴帽子吧，我们好一块儿去玩啦。"

不古一头高兴进会馆去穿衣服戴帽子，高氏却在自家院子里，向外面张望着，也看到大妞在大门口徘徊着，未曾进大门来，这显然又是在等候闵不古，就三脚两步跑了出来，拉着她的衣襟道："你在门口站着不进来，这为了什么？"大妞将身子一扭道："我还要出去玩儿呢，我不回家去。"高氏道："你要出去玩也行，身上有多少钱，给我拿了下来。"说这话时，瞪了一双大眼睛望着她。大妞道："我挣来的钱，只许我花，你管不着。"她将两只手按了腰上的荷包，以免让高氏抢了去。她不按着，高氏还不知道；她两手一按，正是此地无银三百两的办法，高氏如何不省得？只是娘儿俩站在大门口，却不便做出争夺的样子来，因之连连地叫着说："你回去不回去？你若是不回去，我在这里候着；你想到哪里去玩也不能够。"

　　她两人如此争吵时，不古在身上套着那法兰绒的上身西装，戴着草帽，架上大框眼镜，风姿翩翩地走了出来。不料到了大门口，却看到大妞家里那个讨厌的也在那里，只好在自己门口站着，向胡同口两边张望，做个注意远处的样子。高氏冷眼射了他一下，就向大妞骂道："你跟我回去的是正经。你那样卖脸弄来的几个钱，倒要陪着不相干的人去花掉，这是什么心眼？"说着，眼睛又向不古的身上远远看了一下。大妞红了脸道："我爱这样办，就这样子办，你管得着吗？"高氏道："我为什么管不着？管了你，还会犯什么法吗？"说着，横拖倒拽地将大妞拖进门去；把这个谈恋爱而又占便宜的闵不古呆呆地在门口站着，一点儿也没有办法。他对付别人尽可用手腕，对于高氏这种无知识的妇人，有什么手腕可施呢？他远远望着对面大杂院的大门，也只有付之一叹了。

　　在闵不古对了大杂院无法可施只管呆望的时候，便是他父亲闵宗良先生，也就溜达着到了大门口。他自然也有他的目的。他一见儿子手上拿了草帽，只管在胡同中间来去地徘徊着，这就知道他是在那里等着大妞的了，因向他道："像你这个样子，简直是怙恶不悛！算我不学无术，不能感化你，但是我也不能供你吃供你穿，让你游手好闲去。读圣贤书，所做何事，能够奖励你为恶吗？还是你给我回南边去，我至少落个眼不见为净。"

闵不古听了父亲这种教训，真是怒火如焚，恨不一拳将他打倒。可是转念一想，这老头子对于儿子，真是说得出来就做得出来。假使这个时候，和父亲决裂起来，真许老头子把我驱逐着离开会馆。我身上除了这两件西装什么东西都没有，那怎么办？因之他那一股怒气由胸膛提上升到脸上来的时候，有话要回驳着父亲时，这又十二分地忍耐，把气平了下去，转是淡淡地一笑，道："这可奇怪了，我站在大门口望望街，有什么过错？也用得上这样大大地教训一顿？"

闵宗良手摸了胡子，鼻子里哼了一声道："你不要看我上了几岁年纪，就可以让你们年轻的人随便着来糊弄。其实无论你们玩什么鬼门径，我都看得透彻。从今以后，你不好好地读书，还是那样浮浪不羁，我总有一天……哼！"他谈到这里，眼睛瞪得荔枝那么大，向不古望了。不古用嘴吹了哨子，唱着《璇宫艳史》里面一段调子，昂着头，走回屋子里面去了。

这个时候，闵宗良一人站在大门口，沉沉地想着，照着现在的情形看，自己的儿子固然是迷恋上了这个赵家姑娘；就是赵家的姑娘，也未尝不迷恋着自己的儿子。假使要不驱逐儿子回南去的话，他们继续地向前演进，可不知道会弄到一种什么境地上去。他背了两手，只管在门口徘徊着，不免双眉紧锁，那嘴下一部长尖的胡子，在胸襟前拂扫着，很可以表示他垂头不语、满怀忧郁的样子来。

这时忽听得前面一声："老先生你吃过晚饭啦？"闵宗良一抬头，却看到高氏笑嘻嘻地站在面前，她正笑着向这儿说话呢。闵宗良抬头仔细观看，见她穿了一件蓝布的短褂子，高卷着袖口，露出她两只溜圆的手臂来；胸面前也是两峰高突，也许是她工作太苦了，身上热得很，敞开了胸面前的几个纽扣，于是露一角胸脯子和整段的颈脖子出来，照着老先生平常对妇女的看法，这样的行为他是极端不赞成的，一定要正颜厉色说人家几句；但是他站在大门口前后一望，这里并没有第三个人，倘若是教训高氏一阵，并无别人听见，结果只是怒骂高氏而已。自己这一番正经，固然是没有人看见，徒然地将高氏得罪了，这却是何苦？因为如此，所以闵宗良仅仅是看了高氏一眼，却没有说些什么。

高氏见他望着，不好不理这个茬儿，却向他笑道："今天的天气又热起来了。"闵宗良欣赏着她的姿态之美，又盘桓着心里那个念头，所以一时不曾答复高氏的话。这时高氏又说了一句闲话，不容得不答复了。他心里立刻起了这个念头，也就立刻答复来道："天气热得很，我还没有吃晚饭哩。"后面一句话，本是他回想到高氏以先的一句问话，追着答复出来的。现在两个答案，一同说了出来，倒好像是这两句话有连续性，因为天气热了，所以不吃饭，这个错误，自己也立刻可以感觉出来的。这就向人家更正着道："吃饭不吃饭，与天气倒没有什么关系……"

第十一回

局促入门来腐儒示惠
热狂倒箧去穷妇怀恩

宗良又补充道:"我就是这个脾气,起居有节,饮食有时;内人在日,我对于小事都忽略了。到了现在,无论什么事都不能不自己过问了。一个人没有家眷那是一件极痛苦的事,你想着我这话对是不对?"他说时满脸的皱纹一齐皱动着,向高氏放出一种惹人欢喜的笑容来。高氏的一生都消磨在大杂院里,斯文人调情风月的那一套把戏,她实在不知道,见闵宗良突然地向她笑着,莫明其由,也就只得向他回笑着过来。闵宗良满心抓不着痒处,摸摸胡子,又搔搔头发,却向高氏微笑道:"瞧你这一份受累劲儿,我看以后你还是少做一点儿事吧。"他无端地这样安慰人家两句,似乎自己也感到无聊,于是又用手摸了几摸胡子。

高氏上次受了人家几十吊铜子的恩惠,未曾有什么表示感谢人家,心里老是过意不去,而且凭良心说,闵老先生的钱也来之非易,自己怎好无功受禄?至少也当感了人家的情,今天他又安慰起自己来了,这可不能再置之不理,便笑道:"你有事吗?若没有事,请到我们家喝一碗水去。"闵宗良真是做梦也想不到有这样的好事,便撅了胡子笑出来道:"我怎样好去吵闹呢?"他口里虽是如此说着,然而他一步抓不着三寸,已经试探着移脚向这边走了。高氏看他那样子,并不反对向自己家里来,这就笑道:"街邻街坊的这有什么要紧

151

呢？只管进来坐吧。"她说着，一面向里面引路。闵宗良鼓着十二分的勇气，胸脯一挺，板住了面孔，也就只好向这边大门走了来。好在他是个老先生，虽然他跟了个妇人进门去，却也没有什么人来加以注意。

他一直跟着，进了赵家的屋子。只见大妞穿了粉红色的对襟小褂子，露着半截身子，起伏着许多波浪，正将一块长板放在门槛上，头枕了一卷衣服躺在门板上。她看到人来，一个翻身坐了起来，笑道："哟，了不得，老先生来了。"闵宗良看到她这副神气，虽然觉得这是一种别有风趣的事，然而自己向来是反对妇女这种样子的，若叫自己正对着人家注意这未免说不过去，因之只好自己半低了头，斜了眼睛去看着。

高氏心里也是这样想着：女儿这样子的装束，在老先生看来，一定不会高兴，于是向大妞连连丢了几个眼色，意思是叫她闪避到里面一间屋子里头去。但是大妞当过模特儿的人，觉得肉体上任何一部的暴露那都没有什么关系，现在身上还穿了短褂子，这更没有什么见不得人之处，所以高氏对了她挤眉弄眼，她却只当不知道。这实在让高氏心里难过。第一是自己面子上说不过去；第二是知道闵老先生为人很古板的，大姑娘这个样子见人，他岂能不作声？让人说破了，真也不好意思，便道："你这个孩子也太直爽了，怎么好这个样子见人？虽然说老先生和你父亲一样，可是也要避些嫌疑。"

高氏说别的话也罢了，只是这句"老先生和你父亲一样"，说得闵宗良不能不心里痒上一阵，情不自禁地张开嘴来，哈哈大笑道："真是的，假使我早两年就搬会馆来住了，我还不是瞧见大姑娘自小儿长大吗？"高氏既不能驱逐姑娘离开，只得将别的话提起来遮盖了这件事。她便在桌子底下抽出一张方凳子来，用手草草地揩抹了一阵，然后笑道："到我们这里来，你可受一点儿委屈，连坐的地方都没有。"说着张开嘴来向闵宗良笑着。他到了这个时候，也就不能拘着那些礼节了。平常和人作揖，必是两拳相抱，慢慢地高拱过了鼻尖，方才慢慢地放下；现在两只手合拢了，却是七上八下乱着作揖一阵，然后笑道："我到这里来还不是像自己家里一样吗？诸事你都不必客气。"

大妞倒了一杯凉茶，两手捧着送到他面前，笑道："你喝茶。"闵宗良乜斜着眼睛，由自己胸面前顺了胡子尖，看到大妞发着呆想。大妞将茶杯索性送上前一点儿，递到他面前去，因笑道："老先生，你怎么啦？想着什么事情了？"这才把他惊醒过来。他笑着啊哟了一声，连忙起身接住茶杯，笑道："一到这儿来，就要你费心。"他说着话时，心里可就在转着念头：人家这样客气，就是这样大大方方地受着人家的恭敬就罢了不成？于是他放下茶杯来，伸手到衣袋里去一掏，掏出几张铜子票来，将一双老眼笑得完全起皱纹来，然后悄悄地向大妞手里一塞，笑道："你拿去买一包瓜子吃。"

在两三个月以前，有人送三吊两吊钱给大妞的话，她一定是很欢喜，可是到了现在，三块五块的钱，她常常揣在衣袋里，几张铜子票，她如何会看在眼里？而且这样大的人，当面受人家几张铜子票去买瓜子吃，也显着是笑话，因之将铜子票放到桌上，红了脸笑道："您别多礼。"闵宗良哪里会想到她是嫌钱少，就向她笑道："我给你，你就收下来吧。你母亲都说了，我就像你父母一样，父……"他把话说到这里，偷眼夫看高氏，看看她的颜色怎样；见她板住了面孔，没有一些笑容，这分明是人家不高兴这一句话，于是连忙改口道："父辈之人，送你几个钱，有什么要紧？"

高氏虽觉得这位老先生说的话未免太老实，转念一想，人家是个老实人，说的是老实话，他虽说错了，可以不必去追究他，而况他掏出钱来给人，这总是好意，便向大妞道："老先生的好意，给你钱你就收着吧。"大妞道："我袋里边还有好几块钱哩，我不在乎花那几个铜子。"不用说，她这几句话简直是瞧不起闵老先生给的那几个钱。闵老先生真料不到自己这样破天荒慷慨起来，倒反会遭人家的鄙视，瞪了一双大眼，只管向大妞望着。高氏也觉得这样说话，未免给闵老先生以难堪，于是一伸手把铜子票抓着，向身上一揣，这就向闵宗良笑道："小孩子不会说话，您别多心。"闵宗良自己觉得没有多大的意思，也不肯落座，向高氏拱拱手道："您不用客气，我还要回去办点儿事情，改天再来吧。"高氏笑着扯了脖子道："真对不住，我们这小屋子连让您坐的地方都没有。"闵宗良道："不用客气，咱们是街坊，谁不知道谁呀？"说毕，连连点头而去。

高氏一想，这真对人不住，人家好意来探望我们，又给了钱，倒叫人家碰了一鼻子灰回去。自己上次得了人家的好处，就觉得没有感谢人家，现在又让人家花钱不讨好，这好人还有人做吗？高氏越想越是心里过不去，本待立刻到对面会馆里去赔几句小心，无奈时间又晚了，虽然都是上了年纪的人，究竟有些不便。自己这样想着，见大妞在屋子里走来走去，便板了脸下死劲儿地哼了一声道："你这还是个人啦？我真后悔，让你到学堂里去干这个。钱！我是没有看着什么钱，一来是名声闹得挺臭，二来是你什么没有学到，倒是长了不少的脾气。"大妞道："什么事，啰里啰唆的？不就是为了我说钱多着啦，不肯受他的几张铜子票吗？我说那老头子真不开眼，怎么那样瞧不起人，给我几张铜子票？我又不是三岁两岁的小孩子，怎么能要他几个零钱花呢？"高氏道："你要不要都不吃劲儿，不该把话去顶撞人家。"大妞道："那老头子，压根儿他儿子就瞧不起他。到我们这儿来，他倒挑眼；你要瞧得起他，你就去敷衍他吧。我才不理这个茬儿哩。"她说着话，撇了嘴，又在门板上躺下了。

高氏本待重重地喝骂大妞几声，可是在事实上说，究竟还要靠着姑娘来养活自己，把姑娘得罪了，她不干学堂里那件事了，这损失就大了。这程子听姑娘说话，常有不愿干的话头，可别再逼她，让她使出那份性情出来了，因此只得默然坐着不敢说什么了。

唯其是如此，高氏心里越是发闷，越觉得对不住闵宗良；她闷在家里有一晚之久，她忽然地想明白了，只有送点儿东西给这老头子吃，让他喜欢一下子。上了年岁的人，都和小孩子差不多，除了好吃喝，也就没有别的心事可想了。她又越想越对，到了次日早上起来，一点闵宗良给的铜子票，共是二十吊，合着现在的洋价，约莫是五毛钱。于是自己上大街，花了一毛钱买了一斤白面，花了一毛六分钱买了十两猪肉，又用五分钱配了一些作料，于是一齐带回家来。和面，剁肉馅子，忙了一早上，做了两屉烫面饺儿，在对过门房里打听得清楚了，闵老先生在家里呢，于是将一只大碗盛了烫面饺两手捧着，直送到闵宗良屋子里来。

闵老先生自从在赵家碰了大妞一个恶钉子以后，十分不乐，心想：这是什么话？俗言道得好，官不打送礼的，狗不咬拉屎的。像那个女孩子说的话，简直是好像我送钱给她，就是骂了她打了她一样。以前我也想着，这个女孩很是聪明，一定知道人家爱她，知道人家疼她；据现在的情形看起来，这孩子也是现在时髦姑娘一流的东西，只知道和年轻的人在一块儿瞎哄，别的全不懂得。她虽是讨厌我，倒和我儿子说得拢来；但是你想想，你得罪了我，我能让我儿子和你要好吗？哼！闵宗良想到这种地方，不但是加倍地可恨，而且心意决定了：你讨厌我，我倒毫不在乎；可是你为什么单单地爱上我的儿子呢？你不想想，没有我根本上就没有我的儿子吗？好吧，我明天就打发我那个杂种回南，你瞧瞧是哪个厉害！闵宗良想到这种地方，他觉得也是一种绝招，所以怀恨之余，自己也很得意。本待一早上就来和闵不古开始交涉的，不料他倒有什么感触似的，一早就溜起走了。

闵宗良憋了一肚子气，无可发泄，口里吸了一杆旱烟袋，背了两只手在身后，只管来回走着，忽然听得有人叫道："老先生在家吗？"回头看时，正是大妞妈高氏。她两手捧了只大碗，笑嘻嘻地走了进来。闵宗良觉得高氏的笑容最是好看，她那微黑而圆胖的脸上，露出两排雪白牙齿，让人看到之后不由得愉快一阵。再说她两只溜圆的手臂，捧了一只大碗进来，碗上兀自有腾腾的热气上冒，这一定是做了什么可吃的东西来了。他一腔子怒气，到了这时已是十去其八，便带了笑脸，向高氏点着头道："吃过了午饭吗？"高氏笑道："没有啦。早上蒸了两屉烫面饺，送一点儿老先生来尝尝，口味是谈不上。你餐餐吃大米饭，换一换口味也好。"她说着话，将那一只大碗放在桌上。闵宗良伸了头看时，只见那碗里的饺子，雪白一个，堆了大半碗，不觉摸了胡子道："我倒猜不出赵大嫂子，有这么好的一双巧手，多谢多谢。"他到了这时也就精神焕发起来了，又是做出两手相合，高举过顶的那种姿势来。只看他满脸的皱纹，像乱山一样，他那副情形快乐大发了。

高氏放下了碗，本待就要抽身回去，然而这个时候，闵宗良却又不免客气了笑道："大嫂子喝碗茶走吧。"高氏本待不喝他的茶，可是想到昨天他光顾的时候，只说两句话就走了，今天自己前来，也是说两句话就走，倒好像有心和人家生气似的，只得坐下来笑道："您倒客气，趁热的，您先吃吧。"闵宗良口里连道着"多谢"，便将自己享用的菊花茶斟了一杯，送到高氏面前茶几上，笑道："我就常说大嫂子真是会持家过日子，谁家要有了大嫂子这样一个人主持家务，那个人家一定会兴旺起来的。"高氏道："您好说，我要是会持家，也不会把家弄得这样穷了。"闵宗良道："这个不然，你一个妇人，又不能去出外接洽，士农工商，却叫你去干哪一行呢？所以你家大姑娘到学校里去当模特儿的那件事，我反对虽是反对，但是很原谅你娘儿俩是没有法子。我们南方有句俗话，乃是'男子无妇身无主，妇人无夫家无主'，一家人家没有了主人翁，这当然是很伤心的事，不过……"他说了这话，把话迟钝着，坐在高氏上方的椅子上，摸了胡子，只管向高氏脸上望着。

高氏虽觉得对于老先生是不必介意的，可是他一双眼睛只管死命地盯了在人身上，这也就有些难为情，因向闵宗良笑道："真的，你趁热地吃吧；要不吃回头凉了，就要差上一个味儿了。"闵宗良笑道："我想着，你府上一定包的饺子不多，有我吃的，就没有你们吃的。这样子吧，你也在这里吃，反正我一个人也吃不了。"说着他的嘴张开来笑着，把上下唇上的胡子笑得都抖颤起来。他不说这句话，倒把高氏僵得在这里；他说了这句话之后，高氏触动了机灵，倒有了抽身之法了，便道："我家里还搁着一屉饺子在那儿呢，我要是不去吃，也凉了。回头见吧。"说毕，她就不再征求老先生的同意，匆匆就走了。

闵宗良来不及挽留，只好追到院子中间，连连说了几句"回头见"，他才向屋子来，也等不及去抽筷子，先用手指头钳了一只饺子到嘴里去尝了一尝。他只把饺子包皮咬破，尝到了那肉馅的鲜味，也来不及咀嚼，一口就吞了下去了。自己心里一想，这饺子固然是好吃，大妞妈特意为我做了送来，这番盛意尤为可感。这不可马马虎虎放过了，必得细细咀嚼一番。于是又钳了一只饺子到嘴里去。这次不吃得那样的快了，却是含在口里，慢慢地嚼着，然后掏出十二个铜子来，交给了小长班，叫他在对过油盐杂货店里买十个铜子白干、一包花生仁。自己高兴极了，到厨房里去抽了一双筷子，又和长班要了一小碟子咸菜，这就回房来吃他心所敬佩的人包来的饺子。

一会子，一茶杯白干、一纸包花生米都放在桌上，他左手持杯，右手拈着花生仁，只管向嘴里丢去，自己就哼哼唧唧地念道："有花无酒不精神，有酒无花俗了人。"他嘴里念着还不算事，又摇曳着整个身体，表示他那文气通达的样子出来。有道是酒逢知己千杯少，闵宗良现时虽不曾和高氏对饮，但是就事实说起来，高氏总可以算他一个知己，所以他一高兴之下，那十个铜子的白干实在不经喝，不多大一会儿工夫就喝了个杯子见底。这一顿烫面饺，在闵老先生高兴之下，足吃了两个钟头，到两个钟头以后，一切皆空，方才罢休。

　　他那枯瘦的脸上借了酒气一润，又因为他十分欢喜，带有笑容，真个是满面红光。他既醉且饱，无事可干，就背了手在屋子里来回踱着。想起二十余年前，每到情动于中，就要作无题诗，于今虽没有那个豪兴，却可以念几句，于是："昨夜星辰昨夜风，画楼西畔桂堂东。身无彩凤双飞翼，心有灵犀一点通。"念得摇头晃脑，乐不可支。

　　正当他念到那个"通"字，高氏又来了，在外伸了头进来，笑问道："老先生，饺子勉强地能吃吗？"闵宗良正是背朝外、人向里踱着步子，听到有人叫，突然回转身来，啊哟一声道："赵大嫂子又来了，请坐，请坐。我是留芳齿颊，铭感五衷。"说着，深深地向高氏作了两个揖。高氏虽不懂他说的是些什么，可是看他那副情形，知道总是多谢烫面饺，便笑道："做得不好吃，你还谢啦。"闵宗良道："若说这个饺子还不好吃，那是丧尽天良之言了。"高氏见老先生这样高兴，自己这一番人情总算了了，纵然花了人家一些钱，人家总也没有白花，这就拿了碗转身要走。闵宗良实在愿意留她多坐一会子，可是对了人家却没有法子说出口，也就一路地跟到院子里来。

高氏出于不意，倒以为他有什么要说，所以老钉在后面，于是就站住了脚，向他问道："老先生，你还有什么事吗？"闵宗良胸前胡须飘飘然，露着白牙笑道："倒没有什么要紧的事。"高氏听他说倒没有什么要紧事，反过来说：不要紧的事总是有的。这就向闵宗良笑道："只要我办得到的事，我是一定办的。你就只管说吧。"闵宗良站在这里，又理理胸面前飘飘然的胡须。高氏见他有话要说不说，这倒莫名其妙，于是向他周身上下打量了一番，才向他笑道："真的，有事你只管和我说，咱们相处得不错，老先生又是我很佩服的人，有一点儿小事叫我们做，我们能说推辞的话吗？"

闵宗良虽是个君子人也，处处也顾全到体面，以便合于"君子不重则不威"的那句话；但是到了最紧要的时候，那也就顾不得许多了，将肩膀微微抬了两抬，然后向高氏笑道："坐在家里，实在无聊得很，回头请你来一趟，我们慢慢地谈吧。"高氏以为他这样特意地说出来，必然有什么要紧的事要来商量，就连连点着头道："好的，好的，回头我就来。"说着，她到底是拿着碗走了。

不过在闵先生一方面，却很相信得高氏过，这就笑嘻嘻地回转屋子去。无论他的思想是怎样的摩登，他的举动总不能十分新的。他一高兴之后，依然是背了两只手在身后，绕了屋子只管乱转；同时嘴里，也就哼起诗句来："身无彩凤双飞翼，心有灵犀一点通。"越吟诗两条腿也在屋子里越转得厉害。这所以旋转的缘故不是别的，他想着高氏已经答应来了，她真个来说话，自己却用什么话去和她对答？刚才对她说，是自己无聊得很，请她来谈一谈话，然而这种话是不是可以直说出来呢？难道人家娘儿们是陪老先生的吗？若不是叫她来谈话，必定要想出一件事来，分配着人家去做；若不找事给人家做，到了那时，对面对地在屋子里枯坐着，那可不成话说了。

他一个在屋子里大转其圈子，同时也大转其念头。最后他居然想得一个办法了，不是上次把了钱给她以后，她就和我慢慢地要好起来吗？这是无疑的事，就是为着自己给了她十几封铜子的原因了。根据了这一点，设若多给她一些钱，岂不是让她更能巴结我一些？他想着这个办法是对的，于是就把自己搁钱的那个箱子看了一看，里面究竟有多少钱。整数他是记得的，乃是五块大洋，但是在五块大洋之外，还有一些零碎的铜子票与铜子，其间自己曾从中取出一些款来用，同时自己又增加了一些款子进去，这一进一出，自己没有记下细账，这里面究竟有多少钱，可不能一口道破，于是揭开了箱盖，自己将头伸到箱子里去，把那些铜子票拿到手上，自己点了一遍，乃三十二吊铜子、五十吊铜子票，合计一下，又是两块钱。原来秋天已深了，应当拿这些钱去做一件夹衣服穿的，但是仔细一想，旧的棉袍子不过是褪了一些颜色，并没有什么窟窿；要穿的话，还是可以穿。若是把这些钱送给大妞妈，将来可以得到她莫大的安慰，那一份儿痛快比穿新棉袍子那就要好得多了。他如此想，手上捏了铜子票，就不由得对着那铜子票笑了。

正在这时，却听到房门扑通一声响，回头看时，正是大妞妈来了。他一见之下未曾说话，眼角上两条鱼尾纹就笑着皱了起来。高氏这回来是没有事，完全为了老先生叫着她才来的。大概她也把自己家里的琐事完全做完了，这就换了一件灰色的蓝布夹袄，又把头发梳拢得光光的，然后她那粗圆微黄的手胳臂戴上了一只假的绿玉镯子，这更可以表示她健全的体格，身上并不至于瘦得像一把枯柴似的了。她不但是体格那样好，就是她的态度，由今日看来，带了三分羞意，也分外地觉得有趣味。她先是扶着门站定，后来扶着椅子走了几步，最后才扶了桌子边沿，向老先生微微地笑着道："你是要捡衣服我来洗吗？"

闵宗良已是在箱子里找了一块不曾用过的包脚布，将洋钱铜子铜子票一齐包好了，捏在手里，就迎着她笑道："大嫂信人也。"他说过这句之后，自己立刻觉着这文言说得不对，便拱拱手道："大嫂为人真好，说一句是一句，一定办到。这样的人，就非常地和我对劲儿。"说着，就慢慢地迎着高氏，也向这边椅子上坐了下来。他手上捏的那个布包，就轻轻地放到桌子上去。虽然他是轻轻地放着，然而也扑通一下响，表现出这里面的东西乃是沉甸甸的。这布包袱一下响，助了老先生的胆子不少，好在头一回送钱给她，她并没有拒绝，就这样坦然地收下了；头一回既是不要紧，当然这次送钱给她，只有嫌着送得不多，别的上面，是没有什么问题的了。他是个会作八股的人，当然也就有话说，所以他不慌不忙，从从容容地向高氏道："昨天送你大姑娘那些钱，惹得她大大地不高兴一阵。"

高氏红了脸，就抢着道："那实在对不住，她是个小孩子，您别理她。"闵宗良哈哈地笑道："没关系，没关系。我也就因为她是个小孩，不给她那么些个钱，那只是略表意思，免得她胡花去。其实我这里另外预备下一笔款子，这就交给您，让你交给她买点儿老实些的布，做一件衣穿。"口里说着，手上就把这布包打开来，露出那雪白的洋钱和那杂乱的铜子。

高氏心里倒吓了一跳，莫非这些钱全是给我？那倒是为着什么？闵宗良果然将那脚布重新包了起来，两手抱着一拱，然后送到高氏面前来，口里可就笑道："若说送礼，那未免笑话。这不过表表我这位老伯实在是真喜欢她，并不是空口白话地教训人家孩子。"高氏看那洋钱和铜子，凭了肉眼去估量着，约莫有上十块钱，就是大妞去当了模特儿，二次顶多给五块钱，从来没有给过七八块钱的。老先生给这些个钱，真是看得起人了。高氏也不知道心中哪来的一阵高兴，早是嘻嘻地笑了。闵宗良看到她笑，自己也笑，而且心房里是扑通扑通地跳着。高氏笑了一阵，这才道："哟，我的老先生，你怎么给这些个钱？你自己留着花吧。"她说着这话，就把那一个小布包紧紧地手里捏着，微偏了脸，看了闵宗良只管笑。他道："你不是说了吗？我就像她父亲一样，我们年老的人，挣了钱无非是给儿女花，这有什么关系？"

高氏听着，心中大不高兴，心想：你这是什么话？我不过比方地这样说了一句，怎么你老是提起来，要占我的便宜？可是话又说回来了，这老头是实心眼子，也许这就是真话，而况人家给钱出来是真的，谁是那样的大傻瓜，为了要占人家一句话的便宜，倒掏出上十块钱来？如此回转想着，心里也就坦然了。闵宗良见她并没有一点儿反对的表示，他几乎转老返童，乐得要跳了起来，笑道："我的大嫂，不瞒你说，我箱子里的一些钱全拿出来了……不，和大妞存的钱，我一齐拿出来了。至于我自己要用的钱，还多着啦。"高氏忽然得了这些个钱，第二个感想就接连着来，有了这些钱得赶快去收着，别让第三个人知道了，于是捏了那个布包向老先生蹲了一蹲，笑道："我就多谢了。"老先生笑道："你只管拿去吧，多谢什么？"

高氏大喜，将布包塞在大衣襟底下，撅着屁股走回去了。到了家里，将房门关上，把钱仔细点了一番，然后收到箱子底层去，上面用破棉裤、破褥子重重地压了。她坐在炕上，两手抱了膝盖，向箱子上望着，许久许久，才微笑了一笑，自言自语地道："闵老先生这个人，待人真好哇。像我们这样的人家，得了人家这些好处，拿什么去报答人家呢？"她两只手抱着右膝出了一会子神，回头又抱着左膝又出一会子神，最后就情不自禁地点了几点头，她这样连连点了几点头，仿佛就像想得什么办法一样。照理说闵老先生，这七八上十块钱总算没有白花了。到了下午，大妞由外面回来了，高氏看到老远地就一拍手迎着大妞道："孩子，你瞧闵老先生待人多么好！"

大妞收住了一把伞，放在门边，瞪了眼睛向高氏望着，不知道她说的是什么意思。高氏也想着，自己的话说得太急促了，无缘无故地赞成闵宗良一番，这是什么意思？幸而他是一个老人家，若是年轻人，妇人们这样夸奖男子好，那成个什么话呢？于是笑着问大妞道："你不是嫌人家给少了钱，当面就给人家一个下不去吗？你猜怎么着，人家倒是一点儿也不生气，索性给一个大方，连洋钱带铜子票，给了咱们好几块钱。可是有话在先，这个钱虽是人家给你的，可不能让你拿了去乱花。我要在箱子里留着，将来做一样正当用途呢。"大妞妈这一番话引起了大妞一肚子牢骚，于是乎她又凭着她个人的见解，发挥出一番议论来了。

第十二回

作者要权威抓住时代
攻人重腐化违背潮流

那高氏向大妞说了这一番话，大妞什么话也没有说，靠着门，望了高氏，哈哈大笑起来。高氏见她如此笑着，不由得向她发愣。大妞道："你发什么愣？咱们虽是穷，也不至于连几块钱都没有见过。我看到你感恩匪浅的那种样子，不等我进门就说了出来，真让人看到会笑掉牙齿哩！"

高氏听了她的声音非常之大，怕会让同院子里人听到了，先向门外张望了下，然后望了大妞低声道："你这是什么话？难道人家给钱于我们，还给坏了不成？"大妞将脸子一偏，鼻子哼了一声道："哪是给坏了。谁爱他那几个臭钱？哪个感他的恩，哪个就去收他的钱。你以为那老贼是什么好人吗？他给了这些个钱，可不会存着什么好心眼的。你想他又没有十万八万可以拿钱出来施舍，他又不和我们沾亲带故，为什么单单地送钱给咱们呢？我瞧他的儿子和他要个三五十枚铜子，都要论天说地，很议论一阵子，怎么到我们这儿，倒是这样的大方呀？你想，这里面不是存着有什么心眼吗？"高氏虽是年老些的人，听了这话却不由得脸上红一阵子白一阵子，淡淡地向大妞瞟了一眼道："你这是什么话？难道做娘的收人家这几个钱，还收出什么不好的事来吗？"大妞却也不再去理会她的话，挺着腰杆，自向屋子里面去了。

高氏坐在屋子外面，回想姑娘的话，这倒有些发了呆。姑娘说的这话，不能说是完全没理，闵老头存下几个钱，自然也不是容易来的，他怎么着就肯这样大把的钱给人呢？是呀！这里头怕还有别的缘故吧？这话可又说回来了，像我这样大的年纪，闵老头又是个长了胡子的人，这还有什么可疑心的？就是说他有什么野心，那也无非是对大妞说；可是大妞和他儿子很好呀！再说大妞，根本上就不爱理他，一个老头子可以对十七八岁的小姑娘存什么坏心眼，那不是新闻吗？别这么猜，这样猜，可猜出笑话来了。高氏想到这种地方，突然转了一个念头，也就不向下纳闷了。可是她久在外边屋子里坐着，那大妞藏缩在里边屋子里也很久地不出来，许久许久，只听到洋钱扑通一下响，高氏吃了一惊，立刻也就想着，这孩子由哪里又弄来了钱？她这个感想，立刻逼得她站起身来向里面屋子就跑。

只见大妞两只手放在衣袋里还不曾抽了出来呢，她的感觉也是十分敏锐的，向她母亲瞪着眼道："你跑进来干吗？你听到我身上有钱响，又想进来分肥吗？"这两句话，倒说得高氏十分地难为情，脸一红道："不错，你还不知道我是个活财迷吗？我这样一大把年纪，收下人家几个钱，你还说长说短，你这样一点儿年纪的小姑娘，常是揣着人家的钱回来，我还不应该疑心吗？"大妞脸子一扬道："疑心什么？我到外面去拿人家的钱，这是奉官派的。哼，我要不去拿人家的钱，你早就饿饭了。"高氏道："我要是没有你，我一个人出去要饭，也饿不了吧。你今天带……"大妞也不等她把这句话来说完，一手拿了白绸围巾，一手就伸到门角里去拿伞，大有要走的样子。

高氏站在门口分开两手一拦，瞪了眼道："脾气让你发了，人也让你骂了，倒让你身上揣了钱出去玩儿去。"大妞远远地站着，对门口和母亲身上估计了一番,然后微笑道:"你不要我出去,我就不出去。"她说着这话,就把已经拿到手上的伞,缓缓地要放了下来,这自然是个不走的样子。高氏看到,也就一时疏于防备;不料大妞手拖了伞,身子向前一冲,就冲了出来;身子碰了高氏的手一下痛,她走到院子里,将手上的那把小伞高高举起,向高氏点了几下头道:"妈,我对你不住,我走了。"说着,将舌头伸了一伸,就这样晃着膀子走出大门去了。高氏由后面追了出来,连招着手道:"说也没说完,你就要走。"口里说着,脚下跟了追出大门口来,只见闵不古远远地在胡同口上站定,手上拿了一顶呢帽子,在胸面前当了扇子摇,斜伸了一只脚,远远地向这边看着,脸上笑嘻嘻的,分明是在那里等待着人。大妞走了过去,他又点头又举手,忙得不亦乐乎。

高氏这就明白了,大妞这次回来,乃是回来拿钱的,刚才听到洋钱响,这分明是她在屋子里拿出钱来,不小心把响声露出来了。好哇,这小子在他父亲手上拿不到钱,倒向我们姑娘手上滚钱去用,我们是什么人家?姑娘忘了羞耻,混了几个钱来,倒这样去津贴小白脸,事已到了这步田地,要把姑娘打一顿骂一顿,那也是白来。现在唯一的法子就是向闵宗良去交涉,叫他管着自己的儿子。他是一个古董老先生,这些话他一定是听得入耳的。高氏如此想着,只向胡同口上白白瞪了两眼,也就只好算了。

这里闵不古和赵大妞一对摩登男女,身上揣了钱,自去看电影吃馆子,他们闹到天色将黑方才回来。闵不古因为到北平来以后,常看有声电影,又听了外国音乐片子,耳朵里有些训练,也懂几段英文歌,但是这种英文歌却是有谱无词,他仅仅知道三个字:I Love You。这天也是太高兴,一回会馆之后,他口里就这样唱着,"咿唔咿唔得儿咿唔,爱拿夫油,爱拿夫油。"他虽知道父亲是极端反对读洋书的,可是唱两句英文歌玩玩,这与老头子并没有什么妨碍,料着也不会发脾气的，所以他毫无忌惮地口里就是这样不住地哼着。

　　他正擦了一根火柴，要点桌上的煤油灯呢，只听到闵宗良屋子里震天价一下响，接上大喝一声道："这无父无君的东西，我是片刻也容留不得，他若不给我滚，我就搬出去。让他在这里住着得了。好东西，越来越不对了。"说着，又将桌子拍了两下。不古心里一想，这老贼无缘无故的，怎么又发这大的脾气？我在会馆里住着，除了吃饭住房而外，也占不了他什么便宜。天天看他的颜色受他的恶气，实在不值。而且为了他啰唆的缘故，大妞也有些害怕，不敢和我接近。我看要在北平久住下去的话，必定另找一条出路方妙。这几天作了两段散文、两首新诗，投到《新兴报》去，都蒙他们的编辑先生发表了，在他们的《炭火》副刊上，这不用得如何去揣摸，可以知道这位编副刊的先生一定是个思想相投的人，何不去找找这位先生，设若他念在志同道合一方面，能够给予我一种工作，也未可知。他如此想着，立刻就走出门去，以便躲开闵宗良的骂声。

　　这新兴报社倒是和这会馆相隔不远，转了两个弯也就到了。那报馆在北平城里正也是数一数二的地位，两扇朱漆大门大大地敞开，门梁上悬了一盏其大如瓜的圆泡电灯，门口白银光灿烂，照着门里面院子里放了四五辆油漆光亮的人力包车。门外马路上车头相对，也是两辆大汽车，只在这几点上，很可以知道这是资产阶级所办的报纸，却不料他却能发表普罗列塔利亚（英语 proletariat 的音译，无产阶级）的文字。对于这种有排场的所在，当然也不能冒冒失失地向里一闯。无论如何讨厌这官家的排场，也就不得不照着手续行事了。于是在身上掏出一张名片，走到门房里去，说是要会这里的副刊编辑先生。门房一听他的话，显然是和这里的编辑先生并不认识，不是来打听投稿，就是联络编辑先生的，绝无要事，于是将名片向桌子上扔道："他不在这里。"不古道："报馆里的编辑不都是晚上有工作吗?"门房好不讨厌,便大声道:"编辑先生也各有职分不同,他是编辑副刊的,晚上没有什么工作。"不古听了这话,又看门房的形象,心里很是生气。可是自己特意地求人来了,不受一点儿委屈怎么办?只得用很平和的声气问道:"这位先生什么时候在报馆里呢?"门房道:"没有准。"话说到了这里,简直是一点儿转弯的余地都没有了,怔怔地在门房门口站着,无话可说。只在这时有个很硬朗的嗓子叫起来道:"老王,拉车。"

不古回头看时,一位穿西服的汉子,约莫有三十岁上下,在上面一只小口袋里,插进了一方花绸手绢,胁下夹了一只大皮包,站在里院门边,口里吹着哨子,似乎也是"爱拿夫油"那一种调子。他心里灵机一动,像这样子的人一定就是编辑先生一流,与其向门房去打听,不如就去向先生直接地打听了,于是取下帽子向前一鞠躬道:"这位先生,我和你打听打听,这里编副刊的先生姓什么?"那汉子向他全身上下打量了一番,然后微笑道:"他姓皮,你不认识他吗?"不古道:"我因为这副刊的宗旨,与我的主张完全吻合;我可惜不认识这位先生,所以特意来打听打听。"那汉子笑道:"副刊就是兄弟编的,有什么事指教吗?"不古哦了一声道:"原来就是皮先生。我叫闵不古,曾在贵报投稿几次,都蒙先生录取了。台甫怎样称呼呢?"皮先生笑道:"报上署名安存的就是我。"不古连说:"久仰久仰。"皮安存虽然是急于要走,但是经人家这一阵恭维,倒不好怎样拒绝人家了,这就向他点点头道:"且请到客厅里坐吧。"

他说着话,先在前面引路,那个在门房里说话的听差也不是几时抢出来了,已经在他们前面抢着去扯了电灯,开了客厅门,让了主客进去。不古不由得恶狠狠地向那门房瞪了两眼;门房这时却也无所谓,低头走了。皮安存笑道:"闵先生的大作很好,以后请多帮忙。"一个投稿家,总是怕稿子送到报馆里去了,编辑先生不登,于

168

今编辑先生倒当面要求帮忙，这是如何荣幸的事？便不由得手摸着头笑起来道："兄弟就很喜欢发表文字，尤其是在我们思想相同的刊物里。据皮先生看，我的文字有什么不正确的地方吗？"皮安存正了面孔道："如今做个作者，不是口说站在潮流的前面，我们必得做个有权威者，无论发表什么文字，我们必得抓住时代的核心。"他说了这样一大篇，对于不古的话竟是所问非所答。

若是别人如此，不古早不高兴了，可是对于这位皮先生，很是想找他帮点儿忙，只能将就人家一点儿，便笑道："对了，现在的文字，不过是封建思想的残余，充分地无聊，吟风弄月，供给有闲阶级的欣赏。皮先生的文字实在能抓住时代的核心，将来皮先生必是文坛上一个有权威者。"皮安存正是要他恭维这几句话，只是他说将来是文坛上的权威者，这将来两个字，他倒有些不高兴，便微笑道："兄弟在华北文坛上，很有点儿小小的名声，就是我马上发表文字，在文坛上多少总有些力量。譬如昨日我发表的那篇长诗《野火》，这一定又可以轰动一下子。我主张把北平城里的汽车，都一把火烧了。谁敢说这话？"正说到这里，屋子外面有人叫了一声"安存"，皮先生口里答应着，连叫了两声"社长"，就起身向外面走来。屋子里的客，他只好丢着不问了。

不古在屋子里，只听到那社长的声音道："我们到东安市场吃晚饭去，好不好？"皮安存道："好是好，我这车夫跑不快，可不可以沾一点儿光，搭了社长的汽车去呢？"社长道："可是可以，但是我立刻就要走。客厅里你还有客呢。"安存道："那不要紧的，是个投稿的。我打发走就是了。"说话时，这位皮先生果然也就进来了。他向不古笑道："对不住，报馆里要开紧急会议，我不能奉陪了。关于大作的稿费，昨天我已经开了支付单子，交给会计部，大概迟一两天也就要给了。"他一面说着，一面已夹起了皮包向外走。不古看了这种情形，不得不跟了他走。出了客厅时，他已经随在一个胖子后面，微鞠着躬，笑嘻嘻地出去了。不古虽然是极不高兴，可是想到他说了，一二日内就要发稿费，假使到日子稿费发不出来的话，少不得还要来麻烦人家一趟。现在怎能够把人得罪了？于是不声不响地也只好走出来了。

他走到街上，心里这就想着老头子那股牛脾气恐怕还在发着，这个时候回会馆去，还免不了受气。这次由南方到北平来，同路还有两位青年，却是说得很相投。到北平来了以后，彼此也是常见面，只因为这几天老陪着大妞说话，所以没有去拜访他们。他们好像为了争夺一个中学校的地盘，闹得厉害，若是在这里面能插进一只脚下去，多少有点儿办法。不说当什么职员吧，就是找几点钟书教教，一个月对付二三十块钱，生活问题也就可以小做解决，以后再想相当的办法。他就向那两个朋友住的会馆去拜访。

这两个朋友，一个叫陶沙，一个叫孟进，都与闵不古意气相投。不古雇了人力车子，一直就向这会馆来。好在这是熟地方，一直向陶先生屋子里跑了去，倒是不用通知。那位陶同志在屋子里大发雷霆，口里骂道："这些混账东西！一齐应该拿去枪毙！"不古掀开帘子走了进去，笑道："陶先生要枪毙什么人？"陶沙笑着向他握住手，笑道："闵先生，怎么有工夫到我这里来谈谈？这几天听说你追随着恋人，很忙呀。你到北平来的成绩很是不坏，已经归宿到爱人的怀抱里去了。"闵不古笑道："虽然说是恋爱不忘读书，读书不忘恋爱，但是这封建社会的生活中，叫我失去了物质的凭借，如何去和恶势力奋斗？"陶沙道："你这话是对了。好比这会馆里的长班，我叫他买十个钱东西，照例是八个钱东西回来，总要中饱一些；我说他几句，他倒不服，说是长班只能看守大门，不能伺候各位先生。你说可恶不可恶？他这种奴才，也配和我们顶嘴！"不古道："我会馆里也是这样，我有一天发了财，我必定将这班生着狗眼睛的长班们一齐找到面前来，让他们看看！"

那位孟进先生也由外面走了进来，笑问道："你二位在这里讨论什么，也是为着四维中学的事吗？"陶沙道："不是不是。"说时向孟进连连丢着眼色。闵不古笑道："二位不必瞒着，我已经知道很清楚，不是二位已经联合了里面一批学生要推翻校长，另行组织吗？"陶沙红了脸道："你怎么知道这个消息？"不古道："我怎么会不知道？我今天特意为了这件事来的呢。若是二位成功，希望二位帮我一点儿忙，在里面跟我进行几个钟点。"陶沙向他脸上久久地望着，才道："密斯脱闵，那石林隐校长不是令亲吗？"不古道："狗屁！虽是亲戚，我到北平来，却没有会过他。我无论怎么开倒车，也不会和这种人去合作！"

陶沙见他说的话如此地坚决，似乎不至于做汉奸，便在桌上拿起烟卷盒子来，取了一根烟卷，慢慢地抽着，坐在他的对面椅子上，沉默地想着，许久才道："可是我还有一个消息，不能无疑；那里面有姓闵的国文教员，上堂就提倡礼义廉耻，听说他也住在你会馆里，是不是你的本家？"不古笑道："你想，我会有这样一个本家吗？"孟进听他二人说话，不知不觉之间，却得一条妙计，于是向陶沙点点头道："果然密斯脱闵愿意同我们合作，我们倒是应当欢迎的。"说着，眼神可也射在陶沙身上。陶沙一想，料着这是话里有话，便道："当然，我们都是有志的青年，自然愿意合作。"

不古自从进门口来，就开始着辩论，两手捧了一顶帽子，斜伸了一只腿站着，那意思自然是没有一秒钟的工夫来管其他。现在把话说到了这里，他才抽过来一口热气，于是将草帽子向墙钉子上挂着，两手牵了西服裤脚向上一提，然后坐在一张方凳子上，正着颜色，用极和缓的音调，说出恳求的话来道："若是两位老大哥愿意携带做兄弟的一把，无论派我做什么事，我都愿意去干。"孟进道："不是密斯脱陶提起，我也不会想到这一层。石林隐既是你的亲戚，当然要打听他的消息，你比我们来得消息确实，就是不知道密斯脱闵肯……"

不古连忙站立起来，向二人半鞠着躬的样子，弯了腰答道："不是要我到石林隐那里去打听消息吗？若说别的事情，我或者会感到困难，单是到石林隐家去探听消息的话，我不但是肯干而已，而且我必定要帮着二位老哥成功，才算我的本事。照说，我去打听亲戚的消息，预备推翻他，好像有些不近人情；可是为了我们共同的事业，也就只好大义灭亲了。关于这一层，我希望两位老大哥极端地信任我。我愿立在同一的阵线上，找一点儿适当的工作，为共同利益而尽力。"

陶沙听他说的这遍话，简直和刊物上的散文一样，心里想着，这家伙大概看的新兴文艺杂志不少，说出话来全是那一套，这要让他当中学校里的教员，大概还可以充数，于是笑着点头道："密斯脱闵若是肯这样努力，那就好极了。实不相瞒，我们要抢这四维中学，颇有相当的困难。因为这个学校是石林隐私人创办的，你说他办得不好，他可以自行停办；学校是给我们捣掉了，我们也得不着什么。现在我们应当一面攻击学校当局，一面紧紧地团结学生，不许分散，也不让他停办。由整个的学生团体，将学校房屋器具完全封锁了，以便人事要更换，学校可整个地存在，然后我们就一拥而上，将学校整个地接收过来。现在我们最要紧的就是要得着对方的劣迹，给他暴露出来。"

正说到这里，院子里有人问道："陶先生、孟先生在家吗？"陶沙似乎听得出这声音是谁，立刻就迎到屋子外面来道："在家，在家，请进来坐。"说话之间，只见他引进两个年轻人进来，陶沙就给闵不古介绍了一番。原来这是四维中学高级班两个代表，其中有一个代表哭丧着脸道："今天学校里出了布告，说是以往的事不追究，若再有人捣乱，就是全体解散也在所不惜。同学们有一大班大都软化下来了。"两个代表原是并排站着，像官僚见上司一般，说话却是非常的谨慎。

陶沙见了学生，他就格外地精神奋斗了，右手捏了拳头，在左手手心里连连捶了几下，然后跳了起来道："这样一点儿小小的风波都不能抵抗，还算得现代的青年吗？他能出布告全体解散，我们也能发宣言将他们全体驱逐，这有什么客气？我们是现代青年，难道你们可以软化下来，让他们用那种封建的教育来腐化你们吗？固然不受他的压迫，大家退学，到别个学校里去也不要紧；可是要那么着，那是暴露你们青年的奋斗阵线整个地崩溃。你们的校长，他是个有名的官僚，现在虽不做官了，也是北平最显著的土劣。难道你们在未投身到社会以先，愿在他们面前宣告失败？我知道，他请的那班教员，全像闵宗良那老贼一样……"

闵不古听到这里，心里不由得跳上了两跳，然而他却怕两位同志看破了情形，便微笑着点了两点头，表示着陶沙说得很有理的样子。

陶沙继续着道："他们用违背潮流的思想，灌输到一班青年脑筋里去，多数的人都腐化了；但是我看你二位，都是有朝气的青年，绝不会走上那没落之路的。我希望二位兴奋起来，和恶势力去奋斗。"年纪轻的人最怕人家说他腐化，违背潮流。陶沙这一番话，说得两个学生代表面红耳赤，许久作声不得。孟进看这两个人的样子，知道他们有些兴奋了，便道："你二位的意志，我知道是很坚定的。将来当然有希望，假使你们全校的同学都像二位，驱逐区区石林隐，那还成为问题吗？二位要知道，我们这是斗争的初步，千万要巩固

173

阵线。老实说一句，我们合作的前途那是很远大的。"

　　两个学生代表被两顿演说鼓动了，都道："我们一定去劝同学继续地奋斗，若是有什么阻碍，可要请两位先生大大地帮忙才好。"陶沙指着不古道："不但我们两个人和你帮忙，这位闵先生，他也可以和你们帮忙。他是个新兴文学家，是你们青年需要的导师。我已经和闵先生商量好了，将来就让他担任国文钟点，那比现在你们请的那个姓闵的国文教员，也不知好到几十万倍呢！"两个代表看了不古一眼，在灯下见他一身米色的西服，头发梳得溜光，这就有三分得人喜欢，当然不是顽固一流，于是就自然而然地向不古点了一点头。不古见陶、孟二人都有一番演说，自己不能默尔，就向两个代表道："将来我若和诸位合作，以前那种腐化恶化的教授法、违背潮流的书籍，我一定要扫除干净！二位回去，可以把这话告诉诸同学，请他们对于新兴文艺要有亲切的认识。我们有事可干，并不一定要到四维中学来，乃是我们眼看你们二百多青年走入了没落之路，有些不忍，特意来救你们呀！"这几句话，算说得最是中肯，于是掀天风潮就因之而起了。

第十三回

父恨子顽经济施封锁
人为财死方针告变更

那四维中学两个代表，在这会馆里听到陶、孟、闵三位新进人物那一番议论，真佩服到五体投地。彼此看了一眼，就道："既是三位先生这样说，我们回去，一定努力奋斗。同学有不卖力的，我就把三位先生这些话去鼓励他们。在这二十世纪，绝没有哪个青年自甘没落，不去找前进之路的。"陶沙道："将来我上课，你们听我讲书，那是师生；现在我不讲书，你们也不上课，那是朋友。你们不要有什么芥蒂，有话只管直说好了。"说着就横伸出他的巴掌来，静待着这两个代表来握。这两个代表，虽也思想崭新，可是和老师握手的这一件事，实在是不曾发生过。这位陶先生也许将来就是校长，哪有那么大的胆子可以和他握手？不过陶先生的手已经伸了出来，不和他握着，他如何可以缩回去？只得微弯着手和陶沙的碰了一下。陶沙并不分界限，将人家的手握着，紧紧地摇撼了一阵。这两个代表受了三位恩师这样的待遇，二十四分地高兴，告别走了。

陶沙向不古道："你看这件事，已经到了箭在弦上，不容不发了。现在我们要想这件事情成功，只有格外地努力。如何努力之法，又完全在乎消息是不是灵通。因为如此，才可以说知己知彼，然后向他们去进攻，所以我们的胜败都要仰仗于你的了。"不古坐着，双手一拍大腿，然后站了起来道："我若是不为这件事努力，我就不是

175

父母所生养。你看我说的这话，负责不负责？"孟进道："负责呢，我知道你是一定负责的。不过石林隐和你有亲戚关系，就怕他得了消息，会来和你要求妥协。"不古将头一偏道："那是什么话？难道说我们现代青年还能够和一切恶势力妥协吗？我们决定不妥协、不屈服，我有什么不知道？"他这样表示着，三个人又激昂慷慨地说了一阵子。当晚不古要表示着和他父亲不合作，就在他们这会馆里借榻住下。不过到了次日早上，他怕大姐会到大门口来盼望，赶紧地就跑回来了。

他二人究算是知己，当不古走到会馆门口时，大姐早是伸头伸脑在那里向对过张望。她一回头，见不古是由胡同口上进来，不是由会馆大门里走来，这倒现出了十分诧异的样子，就向他问道："你由哪里来？昨晚不在家里住的吗？"不古笑道："昨天晚上，我和老贼两个人拌嘴了，急得我死去活来。我想着，现在受他的气，无非是为了经济的压迫，我若是在经济方面能找出一条路子来，我就不住在这会馆里。就是住在这会馆里，他也管我不着。所以昨晚上，我找朋友去了，气得我没有在会馆里住。"

大姐将嘴一噘道："你不用冤我了，你和老头子拌嘴，大概是真的。可是哪有那么急，当晚你就要出去找事？就算你性子有那样急，哪里就会有现成的事在那里，等着你去找？哼，不定你在什么地方鬼混了一宿。你要是这么着，咱们以后就别相好。"不古道："实在没有做什么坏事，我若做了什么坏事，那就不是父母养出来的。"大姐道："你本来就是那路货。"不古笑道："你别骂人，骂多了，你会后悔的。现在我勉强对你说那也是无用，过两天你慢慢地就明白了。"大姐也不连着向下说，一扭身子，她就跑到自己大门里面去了。

不古望着她的后影，发了一阵子呆，然而也没有法子可以将她拉住，只得由她去了。自己刚到会馆里时，恰好闵宗良也背了两只手在正屋走廊下踱来踱去，看到他来，立刻将手指着骂道："你这个畜生！昨晚上我说你几句好话，你不但不受，而且连夜你就跑出去了。你既是在外边有地方安身，就到外面自由去得了，又何必回来？我老实告诉你，我已经把你这种行为告诉会董了。他说你若是不听教训，不但不许你在会馆里住，而且还要去报官厅，把你驱逐出境！你既然自己有本事找到地方安身，也就不难在外面找到饭吃。我已经告诉了会馆里厨房，今天不必开你的饭了。"不古将脚一顿，瞪了一双大眼道："我早就明白，你无非是用经济封锁政策来压迫我，但是我决不怕这种手腕的，北平市不是哪个私有的，谁敢驱逐我？这会馆是同乡共有的，我也是同乡一分子，谁又敢动我一根毫毛？哼！"他说着这话，走进房去，轰的一声，带上了房门。然而他这话，却惹下了大乱子了。

在这会馆里住的人，除了几个学生而外，大部分都是宗法社会下的封建余孽，他们虽不一定是三纲五常的主义信徒，但是有人和父亲对骂，这是大家所认为反常的事情。早有六七个人拥到院子里，向玻璃窗子里，对不古望着。其间第一个忍不住发言的，就是闵宗良的好友施端本了。他手上捧了一管水烟袋，踏着一双鞋，走近两步，向窗子里正色道："闵世兄，你这是什么话？天下无不是的父母。漫说令尊没有什么话错说了你，就是有话说错了你，你也只好忍受。你不听说孝父母有色难之说吗？"不古道："你们都是封建社会里的残余分子，你说的话我只觉得你混账得可怜。你还来劝人吗？"说毕，他在屋子里，连连地冷笑了两声。施端本一番好意，倒被他骂了一声"混账"，他两手捧了水烟袋，只气得抖颤不已。

这时恼怒了一个朱士清先生，他是在机关里混小差事的人，他自己倒不以为怎样腐旧，因为他也是个高中毕业生。有一次，他做了一篇得意的文章，投在报馆里登出来了，意思说：中国学校要科学化、军事化，预备和强邻对抗。文艺这些问题，不妨放到一边。自己以为这总是思想很新的文字了，不料过了几天，被人家退稿，大骂一顿，说他提倡狭隘的国家思想，很可以代表那些封建社会的残余分子，又利用科学来做他们恶化的工具。他看到了，真气得死去活来。对于新兴文学家，他比那些老夫子还要加恨十倍。现在看着闵不古的情形，也是这种人物，他如何禁得住不说话？便道："哼，封建余孽，这是你说我们是封建社会的残余分子，我们倒也承认。但是分省分县的同乡会，就是实实在在的封建制度。由各种同乡会的变相，就产生了会馆，你既然反对封建社会，为什么加入我们这种封建社会的集团？"

　　不古道："会馆是大众的，大众都可以住，你们几个人就可以把这会馆占住了吗？"施端本也抢着道："你既然说会馆是大众的，那么，所有北京的会馆你都能住，为什么单独地要住在我们这会馆里？"不古道："我爱住哪儿就住哪儿。谁管得着？哼！你们这些封建余孽，总有一天会知道我的厉害。"在窗子外的十几个人，听了这话，哄的一声，都叫起来了。有几个人简直叫出"打"来。

　　闵宗良虽然恼恨这儿子不听话，但是一个纯粹的旧人物，一时感情的冲动，究敌不过他那宗法社会下爱惜骨肉的思想。他看到有人叫打他的儿子，这可不能再漠然置之。就向院子里大众面前一站，连连摇着两手道："诸位同乡，且请息怒，这只怪我闵某人教子无方，养出这种后裔来。与他讲理，恰是无异对牛弹琴，兄弟已经有法子处治他了。从今日正午起，不给他开饭。他动不动就是说什么奋斗前进，这就让他去前进、看他去奋斗吧！"大家原是为这老头子出气，既是这老头子自己都软化了，大家何必去多上那么一番事？因之大家也无言可说，各自散开了。

不古他也不理父亲，向外面大声喊叫着，把厨子叫了进来，向他道："我吃饭，我给钱。今天中午的饭，你还是和我照开。"厨子笑道："先生，你还有什么不明白的？我们只糊口吃，哪里垫得多钱？承会馆里各位先生携带着，我也只好贴上一发儿手艺，叫我垫钱，我怎样地垫得起？"不古瞪了一双大眼道："谁要你垫钱？我吃一餐给一餐的钱。"厨子道："我知道你不会白吃我的，我们这会馆里规矩不同，都是先给钱后开饭。你若是不先付款子，我得把开给别人的饭，来开给你吃，你想这不是一档子麻烦吗？"他说毕，也不再和他辩论，径自走了。

不古站在院子里，呆呆地向他望着，这和他们讲理论自然是不行，他们讲的是唯钱论，有钱就开饭，无钱白说，你叫人有什么法子？不古在院子里站站，又在屋子里站站，简直不知如何是好。仔细想想，不开饭饿两餐肚子，那还不要紧，但是这么大的人，找不着饭吃，面子上多难为情！今天中午这一餐饭，无论如何厨子是不肯开着来吃的。现在为免面子上难堪起见，只有躲开这餐午饭，到了晚上再说。

他把主意打定了，戴了帽子就要向外面走。不先不后的大姐妈高氏却于这个时候由外院里走了进来，她一见就笑着问道："咳，你上哪儿去？年纪轻轻的人，可别那样和老人家淘气！"不古虽是不愿和这种无知识的妇人谈话，但是看在大姐的分上，却不愿意得罪她，脸上带着微笑道："你哪里知道我们的事情？"高氏向他招招手道："你别慌，先到屋子里去坐坐，有什么话我可以去和你们老先生慢慢地说。爷儿俩还有什么说不妥的值得这样地大惊小怪吗？"她一面说着，一面向闵宗良屋子里走去。

闵宗良老早地听到大姐妈说着话进来，恨儿子的那一股怨气，早丢到九霄云外去了，就由屋子里出来，笑道："哟，怎好又劳动你

179

的驾，快请到里面坐吧！"高氏只一进房，他连忙就把茶壶里的浓茶斟上一杯，两手捧着送到桌子边，稳稳当当地放好，还弯了腰向高氏笑道："请用茶。"高氏却不能像他那样的斯文，一手端起茶杯向嘴边一放，一仰脖子，咕嘟一声，把那杯茶就完全地喝下去了。高氏道："我们那傻孩子也是太多心了。"闵宗良手拈了胡子杪，点点头道："是的，你们姑娘心眼儿好。"

高氏向窗子外看了看，就低着声道："你不知道，你们小先生和我那丫头好着啦。这年头儿什么都改良，大姑娘和大小子一堆儿交朋友，那是满不在乎。"闵宗良见高氏说话，不像平常只谈些油盐小账，也就笑着低声道："这真不算稀奇了。小的和小的交朋友，老的也就和老的交朋友。"说着，又簇拥起鱼尾纹来笑着。高氏虽觉得老先生说出这种话来是无所谓的，但是好像这里面带有三分春气，不由得脸上一红，将那双围满了鱼尾纹的眼皮立刻垂了下来，就对闵宗良笑道："哟，我们这样的老猪八戒，还谈个什么交朋友不交朋友？"她只说了这句话，也不好意思说第二句，就走出去了。闵宗良是特别的客气，笑嘻嘻地跟着后面送了出来。

当他们走到院子里时，恰好不古也站在一棵树荫下面斜伸了一只腿瞪着大眼睛望人，看到闵宗良那神气，立刻就将嘴巴子鼓着。高氏向他微笑道："嗬，别那个样子的！难道做儿子，还有什么看老子不过去吗？得啊，都瞧我吧。"闵宗良一听高氏劝解，立刻就泛出笑容来，微晃着头，放出那斯文一派的样子来，很从容地道："我为人，你大概是知道的，最疼爱儿女不过，只要大体上过得过去，我真不会难为他。"高氏走到不古面前，笑道："看起来挺好一个白面书生，干吗学那些混账小子？闹得没上没下的！你听我的话，别和你老头子为难了，听见没有？"说时，就伸手连连拍了不古几下肩膀。不古虽是极力闭着他的嘴，也不知何故，经她那厚肉巴掌在肩上拍了两下之后，立刻觉得一阵心痒，扑哧一声向高氏笑了。高氏笑道："得啦，这算是我的面子，你到底笑了。"

高氏得意地从树荫下回到老先生的房里，她并不坐下，就说起话来，因道："老先生，你怎么啦？倒会跟孩子们过不去？我也不知道这件事，是我大妞叽叽吧吧的，刚才由外面回去，说你爷儿俩吵起来了。为的什么事情吵？倒有些不明白！好像是为了谈文章谈起来的吧？因为院子里有许多人说话，都谈的是文章，她一句话听不懂。谈文章是好事，你爷儿俩怎么会吵了起来呢？"

闵宗良听了这话，真是哭笑不得，就叹了一口气道："咳，哪里是谈文章？"高氏笑道："我也是那么说，谈文章不会打架呀！我们傻孩子刚才到这院子里来看见了，这样回去说的，所以我只得跑来了。我心还想着别是开会吧？因为我瞧见过你们学堂里先生开会过的。开起会来，那真比旁人打架还要厉害哩！"闵宗良道："你们大姑娘到这里来了吗？怎么我没有看见？"高氏道："你正生着气，她也没有敢打你的招呼。"闵宗良再三再四地拱了手道歉道："这真是对不住。我要知道你大姑娘来了，怎么着，我也要请她到屋子里来喝一杯茶。"高氏笑道："老先生，你真是厚道人。对一个毛丫头，还要这样地客气。"闵宗良道："倒并不是我客气，因为你那姑娘……嘿嘿，真是聪明伶俐，让人家看到，不能不欢喜。"

闵老先生说到了这里，却表示着十分的高兴，将下巴颏上的胡桩子一根根地直竖起来，两眼角的鱼尾纹一齐簇拥着，来帮助着他脸上的笑容。高氏在未到这会馆来以前，以为闵家父子两个必是咆哮如雷，皮破血出，现在见老头子的态度既是这样笑嘻嘻的，就是他的儿子，在那外边厢房里，也不听到有一些响声。这哪里像是父子们拌了嘴呢？高氏原来打算来做调人的，这以后爷儿俩好好地读书做事，谁也别淘气，她倒真像大人哄小孩子一样，打一个哈哈走了。一场吵闹，到了这时，总算告一段落，闵宗良回上房去了。

不古依然在院子里旋转着，看看太阳的影子，已经到了吃午饭的时候了，自己这一餐饭，却还不知道在哪里吃呢。当他正这样没有办法的时候，那个小长班却远远地在前院里喊叫了一声："闵先生电话。"不古心里一动，不要是陶、孟两位来的电话吧？于是也不稍费考虑，立刻跑到前面电话室接话去。当他一接话时，这却知道错了，原来是找他父亲闵宗良说话的，就随便问一声"贵姓"。那边说："我们是石校长宅里。"不古心里正恨着他父亲到二十四分，岂肯和他父亲传话，口里说了一句"不在家"，就把电话挂上了。

他慢慢地走向院子里，心里还这样想着：今天总算拆了老头子一个烂污。他慢慢地走着时，忽然第二个感想跑到了脑筋里来，我正恨没有机会接近石林隐，好去刺探他的消息，既是这样说着，我何不冒牌一下，就说父亲叫我代表他去的。他若信以为实，那么，我因话套话，无论他什么原因，我都看出来，比那些间接听来的消息那要强过十万倍了。不古想过之后，打起他的精神来，也不管这是去得去不得的，立刻戴帽子就到石林隐家里来。

石家自学校闹风潮，大门就临时下了戒严令，凡是穿西装或年轻的朋友，绝不让他轻易地进去。因此闵不古一敲门，一个门房出来看他是个西装少年，早吓了一跳，两手扶着两扇半开的门，拦住了他不让他进去，连问："你是哪里来的?"不古看他那情形，也就明白了一大半，这就向门房笑道："你放心吧，我是会馆里来的。我父亲叫闵宗良，是石校长的朋友。刚才他不是还打了电话到会馆里去找我们的吗?"门房道："你在门口等等吧，让我进去同你瞧瞧。"说毕，他却依旧把门关闭了。不古一想，这是什么邪门？难道我一个人还能在你们家里造起反来吗？他如此想着，也就只好在门口等着。不料那人去了许久许久，方才出来开门，问道："就是你一个，没有别人同来吗？"不古道："你这话可问得奇，若有人同来，他又没有隐身术，还不会看见吗？"那人道："我是这样子问，没有那就更好。"接着点点头道，"你进来吧。"他说是这样地说着，可是只放下半边门上的手，闪开半边门缝让他进去。

不古心中暗想：我又不是什么绑匪，何以严重到了这种样子？也就只好带着笑容跟了进去。转过两重院落，见走廊上都有听差似的短衣人在那里站着，好像替什么人守卫似的。转过两重院落，那听差才引他走进一个小跨院里去。那跨院由一个园林筑成，可是不古有一种奇异的感觉，仿佛这里阴森森的，有什么鬼物似的。听差抢上前一步，将房门打开了，引了不古进去。不古走进来时，便看到那位石校长，身上穿了长衣，端端正正的，注意着来人。

不古闯进人家的住宅来了，而且自己又是来探听消息的，决计不能给人家一种钉子碰，因之也就只好取帽子在手，远远地向石林隐一鞠躬。石林隐这才向他带着一点儿微笑，因道："我刚才和令尊通了一个电话，倒没有什么事，不过请他过来谈谈。"不古因道："家父因身体违和，叫我代表前来听命的。"他两手捧了一顶呢帽，还是站在屋子当中，很恭敬地等着石林隐的回话。他笑着点了两点头道："有话我们还要缓缓谈，你请坐吧。"不古点了一个头，缓缓地坐了下来。

石林隐微笑着道："其实不要看我们是中年以上的人，我们也是很愿意和青年接近的。可是青年人看到我们这岁数大一点儿的，老有先入为主的感想，以为我们这种人绝不能有新思想。请问：这还怎样地向前谈合作？"不古听他所言，大有知道自己来意，而加以预发制人的意思在内，这就很端正地坐着，向石林隐微笑道："其实石校长说的这话，也有点儿涉于主观。好像是说，凡是青年人，都不满意上了岁数的人似的。可是我们青年领袖，还是非找那有些年岁的人不可。因为必须如此，才能够有事理的经验。这不用得我随口胡诌，有许多事实来做我们的证据。"石林隐手摸了自己嘴巴上的胡桩子，看看不古将呢帽放在膝盖上，两手按住，倒是毕恭毕敬的神气，便笑道："听说世兄的思想很新，态度很激昂的，今日看将起来，却也不尽然。"不古不能说什么，只微笑了一笑。

石林隐道："这次我那个中学校里起风潮，世兄听见说过吗？"不古一点儿不动声色，摇了两摇头道："倒是没有听到这个消息。"石林隐于是昂起头来，叹了一口气道："于今的人心难测啊！这里面有两个旧教员都是我一手提拔起来的，由论钟点升到主任教员，由主任教员，一个升到总务主任，一个升到训育主任。照说，和我总是站在一条战线上的吧？可是事实倒转过来了。他们两个人勾结了一部分学生，说是我思想腐化贻误青年，要推翻我，将这个学校重新组织。因为他两个人是闹风潮的领袖，一个约定了做校长，一个约定了做校务主任，但是校务主任是要受校长节制的，两个人谁也不肯干，于是乎他两个人自身也发生风潮起来。其间有一派占优势的，就是他们在外面联合了一派激烈的分子，要用铁血主义来斗争。这一派竞争不过的，怕两头不落实，又来和我表示合作，愿意联合不闹的教职员，把学校保持住。照说我要图着一时快意的话，自然就答应了。可是我仔细一想，他们以前倒出去，现在又倒回来，将来又何难再倒出去？所以我此次就下了决心，宁可让学校关门，也不能让这班朝三暮四的人进学校来。因之，我就对他们说：'我是学校的创办人，我不宣告闭门，别人不能推翻我。学生若以为我思想腐化，尽管退学，我可以发给他们证书。好好教书做事的教职员，我自然是会留用的。联甲倒乙，联乙制丙，这种手腕我这里可通不过去。'他们见是没有什么希望了，垂头丧气而去。可是那班激烈的呢，看到他们倒过来，恨之已极；宁可不推翻我，也不和他们合作。

所以这部分情形，却是越来越复杂，除了几个欢喜出风头的学生代表而外，其余的学生都有他们家长签名盖章的信，保证以后学生不闹，请我也不要开除。少数的人捣乱，我就让他们捣乱去，所谓井底之蛙，能起多大风浪？不过我对于这班旧人，总想不为己甚；假使他们愿意和我合作的话，不要拉什么一党一派，每个人来和我谈几分钟的话就得了。像世兄这样少年老成的人，我就欢喜。我附属小学，正缺少一个主任，假使世兄愿意……"

不古心里早是怦怦然一阵乱跳的了，立刻站了起来，向石林隐做个立正式，恭恭敬敬地道："我是很愿意受老伯的指导的。"石林隐微笑道："我们这里小学部主任，钱可是不多，不过是薪水四十元，办公费四十元，比之市立的当然少一点儿。"不古半鞠着躬道："像我们这样初次出来做事的人，只能说长一长见识，金钱这个问题，却是谈不到。何况这种数目，也就不为少了。"他说完这话，依然站着，还不肯坐下。石林隐道："世兄请坐下，我们缓缓地谈一谈。我和令尊是至好，当然，唯有你这种人可以和我合作。"不古看这情形，料着他是有十分拉拢之意的，便道："石校长若是肯让我效力的话，我一定可以做一点儿成绩让校长看。刚才校长说的激烈分子，我倒认识两个，只要把这两个激烈分子取消，其余的人我看蛇无头而不行，一定可以消沉下去的。"石林隐很持重的样子，做了沉吟之色，问道："世兄会和他们认识吗？这里面的人，一个叫陶沙，一个叫孟进，都是了不得的角色。"不古微微地笑着，摇了两摇头道："其实那也没有什么了不得。他们不过是利用学生做武器，只要用釜底抽薪之法，把学生和他们来分开，他就没有法子可以调度了。"

石林隐听说，就伸手到衣袋里去，拿出一叠钞票来，远远地看去，虽然不过是一元一张的，然而有那样一叠，约莫也有一二十张光景。他笑向不古道："我有一点儿小事，想烦劳世兄一下子。就是请世兄以第三者的资格，联络联络那些捣乱的学生，不知道世兄可肯帮忙？青年人最重感情的，倒也用不着这样的大事联络，我想请他们吃个小馆子，看两回电影，顺便和他们谈谈，他们自然也就软化下来了。"不古故意不把眼睛望了钱，却向着脸上道："那是当然的。我也是这样地想，只是短于经济就不好办，校长能……"石林隐不待他说完，就道："嘿嘿，那就好办得多了。"他立刻将钞票轻轻地塞到他手上去，笑道，"我也不谈什么客气话，好在我们合作的日子还在后面，彼此当然心照。"

不古接了钱，竟是情不自禁地向石林隐鞠了一个躬，道着"谢谢"。直等一鞠躬之后，他才想起来，人家这笔钱是拿给我去联络学生的，又不是送给我的，我为什么对人家说"谢谢"？于是向着人发愣，不由得脸上红起来。但是他是个聪明孩子，不要若干秒钟他已经想得了转语了，就向石林隐接着向下说道："多谢校长给予我这个工作机会，我为挽救那班受了麻醉的青年起见，我必定十分努力。"石林隐笑着，于是伸出他那只给钱的手来，和不古摇撼着久久不松。他心里想着：这才是唯物主义，其实这话也古已有之，说是"人为财死"罢了。

第十四回

顺遂总因时饭碗唯大
笑谈亦有地血气全消

闵不古因为会馆里厨子，没有钱不开饭给他吃，他现在明白了，什么都是假的，只有洋钱主义是真的。有了洋钱，什么理论都是好的；没有洋钱，什么理论也是白说。现在石林隐给了这些钞票，什么也不用提，第一，就是今日这餐中饭，不成问题的就解决了，于是向石林隐鞠了一个躬道："校长这样待人，真叫人肝脑涂地也不能辞。今天下午我一定给你一个回信。那几个捣乱的学生，我都认识，我好好地劝他们一顿，一定可以回心转意。至于用的钱，将来自然要给校长一个报告。"石林隐连连摇着头笑道："不用，不用。随便花几个小钱，我都信任。不过，将来我们还要在一处合办大事呢。好哪，我们就是这样说，我等你的回信了。"

不古的肚子实在饿得不能受了，也不愿意多说，向石林隐行了一个九十五度的鞠躬礼，这才退了出来。到了大街上，什么打算也来不及去想着，首先就是走到一家酒饭馆子里去，要了两个菜一个汤，赶快吃起饭来。直到吃过了一半之后，这才慢慢地咀嚼着，带想着心事。他心里想着：陶沙许我做四维中学国文教员这个条件，根本有些靠不住，请问他们不能接收学校，我这教员却从何而生？现在石林隐要我合作，且不问前途有无变化，然而他总是一个现任的校长，在法律上，在事实上，他许着我的事情，那都靠得住些，而且我们还有一层远亲的关系，他总不能对我悔约的。这样看起来，我不但是今日一餐饭不成问题，大概以后我的饭碗都不成问题。也许以后我要借了这个机会，大阔一下子呢。想到了这里，自己就得意之至；不过连带着，把这件事又想着为难起来了。石林隐虽不像自己父亲那样腐败，然而他依然是个有旧思想的人物，我若是不同父亲合作，他绝不答应。可是叫我在这老家伙面前屈服下来，我实在有些不愿意。一面想时，一面吃着饭，直把这顿饭吃完，想着的问题一点儿也不能解决。

　　会了饭账，走出饭馆子来。看看天上的太阳，遮了一层薄薄的阴云，天气虽晴，并不怎样地干燥；那微微的风吹到人身上来。这吃饱了饭的人，让这清风一吹，更觉得身体十分地痛快。心里这就想着：回回和大妞一路出去玩，别说不能请人，自己很是惭愧；而且自己想吃什么、想玩什么，都不敢痛痛快快地说了出来，真是委屈死了。今天有了钱，不但自己当痛快一下子，而且也应该请大妞一下子，聊表我的心迹。他如此一转念之间，完全变了一个解事而又有良心的青年，当然丝毫也不加以考虑，就走回他自己的会馆里来。

　　到了会馆门口，自己顿了一顿，这才向对面大杂院里伸头望了一望，又咳嗽了两声。大妞并没有出来，她母亲高氏可支手舞脚地跑了出来了，一直走到大门口来，老远地就张了大嘴，要装成个说话的样子，可是到了身边，她就把声音放低了，因道："我的少爷，以后别向我们大门口来找我们姑娘了。现在全院子里人，都有些说闲话，你再要乱跑可就透着麻烦。"不古虽是年轻，他也是个能利用小聪明的人，这就在衣袋里掏出那一叠钞票来，浮面掀了一张，递给高氏道："你给我缝洗的衣服，全都没有算过账，大概所欠的还是不少。现在就是这样办，你先拿这些钱去，不够我再补给你。"

高氏听说，心里倒很是纳闷，和他洗几件衣服，都是我们大妞的人情，没有和他要钱，为什么忽然地送起一块钱来？可是钱不会咬手，送了来当然就可以收下，因笑道："你忙什么？你带着用吧。"不古这就不必理会这个问题了，笑问道："你们大姑娘在家吗？"高氏道："上学校去还没有回来啦。"不古笑道："我倒没有什么要紧的事情，不过我想买两样东西送送她。"高氏眯了眼睛笑道："哟，怎好花你这些个钱呢？"不古道："没关系，我们既然是好街坊，这一点儿小意思，那很不算什么。"

　　正说时，有一个提篮卖烧饼的小贩走着来了。高氏偶然看到篮子里去，那小贩看到有人注意，就提着篮子走近了一步，笑道："刚得的，买两个吃吧。"高氏退后两步，就摇了两摇头。不古道："吃两个吧，我请。"高氏听到他说"我请"两个字，不免对着篮子又望了一望。小贩更是知趣，一手下去，就夹了五个烧饼起来，向高氏面前一伸。高氏待正伸手去接，忽然一想：且慢，这孩子虽然说了会东，可是等我接过烧饼来，他究竟给钱不给钱，那还不知道，于是手随着那回转来的思想也向后一缩。不古看那样子，心里也就明白了，立刻向她笑道："别客气，你吃吧。"他说着，也夹了几个烧饼，向高氏手上了一塞。她一手接着小贩的烧饼，一手接着不古的烧饼，这就情不自禁地笑嘻嘻地道："我怎么能吃得了这许多呀！"小贩道："留着吧，吃不了，下一顿再吃呀。"高氏笑道："你倒会替人打算盘！"小贩道："那是自然，开饭店的还怕大肚子汉吗？"不古点着头道："你拿着吧，没关系。"

　　高氏心里一机灵，向不古道一声"谢谢"，她并不和小贩去理论什么，怀里抱着十个烧饼，就进门去了。她走到大门里，见不古还向大门里望着，似乎有个什么问题不曾解决，他还在那里等待着似的，就回身又跑近面前来两步，向他点着头笑道："她回来了，我就会叫她来。"然后颠簸着身体走回去了。

不古心里这就想着，对于这些无知的妇女们真容易勾引。只不过要十个烧饼就软化了。他笑着会了烧饼钱，口里唱着歌儿，走回会馆来了。他心里一阵痛快之余，早是忘其所以，对于出门的时候和父亲吵了一场，自己也都忘记了。走进院子来，脸上还带着很浓厚的笑容呢。

正好闵宗良背了两只手，在院子里踱来踱去，照着他的意思，他就想着为人养儿子，这究竟为着什么？要照了老前辈，那是为了等儿子大了来养老，其实这不必说现在，就是以前，有着几个做父亲的人是靠了儿子来养活的？现在的人呢，多半是做儿子的，他们认为儿子对于老子，不该有这养老的条件。自身如此，对于他们的儿子，当然不抱着什么希望。可是看他们爱自己的儿子，却不亚于我们这腐败人物；那么，他们养儿子又为了什么呢？小的时候，抱着喂着；大的时候，由小学而中学，由中学而大学，花的钱差不多像流水一般，难道做父亲的人，有这种找罪受的瘾不成？这就是无论由新的方面看也好，由旧的方面看也好，儿子实在无养活之必要。他想到这里，不由得紧紧地捏了拳头，自己敲打着自己的腿，而且咬了牙，不住地晃着脑袋，表示非这样不可的意思。

偶然一抬头，却见儿子不古带了笑容走回自己屋子里去了。于是瞪了两只大眼向他望着，殊不料不古毫无介意，连走带跳，走回自己屋子去。闵宗良心想：这逆子真不成个东西，他把我气得要死，自己竟自丝毫不感觉得什么。他今天不和我顶嘴，倒也罢了；他若和我顶嘴，我就叫他滚蛋。他心里想时，继续地向着屋子里瞪了大眼睛，而且还狠狠地咳嗽了两声，表示着老子现在不含糊，下了决心了，不要这个臭儿子。他如此想着，不由得鼻子里头哼了一声。

不古隔了玻璃窗户，见父亲那种神气，本待和他争论两句，一

190

想到他和石林隐是好朋友，得罪了他就是得罪了饭碗，因之就向床上一倒，捧了一本书在手上看。这固然是为了躲开父亲的眼光，自己也把眼光来躲开父亲。闵宗良由院子中间，后巡到窗户边下来，见不古躺在床铺上看书，似乎有些软化的神气，这就不便张嘴就骂，因之将身掉转，又走到院子中心来。他背了两手还是不住地蹀着来回步子，心里想着：惹了大祸，大动公愤，他倒软化了。我看他软化，根本上是靠不住，又不定在想什么法子，打算骗我的钱呢。这次我可抱定了主意了，无论怎样地赔着小心，我都不能给钱。他如此想着，自己觉得是有了把握，咳嗽两声也就回屋子去了。

这些做作，不古都知道，也不去理会，只管躺在床上，看书消磨时光。两只眼只管注射在书上。正有点儿头昏脑涨之时，那房门咿呀地响着，接着一个人笑道："哟！真用功呀！"这种清脆而又娇嫩的声音，不古是听着熟透了的，这是大妞，一个翻身坐了起来，笑道："你妈告诉了你，说我找你来着吗？"大妞笑道："你的胆子，一天比一天来得大了，居然跑到我家大门口去找我。年轻轻的人，找人家十七八岁的大姑娘做什么？"说着低了声音道，"你别和你老头子闹别扭了，我听到长班说，你父亲说你不懂孝道，要叫警察轰你，把你轰跑了，咱们以后见面的机会可就少了。和娘老子打吵子，我妈说，她也不喜欢这种人。"不古道："你们都是这种封建思想的人，我也没有什么法子。不过，我现在为了饭碗问题，已经忍耐下一口气，不和老头子生气了。"

大妞道："刚才我进门的时候，正好遇到他出去，他就问着我是找你吗？若是找你，就不让我进来，他说得到，真也做得到。告诉了长班，就要这样子办。我心里一机灵，就在他前面撒着娇，只管哼哼，又走到他面前，和他牵牵衣襟，问他到哪儿去。他这才乐了，对我说，只放我这一回让你见面，以后就不许了。你何必得罪他？

这不是个麻烦吗?"不古握住了大妞的手道:"本来我就软化了。为了你的缘故,我就索性软化吧。这老头子,他说到哪里去?"大妞道:"他说是到石校长家里去。"

不古听着这话,吃了一大惊,立刻站了起来问道:"他是这样说的吗?"大妞看他那种吃惊的样子,倒不免愣住了,就问道:"为什么,那个地方去不得的吗?"不古道:"我今天到石校长那里去的,蒙石校长的情,给了一些事情我做,总算对我是另眼相看。现在我父亲去了,发起牢骚来,两个人一谈,少不得就要说我怎样的不孝道,在石校长面前一失了信用,我这刚到手的饭碗,又会有些靠不住了。"大妞一顿脚道:"咳!我不晓得是这样的。要不然,我绝对不让他去。"不古道:"那是一定的。他见了石校长,一定会大说我的坏话。"

大妞道:"我知道的,这老头子舍命不舍财,绝不肯坐洋车的。他一步一点头地走到那里去,一定要些时候,这个时候你坐了车子去,快快地走着,一定可以抢他一个先。只要你先到那大门口,你就可以把他拦住,不让他进去。自然这件事,就不会破漏了。"不古听了这话,两手一拍,跳起来道:"你这话说得有理,就是这样办。可是我今天身上有钱了,打算请你去玩的。这样一来,那就没有工夫了。"大妞道:"你怎么这样想不开,只要你有事情,有钱花,我们玩的日子都在后面呢。你忙什么?"不古虽感到恋爱是一件大事,然而饭碗更要算是一件大事,只得戴上了帽子,拉住大妞的手摇撼了几下道:"真是对不住,算是把你白叫来跑了一趟。"大妞笑道:"快去吧,别尽管客气了。"说着,就用手将不古虚虚地一推。不古也觉得实在不是虚谦的时候,撒开了手,就匆匆地走了。

这胡同口上,原也停的有人力车,有人过身,总不免兜揽生意的。可是他们比这胡同里的岗警,情形还要熟悉许多,谁是做什么的，谁是有钱坐车的，他们全知道。像闵宗良父子，可以说是一对新旧穷酸，哪里有钱坐车？所以不古由面前过去，他们睬也不睬。不古只得跑出胡同口，另雇大街上的车，跑向石校长家门口来。原来讲的三十二枚，车夫因为进了胡同口，非要三十六枚不可。不古却说他走得慢，还要扣他两个铜子，一出一入，有六枚铜子之多，就在大门口吵了起来。

恰好是闵宗良缓步当车，施施而来。他见儿子在石校长门口和车夫争吵，未免瞪了两只大眼，远远地望了不古。那车夫见有一个老先生望着，他倒误会了，以为这是来劝解的，便道："老先生，凭你来说这个理，我把他拉到这里，他不但不多给我几个钱，而且还扣下两个铜子；一个做先生的人，倒和我们卖苦力的计较这些，这还有良心吗？"闵宗良本来心里就不高兴他这儿子，这时见洋车夫如此说着，便瞪了眼道："什么？洋车夫当牛马一般，把你拉到这里来，你不但不多给人家几个钱，还要扣下人家几文，这是什么意思呢？"说着，他就在身上掏出了几个铜子，让洋车夫拿去。车夫伸了巴掌，托了那几个铜子，望着道："哎，还是老前辈好。"于是拉着车子走了。

闵宗良听到车夫说还是老前辈好，这就得意之极，摸了胡子下梢，向不古望着，表示一番得意的情形。不古在这个时候，正要用法子去包围着父亲，好话还来不及说呢，怎能够得罪父亲呢？因之让父亲说着，低了头，靠了墙站定，并不说什么。闵宗良将脚一顿，用袖子一摔，就向大门里闯了去。不古两手横着在门前一拦，笑道："你不能够进去。"闵宗良红了脸，瞪了眼睛望着道："你这为什么？"不古满脸堆下笑来，向他微微地点了一个头道："真对不住，有一点儿原因，不能让你进去。"闵宗良手摸了胡子，退后了两步，向着不古道："你在家里闹了不算，还要闹到这里来？以为在外面我就不能管你吗?"他以为说了这句话,不古必然是提高了嗓子来反抗的了。殊不料他现在忽然将性子完全变更了,深深地鞠了一个躬,笑道:"你老人家别着急,我有一点儿下情,得向你奉告。"

闵宗良看到如此说好话,固然很以为奇,但是儿子究竟是自己的亲生骨肉,又怎好过为已甚,便望着他道:"我知道你这东西,好比一只猎鹰,饥则就食,饿则远飏。你说吧,又有什么事情想要求着我?"不古笑道:"我并没有什么事要求你,我要报告你一个消息,也许你听到也很欢喜。现在不是四维中学的学生要推翻石校长吗?我对于此事很有点儿不服气,因之自告奋勇,今天上午曾来见石校长一次,愿意和他平静这次风潮。石校长对于我这种举动很是嘉奖,就答应了给我一个位置,这自然是十分看得起我了。这个时候你去见他,一说我怎样长怎样短,一定不会说我什么好话。石校长一生气,把我的饭碗就要打碎了。"闵宗良道:"好小子,你说来说去,却无非是为了饭碗,不为饭碗,你这一辈子都不要老子啦!"

他向来是不能干涉儿子行动的,骂儿子一句,就回顶一句,往往骂得上气不接下气,只好红了脸,躲闪到一边去。今天在这石校长大门口,一切都限制着他的,他只要一大声违抗,得罪了石校长,马上叫他饭碗粉碎。这种无抵抗的压迫,乐得大为发挥一阵,因之就向着不古继续地道:"你既然是怕石校长的,那就很好。我们可以找着石校长来评评这个理。"不古见父亲步步进逼,声音来得更大,这也就有些急了,于是红了脸道:"人家做父亲的,总希望儿子好,像你这个样子,是生怕好了儿子。你一定要破坏我的事情,我也没有什么法子,只好让你去破坏。可是这样一来,以后我永远不回家乡了,也不在北平托脚了,你就只当是我死了吧。"

闵宗良虽然是恨着儿子以往的不对,可是一听到儿子说出永远不回家乡的这种痛切的话,那也就觉得他已经是驯服多了,心想:

一切不可让他过于为难，因笑道："这样看起来，孔夫子说唯天为大，你可是唯饭碗为大；为了饭碗，你才来迁就我的。"说着，用手去拈着胡子梢，点了头道，"那也好，以后你看了饭碗的面子，多少要迁就我一点儿。我也就可以挟天子以令诸侯，用着石校长的力量来降伏你了。我暂时也不说你什么，我们一路去见石校长，若是你对我有什么不好表示，那不客气，我就把你怎样待我的行为，一齐说了出来，这也叫大家听听，让有权有势的人来评评这个理。"说着，他径自上前去敲门。偏是他这次敲门，不像往常自己敲门那样之难，仅仅是一下响，门里已经有人答应着了。

这个时候，真让不古为难，是跟父亲一块儿进去，还是留在大门外呢？若是跟着父亲一块儿进去，却怕父亲借了校长的势力，向自己百般压迫，到了那个时候，自己抵抗不得，一切只有忍受，恐怕会落成个永久被压迫的条件。若是不进去，又恐怕父亲见了石校长，三言两语地和自己加上一道罪名，却叫自己毫无所知，在暗地里会把饭碗弄丢了。想来想去，终于决定宁可受些父亲的压迫，也别把饭碗弄丢了。他如此想着，也就紧随在后面，跟了父亲进去。

这个时候，石林隐见闵宗良父子双双到来，总是学校里的事有了一个什么段落，这就笑嘻嘻地迎出来，向闵宗良连连地拱了几下手道："贤乔梓一同光降，一定是和我大大地帮了忙。我不胜欢迎之至。"说着，他退后了一步，让出路来，等闵宗良和不古进客厅去。闵宗良坐着，不古却故意装出垂手侍立、目不斜视的样子来。石林隐点了头道："世兄坐呀。"不古唯唯地答应两声，退后一步，他并不坐下来，俨然有父亲在此，不敢坐下来的神气。闵宗良看他这样子，明知道他是故意做这一番样子来给石校长看的，这虽不出于自然，有道是三代之下，唯恐人之不好名，这也就不愿再在石校长面前，道论什么长短了。但是不古始终不能放心他的父亲，一定站在客厅角落里干耗着。直等他父亲南天北地说了一阵，最后才谈到四维中学的事情上来。

据石林隐表示：由于饱尝了异乡人的抢夺的教训，以后只要事情平靖了，四维中学一定要用清一色的同乡同县能共患难的人物。高中班国文，让老先生去教；初中班的国文，让闵世兄去教，并且暗中津贴闵世兄每月三十元，作为交际之费。

不古听了这一番话，暗中计算一下，每月怕不有七八十元的收入，叫他怎样不满心欢喜？就是闵宗良听到石校长如此宽待自己父子，无非也是感到自己父子可以合作，才特别垂青的，如何可以在他面前再露出父子之间有裂痕的事情来？便也笑容满面，告辞走了。

这一下子，不古心里才算落了一块石头。他单独地留在石林隐家里撒了一遍谎，说是已经运动好了几个学生，勾结同学开护校运动会，发表拥护校长的宣言；而且到了相当的时期，还要报上发表拥护学校的启事。石林隐抢着道："既然是同学们联合好了，那就是到了相当的时机了，怎么又说是还要等到相当的时机呢？是了，大概在经济方面，还有什么问题吧；这个好办，只要各位同学是真的拥护我，我也决不能反让同学们为了这个受着赔累；你告诉他们：凡是应当用的钱，只管去用，我自照数地摊派出来。"不古听着，不由得心里一动，这又是一个弄钱的机会了，便道："校长这样天下为公的心事，谁都应当受着感动。我马上就去把这个消息报告给他们。"石林隐见他在这屋子里站了许久，本当要留他坐着休息一会子，可是想到他是为了自己的事去奋斗的，也就不能不放他走，便道："世兄这样地为我帮忙，我心里很明白，将来风潮平息了，彼此共事的日子很长，我也就不在目前和你客气了。"说着，连连地和他拱了几下手。

不古看到石林隐这种倚重的情形，更觉得自己在这次学校风潮中占了如何一个重要位置，倒不可妄自菲薄了。当时也就郑重其事地答应了石林隐的嘱咐；可是出了大门以后，心里这就想着：这样看起来，我的饭碗那是生铁铸成的。有了职业，便有钱用；有了钱，那就人生一切什么大问题都可以解决了。心里痛快之余，便联想大姐待自己很不错，今天若不是她报告我一段消息，几乎让老头子跑到石家去，打破了我的饭碗。我殊不知要如何感谢她一番才好。有了，我趁着老头子今天高兴的时候，我就大着胆子，带了大姐吃一餐小馆子，再去听一回夜戏。就是回家来了，对付大姐妈呢，那好说话，给她几个钱也就完了。至于自己老头子，无论如何，在今天这种合作趋势之下，看看我已经能够独立生活了，也不能像以往那样干涉。何况他对于高氏母女，也不能无动于衷，骂着我也许就得罪了她们娘儿俩。

真个是钱是人的胆，衣是人的毛，不古今天身上有钱了，胆子就特别地雄壮，也不管父亲对于自己有什么严厉手段，到了会馆以后，就给了小长班两毛钱，叫他到对过大杂院里去告大姐，在胡同口上相会。拿了刷子，将身上的西服刨刷了一阵，而且弯着腰将裤脚前面垂着的两根直线，用手捏着，使它更垂直起来。自己屋子里没有什么男子化妆品；有时虽也感到有化妆之必要，却是自解着说，我年纪轻用不着化妆。可是在今天，觉得这话如此说不过去，而且今天太高兴了，也不愿意随便地走出门去。他在抽屉里找出一面巴掌大的镜子照了，于是用湿手巾先在脸上用力抹擦了一阵，然后将手在脸盆舀了一掌心水，放在头发上擦抹几下。把头发浸得湿湿的使它又黑又黏，这才将草帽子抓在手上走出来。他所以有帽子而不戴着，这就因为要表示他露发之美。

当他走到大门口时，大姐也出来了，二人远远一见就笑起来，好像有什么同感。原来她的一条辫子，梳得油光灿烂，也是化妆不久。两个人都可以说是为"悦己者容"了。不古笑着点头道："多谢你给我的那个好消息，我已经办妥了。不但是不会出什么问题，而且石校长非常地赞成我，答应开学以后，给我一个好位置。我非感谢感谢你不可。你愿意到哪个地方去消遣呢？"

大妞笑着，还不曾答应出来呢，忽然有人在身后叫了一声"密斯脱闵"。不古看时，却是四维中学的对象孟进，心里连连跳了几下，可就估量着道："这小子是个实行家，有事都是亲自出马来干的。不要是他得了什么风声，亲自来和我办交涉的吧？"就抢上前二步，和他握着手摇撼了几下，笑道："我本来打算到你那里去的，你来了那就很好了。"孟进回转头来，眼光向大妞身上照射了一遍，心里很是奇怪，若说她不是一个摩登女郎，她的态度、她的衣履，都是极时髦的。若说她是一个摩登女郎，可是她在她的脑后，又垂了那么长的一条大辫子，这位姑娘的行为，可有些令人无法捉摸了，于是向不古笑道："你怎么不和我们介绍介绍？"

不古总怕孟进认出来了她是一个模特儿，所以含糊着，并不说出来，现在他指明了来问这是谁人，这可不容易理会了，便向大妞笑着点点头道："你过来，我给你介绍介绍，这是密斯脱孟。"大妞当了许久的模特儿，已经增长阅历不少了，她果然一点儿也不羞涩就走过来，向孟进深深地鞠了一个躬。孟进回着礼，向不古笑道："你介绍得岂有此理，怎么只片面地介绍着我一个人呢？"不古这才笑道："我忙着忘了，这是密斯赵。"

孟进笑道："我老远地就看到你和密斯赵在这里有说有笑，我本来想不过来，可是我实在有很要紧的事对你说，所以不得不报告。我这里先向你道歉，我来得未免鲁莽一点儿。"不古和大妞都微笑着，没有说什么。孟进道："你贵会馆在什么地方？"不古反转手去一指道："哪，就在这里。"孟进道："密斯赵的府上呢？"不古笑着将嘴向对面努。孟进这就呵呵笑起来道："老闵，你住了这样一个好地方，怪不到工作不努力了。两个人一进门，便是爱情之路，哪里还会记到别一件事情上面去呢？"不古笑道："你这话可错了。我们是紧对门的街坊，当然见了面总有几句话寒暄。这寒暄的地方，也以大门外为最相宜。你想彼此天天要出门的，相会的地方不是以这里为最容易吗？"孟进笑道："你说得很有理，我也不和你辩论了。可是你只图说着笑着有地方，你就忘了自己前途重大的发展了。"

不古听了这话，知道这是个帽子，下面还有一大篇详细的论文，这可惹翻不得，便正色道："你疑心我没有工作吗？那可是冤枉！我由昨日截至到现在为止，一刻儿也不曾停呢。你回去，一会儿工夫，我就来对你报告。"说着，将头周转了四围望着，好像是怕人听去了一样。孟进道："你不能在会馆里告诉我一点儿吗？"不古微笑着说："你这样一个聪明人，难道这一点儿缘故你都想不开，假如我在会馆里说给你听，万一走漏了消息，可与前途大有关系！再说，你这样一个人走到我们会馆里，也许根本上就要给予人家一种注意，所以我不能让你去。"说着，用手在孟进肩上拍了几下，笑道，"你放心，我决不能冤你的。"

孟进乘势拉着他袖子，走开了几步低声道："你千万别为了说说笑笑，把你的热血冷下去。"不古笑着摇了两摇头。孟进正色道："不开玩笑，我是真话。"不古也正色道："你尽管放心吧，我生平做事，就是一门特长，不失信用。"孟进道："不过我们正等着报告，我们好订进攻的计划。"不古道："你尽管回去，预定二小时以内，我就到你贵寓，那还不行吗？假使我逾时不到的话，以后你见着我的面，就可叫我作无信用的人。你看这话干脆不干脆？"孟进这也就无甚话可说，对他望望，又对大妞望望，自行去了。

不古等他走出了胡同口，便骂道："胡捣乱！你给了我多少好处？我连说笑的工夫都没有，只管和你去工作！"大妞道："这个人鬼头鬼脑，只管向我望着，那是什么意思？"不古笑道："你有什么不懂的？他不过是眼馋。"大妞道："咱们不去玩了吧，你还有事呢。"不古道："我有什么事？你以为我对他说的都是真话吗？我们还是去玩我们的吧。"大妞笑道："你这人缺德，你既是不去，你也不该冤人。这样一来，不是骗着人在家里老等吗？"不古笑道："他们一个大也不花，倒叫我和他去做走狗，那分明是耍我；你想我可是那种好人，让人家去耍着玩的？所以我也要借着这个机会，来耍一耍他，他在家里老等着我，那也是活该了。"说时，伸手挽住了大妞一只手臂，就向胡同口上走去。大妞将手臂向里一抽，微笑道："别这样了。让你们老头子看见了，那又是个麻烦。"不古道："那有什么麻烦，我们现在是父子合作，他借重着我的事就多着呢，还敢得罪我吗？"说毕，昂了头，挽住大妞一只手臂，毕竟是恋爱忘了奋斗了。

第十五回

含笑读毛诗会心不远
高声谈物论得意难宣

　　这一对小情人，是欢天喜地地出去开心去了，闵宗良老先生坐在会馆的北屋子里，高捧着一本线装书，也未尝不知道不古找大妞出门玩去了。只是他已得了石校长的赞赏，要重用他了。虽然不见得他就会拿出钱来养老子，然而在学校里面，自己向来是让人家认为老腐朽的，正眼儿也不睬一睬；若不是为了石校长有点儿亲戚关系，这饭碗早就打碎了。现在有了自己的儿子，这样崭新的人物在里面做事，第一就不容人家看不起我。你说我腐败，我怎么会生出这样崭新思想的儿子来呢？第二，俗言道得好，上阵还须父子兵，有了自己儿子在学校里做事，这总是一个最贴心的同党。有人来抢我的饭碗，我儿子一定可以和我帮忙的。因为我儿子他未尝不怕别人砸他的饭碗，一样地需要我来帮忙呀。这样看起来，父子正蹈在合作的程度之中。这个时候，怎好内讧？

　　再看赵家那姑娘，便是真爱我那小子，不但不会用我儿子的钱，少不得还要拿出几个钱来津贴我的儿子呢！年纪轻的姑娘，谁不爱年纪轻的小子？这样看起来，说不定我这儿子，就把这姑娘娶来了。只要这孩子娶进了门，是我儿媳妇就得听我的命令，当然不会再去当模特儿；就是要她料理家事，伺候我这老翁，她也是义不容辞吧？

　　想到了这里，手上虽是捧了一本线装书，然而戴了大框镜子的眼睛，并不看在书面上，对了窗子外面，天上一团白云，肥肥的，白白的，倒很有些像大妞妈高氏。像自己这样枯燥的老境，做客多年，并没有室家之乐，一切涉于男女问题的事，自己学的是孔孟之书，周公之礼都谈不得。其实像大妞妈那种妇人，一定是很能料理家务的，身体正又是那样结实，五官也还端正，并不见得老……他一件一件的只在大妞妈身上想了去，对于天上那一团白云，不由得笑了。他坐不住了，背了两只手，就只管在屋子里踱来踱去。

他心里继续地想：假使我儿子娶了她的女儿，她是一个人过日子，那更是难堪了。必然地，她会跟着女儿，和我们一起过活。只是我是鳏夫，她是寡妇，这或者有些不便，少不得人家要说一声瓜田李下之嫌。可是这话又说回来了，这个年头，寡妇嫁人，据新人物说，那是再正当不过的事情；至于老翁续弦，这就在圣经贤传上，也找不出一句不好的批评来。由此说来，我就正式地娶大妞妈，也不要紧。嘻！只是自己一向标榜仁义道德，把人之娶妻当为一种传宗接后的看法；我已经有了这样大的儿子，儿子也娶妻了，传宗接后，这是我儿子的事，与我什么相干呢？而况我要传宗接后，也不难去找相当的妇人，何必娶亲家母呢？

他一个人在屋子里想心事，有时想的办法很不错，有时又不是那么一回事。顺着一想，没有了办法，倒只是背了两手，在屋子里不住地打圈子。这样地转着圈子，约莫有一小时之久，依然还想不出一个办法来。他的脑筋虽然乐此不疲，继续地想着，可是他那两条腿有点儿受不了了，于是就向一张藤椅上坐着，昂了头，继续地想。屋子里很静寂的，几乎有蚂蚁在地皮上走，都可以听得出它的脚步声来。然而这个时候，闵宗良老先生两眼向顶棚上望着，不免睁成荔枝那般大。那个高撑的颧骨，发出两个红印。嘴上一把胡子，枯柴也似根根向上竖着。他的躯壳固然是在这里，他的灵魂可飞上了九霄，和那团白云纠缠在一处了。

便是这个时候，窗户外面有一阵脚步响声，打破了这屋子里的寂寞；这种响声把老先生的灵魂惊着回来了。他突然地站了起来，连连问了几声谁。窗子外有人答道："是我呀。老先生，我瞧你在干吗呢？"说这话的正是大姐妈。闵宗良笑着啊呀了一声，立刻迎了出来道："请到屋子里坐吧，我刚沏的新鲜茶，今天我又没事情。大嫂子，你一天累到晚，也该歇息一会子，坐着谈谈吧。"他如此说着，把门口那一只破竹帘子高高地挑起，放了高氏进来。高氏因为屡次得着他物质上的帮助，心里头也就说不出所以然的，不免对他表示一种好感，他叫进来坐，也就大大方方地走了进来，身子站在藤椅子边上，一屁股就坐下去了。

她这一坐下去不要紧，老先生心里不免一动，好像自己还坐在那藤椅上，身上突然加重了若干的力量了。他用手连连地抹了几回胡子笑着，然后向高氏道："你是一个忙人，怎么有工夫到我这里来闲谈？"高氏笑道："哟，我的老先生，我哪里会有工夫来聊天呀？"说到这里，将声音低了一低，向他微笑着道："老先生，你没有知道吗？我们家那个丫头又跟着你们少爷一块儿出去了。"闵宗良笑道："他们是两小无猜，随他去吧。"高氏道："可不是吗？男大女大的，他们要这么样子办，你也没有法子。老先生，你是古道人，不留心这些，上大街去瞧瞧，哪儿不是一对一对一个男的后面跟着一个女的呀？是这个年头儿嘛，我们有什么法子？"

闵宗良坐在她的对面椅子上，手上捧了一管水烟袋，手指缝里夹了一根纸煤儿，两只眼睛只管看了那纸煤儿头上的火，嘻嘻不住地笑着。当他笑的时候，胡子根根直竖，嘴唇外翻，把两道牙床完全都翻了出来。两只眼角边那十几道鱼尾纹，完全折叠着，由一根极曲极短，叠到大而且平的一条线纹为止，只看他这一副形象，那简直由心窝子里直笑了出来了。

　　高氏虽是个半老的人，可是有些闲话却也不便出口。她看了闵老先生这样子，本当问一声：老先生为什么这个样子快活？然而转念一想，这个老头子最近有些不老实了。有时候疯言疯语，也会说几句难听的话，我可别糊里糊涂一问，倒勾引出他一些疯话来。如此想时，那更是不好打发，所以她也就不作声。因为两只手臂都是在袖子外面的，于是将左掌心摩擦摩擦右手臂，又把右掌心摩擦左手臂，低了头只管看着，却不说些什么。闵宗良低了头吸水烟，可不住地将老眼向高氏身上射来。高氏将手臂看过了两番之后，少不得也就向闵老先生身上看来，不料这样一看，却是四眼射个正着。

　　高氏的心里原来是有些捣鬼，经闵宗良的眼睛向她看了一看，她就格外地有些难为情了；不过她自己心里，却也道出了一声惭愧，以为自己这样大的年纪还只是害臊，也许是疑心生暗鬼了，因之极力地镇定了自己的脸色，向闵宗良道："我来也不是别事，我听到说你们少先生也有事情了，而且是爷儿俩同在一个学校里，你瞧，这是够多么称心啦？"闵宗良笑道："你的消息倒很灵通，不错，是有这回事情。你也替我们高兴吗？"高氏笑道："当然啦。哪个街坊不望街坊好呢？"闵宗良笑道："那也不见得。尽有许多街坊不望街坊好，而且望街坊坏的。"高氏道："哟，老先生，我们可不是那种人。"

　　闵宗良笑道："我不过譬方这样子说，哪会疑心大嫂子是这种人。我不是在嫂子面前夸一句口，现在我父子两个，每月差不多可以挣到一百四五十块钱了。这样下去，有个一年半载的，我父子们也就有裕得多了。那是当然的，我住在会馆里，绝对不是一个办法，所以我在将来总要……"说到这里，他觉得这话好像有些说不下去，于是抖了一句文道，"女子生而愿为之有家，男子生而愿为之有室，这是一定的道理。"说着，就含上了水烟袋嘴子，连连吸上了几口。

高氏听他说到最有趣的时候，自己也就听得最入神，现在闵宗良忽然说出两句文章来，却让她有些莫名其妙，于是把大眉毛下面两只大眼睛向闵宗良望了。这一来，未免让他有些难为情，大有不知如何是好的态度，于是两手捧了水烟袋一吸，吸进两口冷烟去。当然这个时候那冷烟未免有一点儿呛嗓子，于是借了这一点儿机会，就大咳嗽而特咳嗽，弯着腰红了脸，闹个不歇。有了这样一阵闹，这才算是把这个难关混了过去。

他停止了咳嗽，向高氏望了笑道："我有一点儿意思，早想和大嫂子谈谈，只是没有这个机会，现在可以说一说了，就是我这个孩子，年岁也不小了，我很想和他找一头亲事……"他如此说着，把话音拖得很长，这一拖长的当儿，就算是没有能把这个问题解决下来。高氏听了，早已明白了他的意思，脸上带了几分难为情的样子，就半低了头，微笑道："你干吗为这个发愁？现在你爷儿俩那样有钱，还怕找不着儿媳妇吗？"闵宗良看到高氏已经搭腔了，他的勇气也就随着增加了不少，这就向高氏微笑道："难呢，自然不会难的；不过这有一个问题，就是谁替我们去找呢？所以我为了这一点儿原因，很想和大嫂子商量商量，可不可以帮我们一个忙……"他说到这里，还是把话音拖长，这又是等待人家来答复的那个故智了。

高氏却是一个最喜欢说话的人，肚子里有事就搁不住，非吐出来不可，现在闵宗良提到了这几句话，正合了她的意思，便抢着道："不瞒你说，我也有这个意思。你们少先生，既然是很喜欢我那个黄毛丫头，我那个丫头也总是在背地里说你们少先生好，要不就是这个样子办吧……"她说着，也就笑了一笑，继续着道，"你瞧我那黄毛丫头怎么样？"

闵宗良的意思只是想转了一个弯，说要托高氏出来做媒；不料高氏单刀直入地倒是自说出来，愿意作为亲戚，这真是肥猪拱门，馅饼落到口里来，这样好的机会如何可以错过？于是就向着高氏，捧了烟袋，连作了三揖，而且笑着道："若是你有这样一番好意，我父子两个人死也甘心。"他说着这话时，也许是抢说着太急了，两道口水顺了他的口角一直流将出来，约莫拖着有一尺多长。

高氏站起来，还礼不迭道："哟，我的老先生，你这话也太言重了。我也是在这里想着，我们是这样的街坊，谁的事还瞒得了谁呀？就是我那姑娘，那一点儿事情，嗐，还不都是为了穷吗？"她拖泥带水、吞吞吐吐说了这些。

闵宗良心里早已恍然，便道："那有什么关系。你没有听见说过吗？浪子回头金不换。只要我们亲戚做成了，你娘儿俩的用度那都是我父子两个的。从此以后，你的姑娘就不必到学校里去再让人家去画了。改邪归正成为大人物的人，古来就多着啦。你的姑娘就不能那样看待吗？我也想了，以后咱们成了亲戚，也不必在这附近找房，可以搬到远处住。你的历史，又有谁知道呢？大嫂子你可以跟着你姑娘在一……块……儿……住……"他说到最后四个字，声音是极其细而且也拖得极长。高氏原是没有猜到他这种意思何在，只是看了他说话那种尴尬的样子，倒不能无疑，便微笑道："那都向后再说吧。"闵宗良眼角上的鱼尾纹是刚刚平伏下去，听了高氏这两句话，却又重重叠叠地皱将起来，他左腿架在右腿上，连连抖了一阵子，口里就念起诗来道："关关雎鸠，在河之洲；窈窕淑女，君子好逑。"念完了这四句诗，就含着微笑，乜斜着眼，望了高氏道，"大嫂子，你懂得我所念的是什么书吗？"高氏笑道："我要懂得你念的文章，我也不落成这副光景呀。"说着这话，就用手在自己的破旧蓝布褂子下拂了一拂，仿佛这样一下子就可以叙出来她是什么身份了。

闵宗良偷眼看她的态度并不是一种威严不可犯的人，于是下面的一只右脚只管颠簸着，颠得上面的一只左脚却是摇撼不定，这就将脑袋摇成了个小圈，向高氏笑道："大嫂子，你要知道这是一段妙诗呀！雎鸠呀！就是我们所听到乡下的斑鸠，那叫声就是咕咕咕呀，咕咕咕呀，你知道它是为什么叫着？就因为它是一个雄斑鸠，要这样叫着去找雌斑鸠。这诗上说，斑鸠在河岸上这样叫着，隔着一湾之水呢，不知道那雌斑鸠可能来。于是乎这下面八个字，就把这诗的意思说明了，就是那贤德的女子有这样的正人君子去求她。"他说到了这句话，微微地闭上眼睛，揣度了这首诗的神气，又晃起脑袋来。

高氏真不料八十岁老和尚还会放风流焰口，这位道德高尚的老先生，竟是向人说出这样调情的话来。怪不得这位老先生近来对我娘儿俩另眼相看，原来是另有一番意思存乎其中的！照说呢，自己是年将半百的人了，还有什么动人的地方会去招惹人的？这都是这个臊老头子起了坏心，找不着年轻的，只好向我们这年老的人身上来寻开心了。照说若是别人用这种态度对待我，我一定要教训他一顿；但是这位老先生，待我却是太好，我怎能够和人家翻起脸不讲情理？因之，红着两块老脸，低了头不肯作声。

闵宗良在年轻的时候，也是一位窃玉偷香的能手，女人什么态度都看得出来；本来男子向女子进击，都是抱那渐进主义的，得一点儿机会，再找机会去进攻。现在看高氏的态度对于自己所说的话，并没有什么拒绝之处，至少是再说两句风情话，那是不要紧的了。这就站起身来，倒了一杯热茶，双手捧到高氏面前，笑道："你喝这杯热茶吧，喝了也可以热热你的心。"

高氏一听，这是什么话？我的心难道是凉的吗？可是人家已经将茶杯双手捧到面前，鞠躬如也地站定了，不能看着这样老年纪的人尽管在面前伺候着，也就只好板住了面孔，两手接住了茶杯，口里就连连地道："这可是不敢当，这可是不敢当。"闵宗良在她对面站定，露着牙床，只管是笑，而且偏了头，横撅了胡子，只管向高氏脸上望着。

高氏向后退了一步，笑道："您坐着，别客气。您要老是这样客气，我以后就不敢来打搅了。"她这句话，也许是客气话，也许是在人面前露出一些风声的，这就不敢再进攻了。宗良只得也向后退了一步，这就对着她抱了拳头，连连拱了几下手道："你别说这些话。你是一位贤惠的嫂子，我虽然有这样一大把胡子，但是我能够伺候你一辈子，那全是幸福。你说什么不敢当的话呢？我的大嫂子，你能够让我伺候你一辈子吗？"

高氏听他所说的话，差不多是完全说明了，若是只管和他向下说去，不定他还会说出一些什么疯言疯语了。可是自己总觉得人家相待得太好了，又不能和人家翻脸，便强笑道："老先生也不知道在哪里喝了许多酒，只管说酒话。我走了，回头见吧。"说毕，高氏不等他的同意，放下茶杯，夺门就走了。

闵宗良一见，不由得咯咯地做蛤蟆笑，隔了玻璃窗户，见高氏撅了个大屁股向外走着，只觉得是满心奇痒。他心里想着，这位大嫂子已经懂得我的意思所在了。她并非怎样地拒绝我，不过不好意思而已，本来妇人家这种不好意思的态度就是最好看的，她走的时候，那一种含羞不可说的样子，那还不是《西厢记》上的那句绝妙好词"临去时，秋波那一转"吗？不想我到了偌大年纪，还可以找这样一个肥实的妇人和我暖被窝褥子，人生的幸福这真是说不穷尽的呀！他想时，心里头乐极了，只管将两只手去互相搓着。由高氏身上，更进一步地想着，就想到了大妞身上，这位姑娘是自己最赞成的，只因除了男女有别的关系而外，加之自己是个贤人之徒，她又是一个当模特儿的，这里面多少还有些邪正之分。所以为了十目所视，十手所指，想多和她说两句亲热些的话，都有些不可能。可是只要她一做了自己的儿媳妇，或者做了自己的姑娘，那就同桌而食，同榻而眠，在自己这样一把年岁之下，那都算不了什么。这样地想着，心里只管得意起来。于是又把《毛诗》第一章"关关雎鸠"，颠倒着念了若干遍。

就在这个时候，只听到院子外面，有人叫了一声"密斯脱闵"。闵宗良虽是中学校里教书，成天地听到叫密斯密斯脱，但是他最不爱听这种称呼，谁要这样地称呼他一声，他必然狠狠地瞪上人家一眼。这个时候，他虽然是还在高兴期间，可是这样称呼，他依然有些刺耳。他隔了玻璃窗子以外，只见一个青年，光了脑袋，露着一把向后披的头发，下面穿一条斜纹布短裤子，露了一大截光腿子在外面。上身穿一件翻领西服衬衫，手胳臂上搭了一件西服，这是这一两年，市面上最流行的一种学生装束。闵宗良诚不知这是哪一国的习惯如此，但是无论哪一国，衣服不穿，只是搭在手臂上，这总不能说是好现象，于是这个人在老先生眼里，可以批评八个字便是：语言无味，面目可憎。因之只管让他在院子里叫着等着，并不去理会。

那人站在院子里，转着身体，四处看了一看，便道："咦，密斯脱闵不在这里面吗？"还是同院子住的同乡，看到了有些不过意，就叫着道："闵老先生，有人找你啦。"闵宗良在屋子里高声答道："不是找我的，没有哪个朋友会叫我密斯脱。"外面那个人于是向屋子里点了一点头道："我是找闵不古。"闵宗良撅了胡子道："我的儿子叫闵执中，谁叫闵不古？唯其人心不古，才闹得现在无父无君，还要不古呢？"

外面那个人无缘无故地来碰了闵宗良这样一个钉子，心里好些个不服；可是同时，他却忽然大为醒悟起来。四维中学有个教国文的老夫子，他是住在浡会馆里的。这答话的必定是他，原来只知道他是和闵不古同宗，现在他说起来有个儿子叫闵执中。那正是不古以先的名字，原来就是我曾对不古说了，打倒四维中学那班人，那个国文教员就是唯一的攻击点。不古虽满口谈着新思想，可是他那个人的意志却是十分不坚强的。现在并没有给他一种什么特大的利益，叫他丢开了骨肉的关系和我们合作，他肯做这样大义灭亲的事吗？他不肯做，那都没有什么关系，假使他表面上骗我们的钱，尽管说是和我们合作，暗地里可把我们的事情，倒转来全告诉了他的父亲；他的父亲又把话去转告校长，那么我们的计划就要完全落空了。

他有了这样一个感想之后，立刻也就有了他的新主意，就在窗子外向里叫道："我是孟进，改革四维中学的指导者。闵不古他是我的同志，他已经和我们会议了多次，要和我们一同进行，今天还约了我在家里候他，说是有办法和我商量，怎么老躲着不见面呢？他要是这个样子欺骗朋友，我们可不能依他！"说着话，红了面孔向外走了。

这些话，不但是闵宗良听见了，就是院子里的同乡们，大家也都听到了。大家同纳着闷，这可奇了！他现时还吃的是父亲的饭，父亲在四维中学教书才能够养活他；他为什么吃里扒外，要跟着闹风潮呢？同乡都这样纳着闷。闵宗良自己也是很纳闷：这畜生，在这两天，在外跑得很起劲儿，对我好一阵子又歹一阵子，莫不是在这里面存了什么坏心眼？想坑我一下子吗？今天他回来，我必得仔细盘问一下。总而言之，现在的儿子比仇人还要厉害，他要称心如意的时候，若是受了父亲一点儿阻碍，他真可以提起刀来，把父亲杀了的。闵宗良越想便越觉得这事不妙，背了两手，只管在屋子里走着。

偏是不古今天回来得特别的晚，直到晚上十一点多钟，才听到院子里有一种放了粗嗓子的声音，喊着："爱拿夫油，爱拿夫油，爱拿夫油！"一路地唱进不古屋子里去。宗良料想，这一定是他回来了，于是不待他进门，就闯了出去，果见不古兴高采烈地边唱边走地回会馆里来。宗良忍不住气道："你这畜生，这么晚回来！"不古听了老子骂他，也就答道："我在外面有事，晚点儿回来，你就生我这样子大的气？"闵宗良瞪了眼道："你这小子说出这种话来，就该雷劈！你做儿子的人，当然唯父亲之命是从；父亲叫你怎么着，你就应当怎么着。说什么和我合作，我倒要反问你一句：你不和我合作，倒要同哪个合作？我也就是为了这件事要来问你。刚才来了个姓孟的，他说你得了他的好处，你可没有和他做事，他特意找你来了。这个姓孟的是干什么的？要抢四维中学的，你能够做这样反叛的事吗？"

　　闵不古听说孟进已经到这里来过一趟，这事想抵赖，却是抵赖不了，便昂了头道："不错，这件事是有的。可是你没有想到我这是一种反间计吗？这个时代，无论做什么事，都离不开物质来讲话，就是社会上一切的一切，都要以经济来做背景。"闵宗良听到这里，就抢着道："这是什么鬼话？一切的一切你显然是在那里说白话，我还是有些不懂。"

　　不古道："我们这时，也不是咬文嚼字的时候，这些我都不跟你去辩论。我只归根结底地告诉你一句话，就是有钱能使鬼推磨。孟进这些人，虽然邀同我合作，但是他们口惠而实不至，你想我可有那样地傻，真用力去和他们办事？至于石校长这方面，他不但是把钱给了我，而且还答应了将来给我一种工作，这样好的事情，我为什么不干呢？所以我对孟进，完全是一种敷衍手腕。这你又该问我了，为什么对他敷衍呢？也并不是我有敷衍人的那种瘾，因为要用这样一种手腕，才可以让他对我有真心话。我实话都对你说了，现在你总可以放心了吧。"

闵宗良道："这样说起来，你简直唯利是图了。"不古头一伸道："咦，你别这样说呀！你从小由子曰店里出来，研究八股文章，就指望进学中举，会进士，点翰林，一步一步地向上升，为的是什么？不就为的是要得大龙洋吗？"闵宗良摇头道："那是你胡说。念书的人，讲的是齐家治国平天下。"

不古将方凳子一移，挪远了两步，然后自己坐了下去，笑道："若是据你这样说，我倒是要和你评评这个道理。做了宰相的人，为什么还要做皇帝？不就为的是那一套富贵更要大、更要永久吗？宰相当然是你们这班老夫子认为第一流的人物……"闵宗良又喝了一声："胡说！"不古不管，依然继续地道："我们就说石校长吧，你能说他对于学校这样卖力，不为的是大龙洋吗？"他说着这话，用两个指头钳了自己的裤脚管，向上提了一提，桌上有现成的大蜜桃，拿起一个，在嘴里咬着。嘴里嚼得唆啰唆啰作响，而且脸上还是笑嘻嘻的。

闵宗良向来骂儿子的时候，除非他在讨钱的期间，那就很乖顺地不加以抵抗；要是不然，老子说一句，他就可以说十句。今天他说的话虽然是多，却是没有加以抵抗的意味在内。这倒不由得闵宗良对了他不加以犹疑，便问道："你今天什么事情这样得意？"不古笑道："什么事这样高兴吗？我告诉你吧，现在让我更明白了。天下只有唯物主义者，他的人生观是对的。老夫子，你的那一套'齐家治国平天下'，只好是自冤自罢了。"他说着哈哈大笑一阵。

闵老先生见他儿子这一番得意，猜不出头路，这绝不能说是得了石校长那些好处，他就乐得这样子，因为那已经是过去了的事情了；不过秃子儿子是自己的好，儿子只管是这样高兴，也就不能再正颜厉色地骂他，便道："你说吧，你究竟什么事这样高兴？说出来大家听听也好。"他说着，就用手摸了几摸胡子，在他摸胡子的时候，自也带有一点儿笑容。

不古将右手拇指和中指紧紧捏着，食指又压在中指背上，然后使劲一弹，啪的一下响，再向闵宗良笑道："我告诉你这一个消息，你可别反对，也许你还要赞成。对过赵家那姑娘，已经答应嫁我了。这不是一个乐子吗？以前我虽然是想娶她，可不好开口对人说。现在我有了事情，就可以养家活口，我可以讨她了。我们本来是无话不谈的，这也就用不着那些求婚的手续，我就老老实实地对她说：'我现在有养活你的资格了，你能不能就嫁我呢？'她更说得干脆，她说：'这话还用得说吗？我这个身子，早就算是给了你的了。'她说到这里，这话就不用提了。"

闵宗良见他乐成这个样子，若是再跟了附和着，那就一点儿严父的威严都没有了，便正色道："这件事……哼……"他本来想说使不得，可是他并没有这种勇气，能说出使不得来。只管将手摸了他颏下几丝很清整稀疏的长胡子。不古道："怎么着？你对于这件事，打算要反对吗？"

闵宗良依然是没有勇气说出要反对的一句话，只是犹疑着道："我们谈到婚姻这件事上来，第一自然是要提个门当户对；其次再说到女孩子本身，虽不能要说三从四德、读书知礼，但是有些应当要的条件，也就不能不有。"不古道："应当有的条件不能不有，我请问你哪些是应当有的，哪些是不应当有的，这个标准我看很难定。你说是应当有的，我偏偏说是不应当的；咱们说一百辈子，也谈不拢来。"

闵宗良本来不和儿子辩论这个问题了，但是得着大妞要做自己儿媳妇这个消息，心里非常之欢喜，也很希望知道一个究竟。现在

213

儿子已经透露消息出来了，不追问一下，好像有些难过似的，便道："我所说女人应有的条件，也无非是……"说着，他就手摸了胡子，沉吟不语。他心里是在那里捉摸着，大妞这个孩子有些什么好处？又有些什么坏处？自己好根据了这一点，说出条件来，所以在这样一考虑之间，大约有四五分钟之久，没有说出下文来。

不古是个怎样的聪明人，有什么不忿的？于是向闵宗良淡淡地一笑道："你的那一点儿封建思想，我完全知道。无非为了她是一个当模特儿出身的，你有些不愿意。你可知道，当模特儿将身体让人画画，这并没有什么坏处，就算有坏处，那也是为艺术牺牲，这种人应当五体投地地去佩服才对。这对婚姻有什么妨碍？"闵宗良虽不肯说可以原谅，可是也不肯说绝对不碍事，便只管用手去摸了他颏下的苍白胡须，老不作声。

闵不古道："关于这件事，你大可以不必分心。是我讨老婆，只要找自己合适，那就得。旁人挑眼，那是瞎扯淡。譬如做衣服穿吧，我自己爱长的，就做得长一点儿；爱短的，就做得短一点儿。别个人嫌长嫌短，那都等于北京人所说，狗拿耗子。"闵宗良听到了这里就不由得瞪了眼睛，红着脸道："你说这话，不是该打吗？你打譬喻，说你老子是狗，你自己成了什么东西？"

不古被他说破了，也觉得自己的话未免重了一点儿，因笑道："这比方话，有什么关系？中国人总是把皇帝比作龙，把皇后比作凤的；龙不过是一条大些的爬虫，凤凰也是一只大鸟，还不如狗呢。再说，你常常对人指我说'这是小犬'，犬者，狗也。你自小儿就狗我，我狗你一回，那就使不得吗？"闵宗良道："这小子说话，越发地该打了，怎么这样胡说八道。"不古道："这些枝节问题，我们都不必去讨论了。这里所要说的就是这头亲事，你赞成不赞成？"闵宗良道："你这不是该打嘴吗？你自己说过了，婚姻是你自己的事，别

214

人管不着，你怎么又问我同意不同意？这件我看你定是要办的。我赞成也罢，我反对也罢，那是白说。"不古站着，向他一举手笑道："这个样子，我看你是站在赞成一边的了，我谢谢你啦。"闵宗良瞪了眼道："君子不重则不威，你也不是三岁两岁的小孩子，对我还是这样嬉皮笑脸！"说毕，掉转身就要走。

不古一伸手将他拉住，笑道："别忙呀！话没有说完呢。因为既然你是赞成了，我们和人家就要做亲戚走，少不得要你老前辈出头。"闵宗良本是自己走自己的，听到要做亲戚走一句话，这是自己最听得入耳又最动心的一件事，便道："做亲戚走怎么样？"说时，他已停住脚了。不古道："不怎么样，不过要你出来承认一切罢了。"

闵宗良道："这不是今天晚上所能解决的问题，留到将来慢慢再说吧。"说毕，他于是走进他自己的屋子里去。立刻，他心里加上了许多困难了，这一门亲戚正是自己所盼望的，居然成功了，还有什么话说？可是大妞当模特儿呢，那是自己仗着正义，极力出来反对的；而且也在会馆里宣言过，不许儿子接近这种女人，现在不但是接近，而且把这个女孩子娶到家里来做儿媳妇，人家若质问我起来，我怎样地答复呢？

第十六回

幸有佳儿腐儒思解放
自无怨偶寡妇献贞操

自然，若是儿子一个人办理的，那我可以说我管不着，是儿子自由来的。现在儿子做了亲戚，老子出来承认，绝不能说自己不知道。以前的话，自己是怎样地去说转来呢？他只要一想心事，那两只手就自然而然地会背在身后在屋子里面踱起方步子来。但是想了一晚晌，究竟没有一个办法可以自圆其说的。自然，在办法都没有了之后，老这样地走着大方步很是难受，也就上床安寝了。到了次日早上起来，未曾打开房门，伸头先隔了玻璃窗户向外望着，这就看到不古的房门洞开，人已走了。心想：这小子一早就出去了，有什么事情这样忙？不要是他得了我的许可，赶着到大妞家里去报喜信去了吧？儿子急了，他一样地也急了，匆匆地披好了衣服，脸也不曾洗一把，立刻就跑到大门外去，装作要看人的样子，在胡同两面去看看，其实他一双眼睛却专门注意在对过大杂院的里面。真是知子莫若父，这已经让他猜个正着。果然，不古正在对面院子里徘徊着呢。

闵宗良本待开口把他叫了回来，但转念一想，自己已是知道他内容的人，若果如此，那必是不承认做亲戚。这样一来，就会把高氏给得罪了。于是在门外呆站了一会子，依然是回家来。一进门便碰到了老长班，向他拱了几拱手，笑道："老先生你大喜呀！"闵宗良道："我有什么事大喜？昨晚上睡觉挖了金窖吗？"老长班笑道："你们大少爷和对过大妞自由结婚了。"闵宗良听了这话，不由得脸上一红，觉得承认是不好意思，否认也是不好意思，就叹气唉了一声道："这个年头，叫我们做上人的，还说些什么？"他这样说一句，那就是表示着，事情虽然是木已成舟，但是做父亲的人并未尝加以赞成。长班也不便说些什么，就笑着哦了一声。

闵宗良走向自己的屋子，心里这就想着：要是像这个样子，这件事一两天都瞒不了了。刚才看那长班的神气笑嘻嘻的，似乎带了一些轻薄相；这还不过是一句话呢，人家就拿这种态度来对付；过几天彼此真做了亲戚来往了，会馆里岂不会引成绝大的笑话？闵圣人维新了，收了模特儿做儿媳妇呢！自己打算要把这个难关打破，这只有自己硬绷了面皮，对于儿子这一档子婚姻始终执着反对的态度，那么，好在我已表示过，连儿子都可以不要，何况是儿媳妇呢！等了不古回来，不问三七二十一，兜头就给他一个拍桌子大骂；让全会馆里的人都听见，那么，他们知道我是不赞成儿子娶这样一个模特儿的。无论闹出什么笑话来了，与我无干，要不然，那圣人的金字招牌就维持不了啦。

他在屋子里来回地走着，将脚一顿，表示下了决心的样子，于是笼了袖子，放在胸面前挺着，瞪了大眼睛，隔了玻璃窗子向外面望着，预备他儿子一进门，就给他劈雷也似的一声大喝。

过了一会子，他儿子不古是进来了，后面可就跟有一个如花似玉的姑娘，微低了头，带了笑容，慢慢地，悄悄地，走进院子里来了。闵宗良预备着看人家，就突然要发出来的那一声大喝，不知不觉地就把这股子怒气顿了下去了。

不古并不踱进他自己的屋子，就向正面屋子而来，那后面跟的那位姑娘，自然也就渐渐地走到正面屋子里来。不古走到了房门口，就向后退了一步，用手微扶着那姑娘的腰，慢慢地两个人靠近。闵宗良看看这个姑娘，也不由得心里习习地痒上了一阵，皱起了两只眼角的鱼尾纹，在胡子缝里露出白牙来嘻嘻地笑了。

不古在房门口停着，就向父亲笑道："我带了她来和你说上两句话，你是在我面前答应过了，承认以后我们做亲戚。现在，让她当你的面叫你一声爸爸，你答应了，那就是真的；要不然，你昨天的话就是冤我的。再要我和你合作，那可是不行的。"

不古这一番话由宗良突然听了去，那是很不合适的。不过他身后还站着一个如花似玉的姑娘呢，那姑娘一双汪汪的眼珠在长睫毛里转动着，对了老先生直瞧。这不是别一个，正是老先生以前所希望成为一家人的赵家大妞姑娘，老先生虽然一肚子火气，无奈这位大妞姑娘，是一汪水做成的，水就能够克火，老先生这一肚子火气，也就在不知不觉之间完全地消灭下去了。

大妞看他脸上本是笑的，这就向着笑道："你怎么老对我乐呀？"宗良笑道："你这孩子说话真有些孩气，我不老对着你乐，我还老对着你生气不成？"大妞将一个指头放在嘴里咬着，微靠了闵不古，只管发笑。她那种笑容，真够让人颠倒的，不但闵宗良看了她笑，就是不古站在一边，也忍不住扑哧一声笑了起来了。

无缘无故地，三个人这样痴笑一阵，都有些莫名其妙。还是闵不古先说出来，向大妞道："你也应当开口了。我们刚才在你家里说什么来着？"大妞笑着，却没有作声。不古道："哦，我明白了。你是怕叫出来，老头子不会答应。"于是向闵宗良道，"人家若是叫了你，你答应不答应呢？"闵宗良笑道："我又不是木雕泥塑的人，怎能够人家当着面叫我，我倒是充耳不闻哩。"不古将大妞的手胳臂碰了一下，笑道："听见了没有？你叫他爸爸，他一定会答应。"大妞依然含了那个手指，半低了头站在那里。不古将她的手臂微微地牵

218

扯了几下，笑道："叫哇，你叫哇。"大妞将要一张口，把话说了出来，却是抿嘴笑了一笑，把话又忍回去了。不古推了她的衣袖道："咦，你怎么了？叫哇，叫哇！"大妞被他催得没奈何，不但是不叫，反而将身子一扭，瞪了他一眼道："老是啾咕着做什么？"不古看了她有生气的样子了，这话可不好向下说，便笑道："别生气，有话好好地说。"闵宗良也手摸了胡子笑道："得了，不用叫了。有了这个意思就得了，就算叫了我吧。"这时大妞扭转身来，叫了一声"爸爸"，提开腿三脚两步地就跑了。

不古向他父亲指着道："人家可是叫了你了，你为什么不答应？"闵宗良笑着点点头道："她是叫了，她是叫了，不过她是出其不备地叫着我的，我来不及答应，她就走了。其过不在我，叫我怎么办呢？"不古站在这里，是亲眼看见的，这话却是事实，便笑道："她这就算很好的了。别一个旧式的姑娘，那还做不到呢。"说时，他很觉是得意，也就嘻嘻地笑了。闵宗良道："你引她来见我，她母亲没有说什么吗？"不古道："这就是她母亲吩咐出来的话。"闵宗良用手不住地理着他的胡子，笑了点头道："她倒是个聪明孩子。"不古笑道："到了现在，你也知道她是一个聪明的孩子了。"说毕，笑了，挺着胸脯走出去了。

闵宗良原来的一番计划，固然推翻得干干净净，这却跟随他儿子身后，缓步走了出来，站在院子的走廊上，摸了胡子，昂头望了天微笑。似乎今日的天比往日的天，却好看得多。他后面忽然有个人走了过来，将他的肩膀轻轻地拍了道："老先生，你现在不反对女人当模特儿了吗？"闵宗良回转身来看时，却是会馆里最喜欢说笑话的一个人，叫刘多嘴，因笑道："刘兄，你这句话是问着我好玩呢，还是真有意问我这个所以然呢？若是问着好玩呢，我不必答复；若是问我这个所以然来，我告诉你。"说着，将手招了一招，把刘多嘴引到屋子里来，这是他用着"古圣人居，吾语汝"那一个老套子；不料这刘多嘴听了他这个话，追根究底，就跟到屋子里面来了。

闵宗良让他坐下，自己也就坐下，两手按了自己的膝盖，向着他道："古之圣人，乐与人为善；有道是既往不咎，来者可追。就向浅一些的地方说，好汉不论出身低。赵家姑娘因贫所迫，去做了那不光明的事，那是她出于无奈，我也曾对她母亲说过，不可干这种事。可是她们未尝读书，你怎能告诉她饿死事小、失节事大的一番话？而况她也未尝失节呀！现在新人物有什么解放的话，这并不是叫人荡检逾闲，无所不为；这是在火坑里的人，应当把她扶救起来。嫂溺则援之以手，权也；这也是从权而已。这个孩子，若是能洗面革心做起好人，和我儿子一对，倒可以算是佳儿佳妇，我是相当满意的。"

刘多嘴见他直直爽爽地承认着，这还有什么话说？只好默然而去。可是不到几小时以后，大家都当着笑话说闵圣人解放了，中国真有希望呢。

这话传到了不古耳朵里去了，他并不以为这是人家讥笑他父亲的认为可耻，他倒是很得意，说是父亲让他陶熔着，已经转变过来了。这是上午十一点钟的时候，大妞已经到学校里去了未回，不古悄悄地走到赵家来探望岳母。

高氏刚刚掏完了炉里灰，惹着一身的黑汗，于是半掩了屋子门，在那里抹澡。不古以为这个大杂院，对于他这个西服少年，常常来往，是很注意的；所以来的时候，总是悄悄地推门而入，不肯作声。这回也是依然照例进门，可是他一推门之后，倒吓了一跳；原来大妞妈的身上脱得光光的，背对着外，面对着里，雪白雪白的，向外露着一大堆白肉。不古看见，倒吓了一跳。但是北方的无知识阶级，对于妇女的赤膊却是可以追美欧洲文明国，并不以为奇怪。高氏听了门响，回转头来一看，见是自己的女婿，倒不惊慌，笑道："你这个孩子真淘气，总是不声不响地走了来的。"她说着，从从容容地拧了一把手巾，将身上擦干净了，这才找了一件褂子，在身上披着。还是不古见她这里的屋门，敞着对了大杂院，究竟不大好，便笑着替她掩上了。高氏毫无介意地抹干净了一只方凳子，让不古坐下，然后才缓缓地穿起衣服来。不古笑道："我看你和我父亲，真是一对老摩登。现在我们老头子，居然知道解放是好事；你呢，也把贞操两个字，看得很淡了。"

高氏不知道什么叫解放、叫贞操，可是他说是一对老摩登，这一句话她倒是懂了，便向院子外面看了一看，然后笑着低声向他道："你现在不是外人，我也不妨对你实说了，你父亲不老实呢。"不古道："他是有名的闵圣人，有什么不老实呢?"高氏道："有人的时候，他老实；没有人的时候，他就不老实了。你哪里知道?"

不古见她这样地批评自己的父亲，料着是自己的父亲对她有什么表示，便笑道："这倒是出乎意料以外的事了。像他那样的人，会和你开玩笑? 而且你对于他开玩笑的这一件事并不告诉人，这真可以说是难得的了。"高氏笑道："你真是个孩子，说话不知道高低。你爸爸是多有名气的人，我要一嚷他调戏我了，叫他两块脸哪儿搁? 他和我又没有什么深仇大恨，我干吗让他下不了台呢? 再说他待我也很好的，我也犯不上那样害他。"

不古心里想着：这是什么话呢? 为了怕人家下不了台，让人家调戏了也不作声；而且反说人家待她很好的，这下文可就不必说了。心里就想着：我索性逼进你一句，看你怎么样子说? 便笑道："你是个老实人，就会说出这样话来。设若他老是这样地调戏你，你也老是不说吗?"高氏先是抿了嘴一笑，然后接着道："他一个老先生循规蹈矩的，老是调戏我做什么? 再说，现在我们又是儿女亲家了，他也不能老调戏我的。"

不古看她的态度很自然的，脸上红也不红，自是毫不介意，便笑道："那是说不定的。若是因为咱们是亲戚了，见面的机会更多，他老和你调戏，你又怎么办呢？"高氏笑着想了一想，摇摇头道："那也不至于吧？"不古道："当然的，他不至于的。假使万一有那样一件事呢？"高氏笑着将脖子一扭道："胡说了，越来越不像话了，别把这件事往下谈了。我和你沏一壶茶来喝吧。"说毕，也就起身走了。

不古是个主张恋爱自由的，他并不干涉父亲同岳母恋爱；可是这两位老摩登，若是因恋爱而结合了，大妞越发是闵家的人，没有法子可以逃脱了，所以倒很赞成他们由理想成为事实。再说，这两种人可以结为自由成交的婚姻，也是很有趣的事情。自己为了好奇心冲动，也应当探一探究竟，所以高氏虽走了，自己还在这里坐着，要等着机会再来问上两句。

果然，高氏只出去了一会子工夫，就笑着转身进来了。她先就笑道："我倒要问你一句话。"说到这里，把声音低了一低，接道，"怎么你忽然和我说起这种话来呢？是你在一边看到，觉得有些不对，才来说的呢；或者是你们老头子使鬼让你来探问我的口气的呢？"不古想：这是哪里说起？我父亲有那样开通，肯把他恋爱的事情都告诉了我？因道："你若是不见外的话，我倒有一句要问你，您是个老古套的人，自然也常做老古套的事。你觉得做寡妇的，还是像以前的人，守着得了一方节妇牌坊的为妙呢，还是嫁人的好呢？"

高氏道："节妇牌坊，有什么好处？还是能吃还是能喝？我做了七八上十年的寡妇，人世上没有吃的苦，我都吃够了。人世上不会着的急，我也急够了。熬到死后，竖那几块大石头在大路上，和我有什么好处？以后年轻的人死了丈夫，我就劝她早一些嫁吧！"不古笑道："这样子说，现在有人娶你，你也是可以嫁的了？"高氏红了脸道："你这孩子说话，真是没高没低，哪个做姑爷的人和丈母娘说这些话的？再说，我已经是个老太婆了，人家娶个老太婆回去做什么？"

不古虽是一个有新思想的青年，究竟面皮不十分地老，一个做新女婿的人，只管问丈母娘嫁人不嫁，究竟有些不好意思，而况对手方又是自己的父亲，做儿子的和父亲拉皮条，也是旷古未有的，于是笑道："我们娘儿说话，有什么要紧？你要真有那样一天，我也可就乐了呢。"说着，高声打了一个哈哈，也就走了。

这日上午，不古和大妞一块儿去看电影，闲着聊天，就把这话告诉她了。大妞道："你父子两人真缺德，你娶了我了，你爸爸又想娶我妈，我家统共只一老一少，你家都打算要了去；设若有个十口八口的呢？"不古道："我家也只两个，就只要你家两个，要多做什么？果然，你妈嫁了我们老头子，咱们两家合一家，倒也是一件好事。你为什么不赞成呢？"大妞笑道："我赞成也不行，我反对也不行，只得由他们去。可是我当了半年的模特儿，已经够人家笑话的了；再要那么一来，我家两口子嫁你家两口子，这笑话就更大了。"不古道："那要什么紧？反正比这模特儿还要好一点儿吧。就是笑你的话，也不过是这条胡同里的左右街坊，咱们再调一个地方住家，也就没有人笑了。你回家的时候，可以去见我的老头子，讨讨他的口气，他是不是想娶你的吗？"大妞鼻子一耸，哼着笑了一声道："那不是我自吹一句话，假使我去问你们老头子的话，他心眼里无论有什么事，都会告诉我的。你既是这么说着，撩撩这老家伙也是有趣味的。你等吧，明天能给你一个回信。"不古料着她是有把握着，也就随着一笑。

在次日下午，闵宗良老先生正在屋子里看书消遣，忽听得房门外面有扑哧的笑声。其初也不注意，以为这是会馆里淘气的孩子们常闹的；后来却听到门缝里嘘嘘有声，闵宗良就把那一副孔夫子面貌，板了下来瞪着眼睛，向外看了去。他不看也不打紧，一看之后原来是一张欲白还红、艳如桃李的美人脸。不看别的什么，只看她那一双水汪汪的眼珠很灵活地一转，他也就禁不住扑哧一声地笑了，因说道："大妞吗？淘气的孩子，进来吧。我这里新沏的好茶，喝一杯。"

大妞走了进来，向他噘了嘴道："叫人家进来，也没有什么好的给人家吃，不过让人家喝一杯茶。谁家没有茶，要喝你的？"闵宗良笑道："你说吧，你要吃什么？我拿钱给你买去。"大妞笑道："我不要吃。"说着，斜靠了桌子之角，用一个食指点了他，微微地笑着。闵宗良笑道："这是做什么？淘气的样子！"大妞笑道："你这个老头子，真不老实，这么一把长胡子，还要娶媳妇儿呢。"

闵宗良听了这话，不由脸上一红，若是别人当面这样质问他，他抱着那士可杀而不可辱的宗旨，一定要大骂人家一顿；可是现在看看大妞穿了依着躯干做成的绿花旗衫，完全露出了曲线美，尤其是胸面，微微地突起两个肉峰，昏花老眼，不好意思正面地看着，只斜转了眼珠向她偷看，不由得翘起胡子笑道："你哪里找了这样一句话来问我？"大妞笑道："你说吧，你想不想娶媳妇？你得说实话，你不说实话，我揪你胡子。"说着，她真的就是过来伸着手。闵宗良连呼："淘气，淘气！"大妞笑道："你别跟我说那些废话；你干脆地说，愿不愿意娶我妈？"

这话说得未免太惹痕迹了，让闵宗良这样岸然道貌的老先生，怎好是干脆地答复？只得手摸了胡子笑道："你这小孩子，真是口没遮拦矣。"大妞斜瞪了眼睛道："什么？瞧你这样子，倒是有些不愿意。"闵宗良向她摇摇手，斜了鱼尾纹里的眼珠，向她微笑着摇了手道："别嚷，别嚷。"大妞道："你不是不愿意吗？那你就不怕嚷了。"宗良心里可就想着，这个小孩子未尝不心里明白，她也知道我老先生要娶媳妇，并不是一件高明的事情。心里在那里犹豫着，手上就不停地去摸他那胡子。大妞道："人家诚心来问你的话，你倒搭你的鬼架子，不肯说；不肯说就罢，我才管不着呢。"她说着，扭转身躯，就要走开。

　　闵宗良急了，只好引用那嫂溺则援之以手的办法，一把将大妞拉住，就笑道："话没说完，为什么就跑？"大妞道："你老不说，我为什么老等着？"闵宗良见她斜伸了一只脚，还有向外跑的神气，若不对她说出心眼里的话来，她回去胡乱一报告，那就是人事全休了，也就用了高氏那反言以明之的办法来问道："这话是你妈叫你来问我的呢，还是你妈有什么意思？"大妞道："我妈没有叫我来问，她也没有什么意思。"闵宗良道："那么，你怎么突然地问我这句话？"大妞道："我瞧你们两个人的神气，有点儿瞧出来了。你要和我说实话呢，也许我可以同你帮个忙；你若不同我说实话，将来你别后悔。"

　　闵宗良见她依然是要走的样子，话又是这样的决断，这话可不能不说了，便笑道："我们做男人的，有什么办不通？只是你妈是讲道德的人，她是一个寡妇，能肯再嫁人吗？"大妞摇摇头道："你别抬举我妈；我妈不会讲道德，别的什么都是假的，没有饭吃是真的。我们家两口子都要吃饭，不嫁人靠谁养活着，这饭从哪里来？什么道德，那都是缺德的人讲的。我妈不讲这些。"

　　闵宗良听了她这话，虽然觉得她句句有暗伤自己的嫌疑，但是她说她妈愿意嫁人，不讲道德，这事就有十之八九可以成功，就手摸了胡子笑道："圣人为政，乃是内无怨女，外无旷夫；以怨女而嫁旷夫，当无怨偶可言矣。吾谁徒？吾从今也！"

大妞瞪了一双大眼，望着他讲过了这一套，将嘴一撇道："谁不知道你念过几句臭文章？你老是说了出来，你是人就说人话，是鬼就说鬼话，你抖这种臭文，我可是不懂。"闵宗良笑道："这孩子说话，真无理！"只得红了脸向她望着。她似乎知道这句话说得有些不妥当，一扭身躯，两只脚跑得扑扑作响地就跑远了。

第十七回

约法三章反帝反封建
开门七件伤心伤普罗

闵宗良见大妞跑得周身肌肉颤动，腰身像风摆柳一般，心里这就想着，这个女孩子言语动静，简直没有一样不闪动人心的，我家不古那个小子捡着这样一个大便宜，得了这样一个好女人。虽然她现时还在当模特儿，这究竟是种脱衣服的行为，那与做皮肉生涯的女子，可又有些不同，古人用大将还不免截短取长，况小至一个青年去讨老婆乎？他如此想着，手摸了胡子，隔了玻璃窗户，呆呆地只管向外面望着。一直看不到大妞的影子了，自己就摇头摆脑用那哼哼调子念起诗来道："赵家女儿对门居，才可容颜十五余。"念起来，当他徘徊的时候，仿佛有一种暗暗的脂粉香气，只管向鼻子里送了来。自己一个人，暗暗地研究一下，这不是天上落下来的什么香气，乃是刚才大妞在这里站着所遗留下来的一种香味，人虽去了，香味还在这里呢。这又令人想到"重帘不卷留香久"的那一句诗，很可以代表现在的情况。

闵宗良心向往之之间，这就不由得笑容嘻嘻，只管在屋子里转着圈子了。自己心里想着，现在父子两个都在四维中学有了固定的职务，薪水是足够嚼裹的了。养这样的一老一小，那简直不成问题。至于这一老一小呢？大妞那是二十四分同意的了；大妞妈的意思，根本上也就无可无不可，加之彼此已经做了亲戚，什么大事不好商

227

量？反正她的女儿也是要嫁过来的，她跟了过来，便是两家合一家，并不是因陋就简，实在是四美具二难并地成立一个家庭，我临老还要走这样一阵子桃花运，坐拥壮妻，眼看俊媳。他越想越乐，乐得无可发泄，只管拍自己的屁股，啪啪作响。

他在家里如此大乐，大妞和不古两个人同在公园里游玩，说着这老头子是怎样一个臊胡子，两人也就哈哈大笑起来。

高氏呢，已经知道不古在四维中学有事，每月可以挣六七十元，他并没有把姑娘去当人体标准事看不起，得着这样一个姑爷，也是姑娘有靠，何不借此收场呢？至于那个老头子春心发动，本来是一件笑话，但是彼此做了亲戚，少不得两家合一家，与其不尴不尬地住着，倒不如嫁给老头子倒也干脆。何况老头子是个老先生，比自己以前的丈夫，是个剃头司务，那就高明得多。再说老头子也真会疼人，只看他从前对我没有意思的时候，待我是一番什么情形？自从对我有了意思以后，又是一番什么情形？我嫁了他以后，好好地伺候着他，我想他一定是心满意足的。到了老来，有个老伴儿，这不比现在这样孤孤单单的要强得多吗？高氏如此想着，也就乐了。

他们这二老二少，无一个不乐。快乐的时候，光阴是最容易过去的，不知不觉之间，已经就是二个星期。在这二个星期里面，四维中学的风潮已经是慢慢地平静下来了，不但是闵宗良照常上课，就是闵不古也在四维中学就职，每月有相当的收入，可以把注了。父子两个因为赵家母女的关系，以及中学里石校长的关系，事实上不能不合作，所以父子两个在学校里遇到了，不古总先点一个头。

他对学生说忠孝仁义这都是封建时代的道德，是一种作伪的行动，由唯物的辩证法看起来，因为封建社会、统治阶级要造成一个有权威的人，他把他的权利思想变成一种奴隶人民主义，灌输到社会上，以至于人民的家庭都顺了他这个主义走着，孝悌这两种奴隶思想的道德，就由这里发生出来。等到世界大同，人民一切是平等的，小儿生出来，有托儿所里抚养，他是一个国民，国家要培植他，做父亲的，无痛养于其间，那关系是很浅薄的，孩子大了，用不着去讲孝道，报那抚育之恩。再说一个封建社会的组成，就基于一种家族制度，若要世界大同，必须由打破家族制度入手。既要打破家族制度，这孝道如何能讲？所以我和我父亲，只是一种人类的爱，并不是行孝道。同时他对石校长说，他虽是一个新青年，他对于一部分旧道德，却不反对。孝道，也就是博爱之一种，这是很明显的，一个人如不爱他的父亲、爱他的家人，对于全社会、全人类更会漠然。只是行孝道要做有意思的孝道，譬如古人的晨昏定省，以及割股疗亲，那全是一种把戏，不足采取。

他这一说，那十六七岁的中学生觉得很是新鲜，青年人只要是新鲜的那就是好的。至于这里的石校长呢，他办教育，是不肯太旧的。可是在维新的程度下，他遇事都觉得中国的学说，有一部分可以保留。不古这种议论，他正是赞同，所以在这学校里，上足以敷衍校长，下足以敷衍学生。

出了学校门，闵宗良回会馆，不古就公开地到赵家去。在不古没有得事情以前，他曾对大妞说，调戏大妞的教员和学生都是小资产阶级，落得和他胡缠一起，混他们几个钱来用，但是自从他有了职业以后，他的思想就变更了。他说先进的艺术，只有力的表现，不要肉的表现。力的表现是兴奋、猛进。肉的表现是诱惑、颓废。他要把大妞变成有先进思想的姑娘，就不愿意她再去当模特儿了。他除了私下对大妞交涉了若干回而外，又当了高氏的面，三个人共同谈判，说是当模特儿这件事，无论在旧人物方面，或者在新人物方面说，这都是要不得的事情，不能再干了。

高氏笑着说："有这个意思，你为什么早不说呢？这个我也明白，就为的你以前没有挣着钱，要不干了，到哪儿去找这一笔钱来花呢？现在你爷儿两个都挣钱了，可以养活我娘儿两个了，所以说出这种话来。其实你不说，我也不会让她再去了，只要有钱用，我为什么那样下贱，一定把姑娘去卖人肉呢？可是有一件，我娘儿俩的吃喝，以后就全指望着你爷儿俩了。"不古就笑说："那是自然，纵然老头舍不得拿钱出来，我自己也愿意担负这个担子。"他们三人有了这种协定，大妞就没有上进化大学去当模特儿了。

在一个星期之后，大妞渐渐感到手上用钱拮据，不像以前当模特儿那样方便了。她向来和不古在一处，唱的是恩爱夫妻的论调，不古又鼓吹着什么合作，她也有些闹不清楚。但是有一点自己是很知道的，就是彼此之间不应该谈着钱。再说不古长得那样漂漂亮亮，自己对他讲什么金钱吃喝，就像有些不好意思似的，所以不当模特儿，不吃喝别人的，也就把自己身上攒下来的几个钱，都垫着花了。到了现在，觉得要钱用，只有找不古去。不古已经挣好几十块钱一个月了，还不能津贴自己几个吗？可是说也奇怪，不古只说自己每月能挣多少钱了，可不曾见他拿出一个钱来。他常说，除了他自己足够吃喝而外，多的钱都该分给大众。所以他当日分我的钱用，他说那是应该的。现在他挣那些个钱，吃喝而外，当然是有得多，怎么就忘了分给别人呢？只是自己的学问不如他，这里面或者另有一种说法，自己当然是不好问了。

不好问是不好问，手头空虚，穷字也不肯容人。心里正这样难受呢，母亲不在家，一个人在家里，手托了她的香腮，仔细一想，看起来还是去当模特儿的好，也不用得向人开口，自然钱就会到手上来。有了丈夫，靠丈夫给钱，他爱给就给，不爱给没有法子可以挤出他的钱来。闵不古他自己说是先进青年，我看起来，先进青年只会骂有钱的人，等到自己有钱了，恐怕也是和别个有钱人一样呢。

这样看起来，我还是……

这个意思，还不曾说出来，不古已是顶着一顶高顶草帽子，由窗子外边晃了过去。大妞的心，早就由屋子里跳到院子外面去了，伸头一看，不古有了钱，脸上刮得雪白，头发梳得溜光，手上拿着的帽子也是光滑平正的，是新制项下，脖子上也围了光滑白净的领带，里面系着一根彩色的领带。只这样小小的点缀，将这个细皮白肉的青年，修饰得更漂亮了。大妞这就向他笑道："今天打算到哪儿去，装扮得这样漂亮？"不古道："我到哪里去？无非是带着你出去游公园看电影罢了。"说着昂头四围看了一看。

大妞明白了他的意思，将他手上的帽子接了过来，放在炕头的叠被上，将大襟纽扣上掖的一条大手绢抽了出来，擦抹了一张板凳面子，手拍了凳子，向他笑道："你就在这里坐着吧。"不古道："我打算带你出去呢，你干吗这样地客气？"大妞道："我拍拍你马屁，有点儿事情求求你。"

不古听说她有事相求，心里早就怦怦地乱跳，想着，这不外乎二件事，第一是要钱，第二是照着旧式规矩，大大地结婚。要钱呢？自己有办法，只说是学校没有发钱，或者是自己身上没有钱，过了几天再说，这都可以搪塞一阵。只是她若要我举行结婚大典的话，那可没有办法，她那种极旧的家庭，还能说随随便便地就把姑娘塞给我不成？他心里一面想主意，一面坐了下来。

大妞笑嘻嘻地斟了一杯茶，两手捧着，送到不古面前，眼睛斜望了他道："你喝一杯吧。"不古接着茶杯，笑道："你这样客气，今天必有所谓，有什么话，你就只管说吧。"大妞退后一步，靠了门站定，悬起一只脚来，用脚尖在地上点着，向不古微笑道："我听你的话，没有到学校里去了。你瞧，我们一家两口，吃喝穿用又都缺了指望。"不古放下茶杯，连连摇着手道："这个都不成问题，只要我的薪水发下来了，我自然会分一半钱给你。"大妞道："我也知道你不能骗我们，可是知道你们学校里是哪一天发薪水呢？我们娘儿俩，总也不能空了肚子在等着吧？"

不古一听这话，来势有些不善。自从和大妞认识以来，没有正式办过交涉。今天她布置就绪，从容谈判，绝不能就这样随便了事，于是整了一整衣服领子，正着脸向她道："这些话，是你自己要说的呢，还是你母亲告诉你这样子说的呢？"大妞道："我妈是个老实人，就是这样糊里糊涂地过日子，哪里知道思前想后的事。我因为手头没有了零钱用，慢慢想着，这可不是办法，要和你有个商量。"

不古见她的话说到这里，这可不能随便推却，因带着笑道："我倒不否认你的话，只是我姓我的闵，你姓你的赵，你没有钱为什么找我要呢？"大妞笑道："我不和张三要，不和李四要，单单地和你要，当然是有些缘故的。"不古笑着点头道："缘故是有缘故，可是你现在应当姓闵了，才可以花我的钱。现在你可不见人说是姓闵呀，我怎么能够不推诿呀？"大妞正色道："你别说那话，我这颗心早就给了你了，难道到了现在，我还有什么三心二意吗？只要你挑出日子来，我哪天都可嫁你。"

不古将那杯茶举起，慢慢地呷着，眼珠也就向前转着，出了神了，许久的时候，也将茶杯郑重地放在桌上，而且放着做一个用劲儿的样子，这就正色道："你有话对我说，我也有几句话要对你说呢。我的为人你是知道的，我们必须分工合作，谁也不能支配谁，谁也不能压迫谁。若是支配谁和压迫谁，这就是帝国主义，那是我反对的。说到中国的旧式婚姻，那就充满了封建思想的表现，好像坐花轿、拜堂、吃喜酒、闹新房，这都是封建思想。"

大妞道："你说到吃喜酒都是封建思想，我这就要问你一句了。你办喜事，是不是收人家的份子呢？"不古道："收份子，不就是人

232

家送钱来，我们收着吗？"大妞道："是啊。"不古道："那为什么不收呢？又不是偷人家的、抢人家的，或者讹诈人家的，他自愿将钱送到我们家来，我们不收的话也显着是个大傻瓜了。"大妞道："人家送了份子来，你得收着，要提到吃酒，那可不行，难道说人家的份子就让你白白地收下吗？"不古想了一想，笑道："这话好办，到了那个时候，我们再斟酌情形，假如份子收的不多的话，到那个时候，我们就两免，不收份子，也不办喜酒，最要紧的就是我们都是劳工，一切行动，都要平民化，那就是布尔乔亚……"大妞连连摇着手笑道："你说人话吧，叽里呱啦的你又说起那半中国半外国的话了，我不懂。"

不古带主义的话向来没有碰过人家这样大的钉子，当时被大妞一顶，顶得哑口无言，望了她只管发愣。大妞毕竟是大杂院里出来的人，这样的言语不知要说多少回，所以虽是由言语将这个未婚夫得罪了，自己还是莫名其妙，这时看到他这个样子，便笑道："你说呀，怎么不说呢？真的，你说的话我是一点儿也不懂呀。"不古沉吟着一会儿便笑了，因道："我们相识这久，你还是不能了解我，我有什么法子呢？我老实告诉你说吧，我结婚要二十分简单，最好就是由我去另找几间房子，我父子往了那里一搬，你母女两个也往那里一搬，糊里糊涂，两家的就算合了一家。"

大妞听了这话，脖子一扭，大不以为然。但是她的话还没有说出来，门外面一阵脚板响，却是高氏回来了。她走进来看到两人的颜色，并不是那样欢天喜地的，就望了大妞道："怎么了？"说毕，回转身来，用眼睛再射到不古身上。不古笑道："也没有什么了不得的事情，不过我们这两方，为了新旧思潮发生冲突。"高氏道："什么？新旧市绸？俗言说，陈丝如烂草，你要给她做衣服，就买好一点儿的料子，为什么买旧市绸呢？"

不古又好气，又好笑，真感到说话的困难，便低头想了一想，找一个最浅的解释来说才好，约有五分钟的工夫，居然想得了，便笑道："我们是谈到做喜事的事情，依我说，我们这种人家，当然是不能大铺张的了。再说，我手头刚刚顺过来一点儿，也不可以浪费银钱。所以我的意思，一不要弄上什么吹鼓手、打执事的，前清那一套。其次呢，我们是很正当的恋爱，男家固然不可以瞧不起女家，可是女家也不能用挟制手段向男家要这样要那样，换句话说，就是反对封建思想。"

他明白说话地说了一遍，到末了，他还是把那一套露了出来。但是高氏并不是那样死蠢，却也懂得其中十之八九，将头连摆了两下道："那可不行，那可不行。十七八岁的大姑娘嫁给人，不要金，不要银，难道换一乘大花轿子坐也不行吗？"她一连说了三个"不行"。不古知道凭自己这番反封建的理论，绝不能够取胜，于是笑道："日子早着啦，我们别抬杠，将来再说吧，我还有事呢。"他说完了这话，自己走进里面屋子，拿了帽子在手就跑走了。

高氏明知道他是不高兴自己的话，但是这种说话，乃是嫁女儿最低的条件，如何可以取消？他不爱听，他可爱我的姑娘，他打算娶我的姑娘，怕他不听吗？高氏执着这样的思想，心里也是坦然的，毫无所惧。可是依着不古看来，这是绝对不能妥协的，所以自这一去，竟有三四天工夫不曾露面。在第一二天里，高氏母女也不以为意，认为他是有事耽误了，或者有点儿生气，料着过一二天也就好了。不料一直到五天头上，还看不到不古，这就有点儿着慌了。

因为大妞看到不古那样喜欢她，夫妻一定做成了。他爷儿俩现在可以挣一百多块钱一个月，嫁过去了也就是大少奶奶了。以前在进化大学当模特儿，每月也不过拿三十块钱，母亲要分去一大半，自己全靠捞些外花来补贴衣袜。因为如此，不愿意干的事也愿干了。

现在听了不古的话，很干脆地就把模特儿这个职分辞了，那一份外财就没有了。学生们却也因为将她画了许久，画得烦腻了，她一辞职，早就另找了新人物补上，再要进去也不可能。这个时候，没有活钱进来，高氏天天向外掏老本，已经是言语之间怨天怨地，可是大姐自己呢，没有了零钱，比高氏更憋得难受。原先是扭住了这口气，他不来理我，我也不会理他，到了第五日，不敢这样想了，因为越不去找他，感情就越是疏远，再想用他的钱，怕有些不行。俗言道得好，男子的心海洋深，看得清，摸不真。别信不古以前那样待我好，那是没有花他的钱的缘故，现在要花他的钱，就得将就他一些，要不然也许他就由此变了心了。

她这样地想着，当时在家里洗了一把脸，扑上一点儿粉，又抹上一点儿胭脂，将头也梳得光光的，身上也换了一件浆洗过的长衣，这才带着全脸欢喜的容颜，向对门会馆里走来。她也想好了，直接去找不古，那么，未免觉得女子太没有身份了，所以现在眼睛也不向不古住的厢房里瞧着，一直地向前走了去，要打算先找闵老头子说话，把这意思传到不古的耳朵里去。不料到了上房里时，闵宗良的房间却是向外倒锁着，他并不在家。这没有法子，只好来将就不古了。

殊不知不古这个人年轻心硬，说变脸也就变脸，当大姐走到院子里来的时候，他曾隔了玻璃窗子，向外看看。大姐偷偷地用眼睛瞟了这里一眼，看得很清楚。照说，他父亲不在家，看到我来了，就应该出来打个招呼，现在自己且在院子里站上一站，看他的态度是怎么样。她如此想着，站上走廊的台阶上，就未曾动步，那意思就是等着不古前来呼唤。

不料不古犹如不知道一般，却在屋子里唱歌。这支歌是大姐听得不要听的，其中有两句，也学着了他的腔调，乃是"工友们举起

235

你们的粗胳臂，捧出那通红的太阳"。不古每到愤恨不平的时候，尤喜欢唱这支歌，唱得声调非常的高。现在他虽不是怎样地大声唱，然听了这一支歌，就可以想到他心里也未必是怎样地舒服了。这就不用等他有什么表示啦，干脆自己回去吧。自己原预备了一肚子的话，说了出来，也好把一肚积郁都倒了出去，现在一句话也不曾说得，心中苦恼极了，低了头，红着面皮回去。

可是祸不单行，当她到家以后，让她不顺心的事又来了。煤铺里的小徒弟站住房门口，正在和她母亲要钱呢。高氏道："干吗要钱要得这样凶？过二天给你就是了。人家三节结账的是有的，我这里半个月还没有到呢。"小徒弟道："我们掌柜的说了，今天多少请您匀点儿钱出来。您这儿已经欠下两块多了。"高氏道："我今天没有钱，怎么讨你也白说。"那小徒弟除了全身衣服闹得又脏又腻而外，脸上的脸谱和戏台上打灶王的灶神并没有什么分别，只有那两个活动的眼珠，在脸子中间不停地转着，还可以看得出来。他微缩了两只肩膀，噘了嘴唇，只管在屋檐下站着。

大妞看到，便道："不给你的钱，难道说，你就这样站上一辈子吗？"小徒弟道："大姑娘，你哪里知道，我要不带钱回去，可要挨揍呢。"大妞道："你回去说吧，就说是我说的，三天之内，准给你们钱就是了。"小徒弟望了她，又转着眼珠，露出红嘴唇白牙齿来，微笑道："要非是您说的，要不然我可不走。"说毕，拖着脚步，踢踏踢踏地走了。

高氏笑骂道："这年头儿，真是人心大变，连这小煤黑子也知道这一手。"大妞走进屋来皱了眉道："现在又没有到冬天，煮两餐饭吃罢了，怎么会烧这些煤？"高氏道："你真糊涂着呢，自从过五月节以来，煤铺里就是前账压后账，要不然双倍还不止呢！我以为你手上的钱总是便的，欠一点儿款子也不要紧，就大意了，谁知道真

236

会拿不出来呢。没有煤是小事，面也吃完了，今天该叫面了。这几天没钱，面都是半口袋半口袋地叫，半口袋面就要一块多，我可拿不出来，你想法子叫那姓闵的小子弄钱来吧。"大妞道："他在我面前搭着架子呢，我不去理他。"高氏道："你不去理他，我们大家就别想吃，饿着吧。"

高氏一说起来就有气，一横身在方凳子坐下，两手抱着自己的膝盖，偏了头，板着脸，鼻子里呼呼地透着气。大妞站在门边冷笑道："你生气，你才爱生气呢！这几个月，我给你多少钱了，这些钱你干吗用了？可都攒起来，放在箱子里。现在没有面，没有煤，你不拿钱出来，让我来硬熬着。这成了那话，瞧着大米饿死人了。"

高氏将头一扭道："什么？我攒下了钱不少，你也不想想看，每天打开门来，柴米油盐酱醋茶，这一笔零钱，每天得花多少！就算一天花二毛钱，一个月还要六块钱呢。穿衣服、住房，这两笔大用途，咱们还放在一边不提。你说，你一个月给我多少钱来着？"

大妞道："一个月哪不给你十几块钱呢。我在学校里混了两三个月，你不攒下好几十块了吗？不说别的，你老是在我兜里掏钱，一掏就是两三块，就是这一笔账，算起来也不止十回呢。越说我越想清楚了，你必定在箱子里还攒下了钱。你不拿出来也不要紧，我不在家里吃饭了，出去找我的朋友去，他们总会请我吃饭。"她说着走到里面屋子去，拿起粉扑子，在脸上乱扑了一顿，将衣服下摆，自己撑扯了几下，大有要走的意思。

高氏看到，抢上前一步靠门站定，将手伸着，当了一条门扣，整整地拦住，瞪了眼道："你走，飞也飞不了，要挨饿，我们就都挨饿，一个人想舒服着，那可不行。"大妞心想这两个月以来，除了我拿钱回来不算，那闵老头子还贴钱不少。母亲哪里是没有钱，分明有意和我捣乱。我若是定要抢出去，也许她会伸出手来打我，我就不出去，反正她不能真个的不做饭吃，便淡笑道："好吧，你不要我出去，就不出去，我的年纪反正比你轻，你能挨饿，我还不能挨饿吗？"于是爬上炕去，叠着枕头，就睡起觉来。

在高氏呢，她也有她的想法，她以为女儿是自己肚子里出来的，拿女儿去当模特儿，做这样卖身体的事也和自己去丢丑差不多，吃了这样大的亏，不挣几个钱，就太不值得了。两个月以来，倒是有二三十块钱存放在箱子里。没有饭吃，本应该拿出来，可是自己姑娘所得的钱比这个还多呢，她都贴小白脸子贴光了。现在闵不古有钱，她不到这小子手上去弄几个钱回来，倒和我来干拼，我就和你拼，看你怎么样？

母女两个如此想着，大妞在炕上躺着，高氏也在外面屋子里坐着，都不作声。这样约莫到了两小时，高氏看看大妞依然躺在炕上，不曾转动，看那样子好像是睡着了，这就不如到闵老头子那里去探听一点儿消息也好，于是悄悄掩着屋门，也就出去了。

大妞在炕上听她的脚步走远了，然后在窗户眼里一张望，果然她是出门去了，心里想着，今天面没有了，煤也没有了，那么凑巧，我倒有些不相信。于是满屋子里一番寻找，果然一只面口袋，搭在屋角里一根草绳子上，倒像一件没有袖子的衣服，当然里面没有盛着面粉。再看门角落里三脚桌子底下原来放煤球的地方，有七八上十个煤球，谁没挨谁的，铺在地上，墙上钉了一块小小的横板子，原来是放着油盐罐子的，取下罐子来看时，也是件件俱空。

大妞站在屋子中间一想，什么东西都没有，也就怪不得自己母亲着急了，自己家里原是很穷的，因为自己去当了模特儿，才按月得着收入，把柴米油盐办足了，现在听了不古的话，不当模特儿，柴米油盐也就完全没有了。这样看起来，一个人做事靠人，那是不行的，总是靠自己的好。我不要嫁人了，还是去当模特儿吧。但是当模特儿，自己可把路子塞死了，再找这种路子，恐怕不容易了。她站在油盐罐子下，只管出神，接着就挨了身子在一条破凳子上坐下，两手也是抱了膝盖，只管傻想。

就在这时，屋门轻轻地向里移动作响，伸进一个人脑袋来，正是不古来了。大妞只当没有看见，依然在那里傻想。不古笑道："我听你妈说你害了病了，我特意来看你。"大妞道："我害什么病？我是害没有钱的病，我现在破锣了。"不古听了这个话倒有些不解，什么叫作破锣了，因道："什么箩破了？那也很有限的事情，重新再去买一只箩就是了。"大妞道："什么破箩呀？你不常说穷人就是打破了锣叫作破锣吗？我现在就是破锣。"

不古听说，不由得哈哈大笑起来，因道："你这真是聋子会圆谎了，我说的普罗塔利亚，并不是指着人家没有钱那样说……"大妞站起来，向他瞪了眼道："你又说鬼话了！你今天也说破锣，明天也说破锣，我就伤心这档子破锣。你是赞成破锣的，我现在不但是破锣，而且也是破鼓了。你倒说什么'破锣打你爷'，我知道，你们南方人管爸爸叫爷，破锣才打你爷呢。"不古不恨她骂得厉害，却喜欢她骂得微妙，又哈哈大笑起来。

第十八回

孰能无情夫妻双独立
各得其所父母半维新

闵不古是个富有先进思想的青年，对于穷人总是抱着同情的，于是有时诗兴大发，也就在大妞身上找些材料作二句妙诗。譬如，"吃饱了窝头，喝完了白开水，她掀起了一片破底襟，擦了一擦她的嘴。"这样的诗，他念着自以为很得意，摇晃着身体，向大妞微笑着。大妞就眼瞅了他，撇了嘴道："那一副德行，什么话也放着口里当歌唱。"不古笑道："我这是普罗作风的诗。"大妞自那以后，开始知道了普罗两个字，但是这样译音的字，一点儿意义没有，很是难记，譬如英文字母里 WX，小孩子就闹不清，于是他们记上了中国字，他必溜，我该死。音固然不大同，大致不离，于是这就好记了。大妞对于普罗两个字，亦复如此，先记着破锣，后来就把普罗塔利亚，变成了"破锣打你爷"了。

不古听了这话，又气又笑，真是没法，于是向她笑道："得了，我们别讨论这些了，到底你为什么生病呢？"大妞道："要我说也容易，你自己说，以后说不说人话？你要说人话，我就往下谈，你要说鬼话，什么'破锣打你爷''破鼓打我牙'，干脆你请出，我不愿憋住那口闷气。"不古道："好吧，我不说那些就是了。"

大妞道："我怕你有说鬼话的毛病，既然你答应不说鬼话了，我就告诉你吧，我不当模特儿了，没有了进项，这应该请你想一点儿

240

法子。你这又要说了，我凭什么要给你钱花呢？我就该说了，因为着你要讨我，不让我当模特儿，所以我就没有进项了，我不找你找谁呢？你又该说了，你可以再去当模特儿呀。若是能再去的话，我为什么不去？无奈现在没有人家要呀，我不找你找谁呢？你又该说了，你还没有过门呀。我又该说了，虽是没有过门，什么也像过了门子一样了。"

不古不等她说完，就抢了答道："我不找你找谁呀？"大妞笑道："你也知道我也有这句话呀。"不古笑道："这几天我正和老头子闹着别扭呢，那为什么？就是为了要怎样把你讨进门的这一件事。我主张赁好了屋子，两边往里一搬就得。老头子呢，他打算散请帖办喜事，要大大地收一笔份子。"大妞道："这是你愿意的事，你可别拦着呀。"不古道："哼！我愿意什么？结婚是人生多大的一件事情，能够靠了这个挣钱吗？这老头子是财迷，他只管自己想发财，就不管人家面子上是不是抹得下来了。"

大妞道："这可是你不对。办喜事收份子，这也不是咱们兴出来的例子，谁家也是这样，你干吗怕钱咬了手呢？"不古道："你以为钱是归我得吗？发帖子是老头子的名义，送出去也只送他的亲戚朋友。你想呀，我到北平来没有多久，哪有什么朋友？当然没有人送礼给我。人家瞧着老头子的面子送礼的，老头子当然就一把收下。我挂上招牌，让他去发财，我犯得上吗？"大妞道："依着你的意思怎么样呢？若是份子归你收，你就办喜事吗？"不古道："那自然呀，酒席礼堂、花马车军乐队，哪一样不要掏腰包花钱？"

大妞又瞅了他一眼，撇了嘴道："你别不知道害臊了，娶媳妇不掏腰包，什么该掏腰包呢？"不古道："腰包自然是要掏的，可是我刚做事一个月，连衣帽鞋袜都不曾置得周全，这会子又要拿出整大笔的钱出来办喜事，哪里有呢？"大妞道："这么一说，我倒明白了，你爷儿俩的意思，喜事是不办的，份子是要收的，你说是不是？"大姐说着，就不由得扑哧一笑。不古虽然线装书西装书都念得不少，但是大姐所说的话，正猜中了他的心事，叫他倒没有一句什么话可说，也只好向着她微微地笑着。大姐道："我猜中了你的心事不是？"不古道："你猜中了也不要紧，反正我们一不行骗，二不行劫，给人酒喝，受人的礼，有什么说不过去的？"

大姐道："除了我妈要讲究那些古套而外，我倒是随便，只要这辈子有衣穿有饭吃就得。办喜事找热闹，那算得了什么？敞开来算吧，就算看热闹三天，三天以后呢，又怎么着，还不是和平常一样吗？"不古笑道："你倒想得很透彻，但是我也想通了，我有我的老子，你有你的母亲，我们要不依从他，尽管和我们闹着别扭，也是没有完结。我现在倒想了一个主意，就是他两个老帮子要办喜事的话，那也可以，但是必定收份子，份子都由我收，收得之后咱们两个人做衣服穿。"大姐笑道："你真聪明，他们凭什么将就着你呢？"不古道："我出这个主意，自然有我的用意。"于是伏着大姐的肩膀，向她的耳朵里喁喁地说了一遍。

大姐眉毛一扬，向他笑道："你这家伙真缺德。"不古笑道："并非我缺德，这也叫事到头来不自由。要是不这样办，老头子尽管多多下帖子，什么人都请上了，份子是他收了，酒席花费，倒是我要出一半。"大姐道："怎么叫出一半呢？"不古道："老头子说，娶儿媳妇，本来是父母的事情，但是现在你们年轻人既说婚姻自由，当然做父亲的人就管不着这事，既然管不了这事，就也不能出钱。不过这个儿媳妇实在可爱，看在儿媳妇面上，可以出儿媳妇花费的那一半，至于我这一半，他就不管，所以只出一半。我瞧这老头子，不是个东西，对你真不怀好心眼。"

大姐啐了他一口，笑道："这是你做儿子的人，向老子说的话吗？你对自己生身之父都是如此，将来你对我的态度，那就更可想而知的了。"不古笑道："你这话就不对了，老头子我巴结他有什么用？有也可以，没有也可以。你就不然，我这一生的幸福，都在你身上哩，我不巴结你，那还行吗？你懂不懂我的话？"大妞扭着身体道："我不懂你这话，你不知道我是穷人家无知识的孩子吗？"

不古笑嘻嘻地靠近了她一步，将肩膀一歪，正打算碰她一下，高氏推开门一脚踏了进来，就向两人呆呆地望着，问道："你两个人啾咕一些什么？"大妞道："这半天，你在哪里来呢？倒说我们啾咕呢。"这两句话，在表面看来，并没有什么过不去的地方，可是高氏听了以后，立刻脸上一红，便笑骂道："都是你那爸爸臊老头子，不是个东西。"说时用手向不古一指，又道，"他看到你要娶媳妇成家了，他着了急，也要成家，你看这不是笑话吗？"

不古笑道："这儿也没有外人，我就把话实说了吧。我们那老头子，倒并不一定要成家，只因你待他太好，他觉着你是一个，他也是一个，倒不如合起来的好。"高氏道："这倒是真话。你瞧，我是舍不得这个丫头，要跟了她走的。你父亲呢，大概也想儿孙满堂，自然是也跟着你在一处。到了那个时候，你们两口子成双作对，同进同出，在上面两个人，一个姓闵，一个姓赵，那算怎么一回事呢？再说我们就算规规矩矩，没有什么话给人说，也难免人家飞短流长，说些瞎话。反正……"说到这里，她又咧开大嘴角笑了。

不古笑道："反正是要下水的，倒不如自己脱了袜子鞋，走了下去的干净。"高氏将手一扬，高举过顶笑道："我打你这不会讲话的东西。有个做姑爷的人这样子说丈母娘的吗？"不古道："笑话归笑话，正经归正经，刚才我也和你姑娘谈来着，咱们这家是怎样的成法呢？我说要热闹，大家就都热闹，我那边爷儿俩，你这边娘儿俩，就是一天办喜事。"

高氏听说，打了个呵呵，拍起掌来笑道："这可成了笑话，我这么大年纪老婆子，还做新娘子拜堂啦。"不古道："那要什么紧？这是公明正道的事。要不然，你们老两口子借了我们小两口子为题，想大大收一笔份子，我可有些不舒服。"高氏笑道："这孩子说话越来越疯，连老两口子小两口子，索性也都说出来了。"不古道："我说的全是真话，要不然的话，你们随便，我们也随便，大家含糊混过去，也就完了。"

　　高氏笑道："你真不懂事，你们少年夫妻，百花开放一般。我们这样年老的人没有法子，吃这口回头草，说有多寒碜，就有多寒碜，现在要瞒人还来不及呢，还能够那样来敞开来闹吗？你若说是你父子两个刚接事不多久，不能拿出多少钱来花，这个我也很明白的。可是也不要你别的铺排，只闹顶花轿、几个吹鼓手，花钱也有限。我就是这个姑娘，姑娘出门一生一世，也就是这件事。你还有什么不明白的吗？"不古道："你们这种封建思想，我也没有法子说有多么深，一个女人什么也都不在乎，这顶花轿，可非坐上一次不可！"高氏道："可不就是那样吗？我也对你实说，你若是没有大花轿子来，那是抬不去人的。"

　　不古一看这位老泰水紧绷了面孔说将出来，若一味地由正面进攻，恐怕落不着什么结果，这事还是由侧面进攻，或者可以事半功倍，便笑道："今天我也不过是闲谈，这也不能算是定数。究竟怎么样，将来再说吧。"说着，他就开了方便步子，慢慢地走回会馆去了。

　　到了会馆里时，只见他父亲两手捧了一管水烟袋，踏着拖鞋，在走廊子下面走来走去，远远看了他嘴唇皮乱动，那就可以知道他口里念念有词，换一句话说，这也就是老头子十分得意的时候。来到院子里，离着父亲不远，于是昂起头来微微地叹了一口气。闵宗

244

良明知道他是在赵家的，这时叹着气过来，必有什么不顺心的事，这却不由得吓了一跳，两手捧了水烟袋发愣，望着不古道："你由哪里来，又生着什么闲是非了？"不古道："是非倒是是非，并不是闲是非。"

闵宗良听他如此说，更知道在赵家犯了什么口角来。两家结秦晋之好，已经在目前了，这个时候生起是非来，那简直是焚琴煮鹤大煞风景了，本待问儿子两句，又因院子里同乡人多，怕人家听了去，老大地不便，于是捧了那管水烟袋，背转身来，自己一个人先向屋子里走。不古站在院子里还犹豫了不曾上前，闵宗良因他不能闻弦歌而知雅意，只好扭转身来，向不古点了两点头，那意思自然是让他跟着进来。不古见老头子先着急了，正合其意，于是咳嗽两声，慢慢地向里走着。

闵宗良等他进来了，将房门轻轻掩上，然后向他笑道："你总是这样少年盛气，一味地胡来。她们完全是旧家庭女子，对于婚姻大事，哪里就能够没有一点儿考量之处？据我看来，她们没有什么不能答应的。"不古站在桌子边，两手向西服裤子袋里一插，微偏了头，向闵宗良笑道："你先别问我，我倒要问问你的事究竟怎么样？"闵宗良道："我有什么事呢？"不古道："你不是有讨我丈母娘的意思吗？"

闵宗良钟情于赵高氏，本是不得已而思其次的办法，虽然知道瞒不了儿子，然而究竟和盘托出也有些不好意思，所以自己抱定一种听其自然的办法，也就不愿先说破，只好做到哪里说到哪里。不想自己儿子，究竟是个现代青年，有话不知道含蓄了说，铁硬地问着想不想娶高氏。若要承认吧，未免不好意思；若不承认吧，把这话传了出去了，岂不要把一场姻事打破？于是犹疑了一会子，才笑道："人非草木，孰能无情？只是发乎情，止乎礼而已。"说着，就不住地摸着胡子梢，表示那一番得意之色。

不古道："现代婚姻自由，我娶我的亲，你娶你的亲，本来谁也不能干涉谁；不过现在你娶的女人，是我的女人的娘，到了这边来，乃是娘儿两个，变成了婆媳两个。若是能合作，自然是千好万好；可是要不能合作的话，那拼起伙来，却比什么事还要繁难。君子先难而后易，我们得把条件先订立起来。"

闵宗良揪了胡子，皱着眉道："此何等事？你大嚷些什么！"不古道："光明正大地结婚，难道还有什么不可告人之处吗？你越是这样鬼鬼祟祟的，我就越是不能放心。"他口里说着，声音也许比先前还要大上几倍。

到了这种时候，闵宗良虽然还要摆出那副圣人的面孔，事实上也有些不可能，只得低了声音道："你不要胡嚷，事情办也好不办也好，在会馆里就是不能办的，无论如何，要搬出了会馆再说。今天你可以出去找房子，找好了房子，你们可以自行独立，我不来干涉。至于我呢，是你的老子。我宣告独立，当然也是可以的。"

不古笑道："你说了半天，还没有谈入正题，我所说的，你是不是娶大姐的妈？至于独立那一层，根本不成问题，我不能要你做我的附属品。我呢，也不能去做你的附属品。你非切切实实答复我一句不可，到底是不是娶大姐的妈呢？"闵宗良笑着摇了头道："这孩子，实在淘气。古人云'闻弦歌而知雅意'，我既是说了人非草木，孰能无情？我的意思，已经包含在内了。"

不古道："这样子说，你是愿意娶大姐妈了，你们怎么举行婚礼呢？"这一句话，问得闵宗良心窝里都要痒将起来，便笑道："我们当然是从权了。"不古道："这个我倒不去管你，照着大姐妈的意思，大姐非用花轿抬出来不可。你应当知道，这是封建思想的表现，我一个现代青年不能这样地去开倒车，这一层非反对不可！若是不能

246

取消，那就让大姐妈也坐了大红花轿子嫁了过来。"闵宗良笑得张开口合不拢来，露出了上下牙床，他笑道："你这简直是一派胡言！她坐花轿，我养了这长的胡子，还要打扮做新郎官呢。不用花轿，就不用花轿吧。大概我去和她说一说，总没有什么办不通的。"

不古道："这不结了？你老老实实地承认着和大姐妈发生了爱情，一点儿没有关系。这个问题，既是明白宣布了，我就该提出条件来了。照着大姐妈的意思，不能不举行结婚仪式，举行结婚仪式，不能是自己看，必定要召集亲戚朋友。他们来了，自然是我们这一边办酒席了。可是朋友送了的份子钱归谁收呢？"闵宗良道："这一件事，你至少和我提过一百回了。所谓唯物史观，就是这么一档子事吗？"不古笑道："并不是我看上了那笔收入未曾一定的份子钱，但是我刚刚就事，一个月收入却有限得很，这回喜事我们有多少钱，又应该花多少钱，都应该有一个预算。"闵宗良叹了一口气道："这个年头，总是儿子强似老子的，我也想破了，那笔份子钱一个也不要，全归你了。"

不古不由咧着嘴笑了起来，那嘴咧开的程度约莫到了耳根下，便道："我很谅解你，一切的一切，可与你一种方便。"说时，就抢上前一步，握着父亲的手，乱摇撼了一阵。闵宗良笑道："你这小子越是无法无天，怎么和做老子的握起手来？"不古笑道："老先生，你怎么到现在还打不破那宗法社会的思想。父亲是个人，儿子也是个人，为什么儿子手都不能和老子握着呢？我刚刚和你成立谅解，这样一说，我又要不谅解你了。"闵宗良摇着头，微闭了眼睛道："唉！我也不能计较于你。"不古所要想得的事，老头子已经完全答应了，再要和他抬杠，让他的倔脾气发生出来了，也许把前案推翻，于是含着笑容也就走开了。

他们男女老少之间，有了这一番交涉，自然是言归于好，那婚事急转直下，大有一日千里之势。不古每日起床而后，洗过了脸，就钻到对过去和丈母娘未婚妻商量结婚大典。闵宗良呢？也是除了上课而外，只是满街乱跑，并不看到人。

高氏也不像以前，见了老头子有些躲躲闪闪的，到了每日晚上，或者做一点儿菜送了来，或者是来收碗回去，或者是说身体有点儿不大舒服，请老先生写个丹方给她，甚至于家里缺少了引火之物，特意来和老先生要几张破烂报纸。总之，每日大小有点儿事情到闵宗良屋子里去。她表示着很忙，来了就要走的样子，只是站着，并不坐下。可是她一站之后，总有一二小时。譬如她那个大杂院子里死了一条狗，或者是去年这个时候下了几场大雨，她都提了出来，作为一番讨论。

说也奇怪，闵先生向来非圣经贤传上的问题不肯怎样去研究的，现在赵高氏说着这样一些不相干的话，他偏是听得很入神，总是笑嘻嘻地陪着高氏来说。有时高氏站在那里，把话都说穷了，他还从中提醒一两句，让她接着好向下说。高氏对于闵宗良，原来是称呼老先生，后来成为亲戚了，改称亲家，现在彼此有那番窈窕淑女君子好逑的关系了，她不叫什么称呼了，简直地就称呼"你"。

这一天两人谈着话就笑起来了。高氏用手摸了自己的头发，侧过身子去，望了窗子外道："你那个儿子，那么大了，还是那样子淘气。"她只说了这句话，闵宗良就完全明白下文该说什么了，却故意地问道："他在你家里，闹些什么了吗？本来嘛，你现在是他的丈母娘了，也就是他的母亲一样，还有不在你面前撒娇的吗？"高氏笑道："什么像娘一样？你又要占我的便宜。"闵宗良手上捧了一管手烟袋，昂起头来，张口哈哈大笑，接上又咳嗽一阵，咳嗽得弯了腰下去，鼻涕眼泪双管齐下。高氏站在一边，冷冷地看到，这就笑道："我说这样一句很平常的话，也就不至于把你乐成这个份儿。"闵宗良放下水烟袋，在腰里掏出一块手绢，擦上了一阵子鼻子眼睛，这才笑道："不必你和我说什么笑话……"于是声音低了一低，接着道，"就是你到我屋子里来站一站，我心里头就乐得不得了啦。"高氏瞅了他一眼道："不是我瞧你这样一大把年纪，我可要说出不好的来了。你这个老头子，我看你怎么好！"闵宗良在北平城圈里，有了这多年了，知道这种话出之于女人之口，不是恶意，乃是善意的，跟着又哈哈乐起来了。高氏两手一叉腰，板着面孔，瞪了他一眼道："什么我也不说了，你就乐吧。"

闵宗良怕她真的会生了气，这就笑道："我不笑了，你说吧，你来做什么事的呢？"这句话却是高氏所不曾料到的，当真，我是干什么来了的？自己可也就说不出到这里来干什么的。于是红着脸笑道："我来干什么的，我不过是来和你要几张报纸，拿回去引火罢了。"闵宗良笑了一阵可就止住了，坐定了，捧着烟袋，又抽了一口烟，这才笑道："你来的意思，我早明白，我不过闹着和你玩的，你可别生气。"高氏道："我没有那么些个工夫生闲气，我不和你说闲话，我要走了。"

宗良站起来，赶快抢到房门口，将去路拦着笑道："你没有话说，我还有话说呢，今天你不要零钱用吗？"高氏本想在老头子面前撒一个娇，转身就跑的，现在他问到要不要钱用，这事可不能含糊过去了，便笑道："你想呀，我们那丫头又不干那事去了，还有个不缺钱用的吗？"

闵宗良赶快放下水烟，在裤带上解下了钥匙，把床头边一只黝黑的箧箱子打开来，在箱子里取出了一个蓝布卷。将蓝布卷放在床上先透开一层，里面乃是一层白布卷；再将白布卷透开，里面是一只厚布袜子；提了袜子底，将袜口向下连抖了几下，再抖出一个棉纸卷来；扑的一声落在床上，看那样子重甸甸的，好像里面很有些硬货。只见他将纸包透开，里面还有一层白纸包，将这层白纸也展开了，才露出了里面一小截洋钱，雪白的一寸多长，约莫有一二十元。闵宗良虽是故意露出给高氏看，但是又不愿完全露出这形迹来，将背对了高氏，做个半掩藏的样子。

高氏只把眼睛略瞟一瞟，也就看得很清楚了。心里可就想着，这老头子真不是好东西，他打算送钱给我用，倒又不愿让我看到他有钱多少。据我看起来，这老头子在北京混事的日子不少了，手上准攒下有几个钱。这一只袜子里面的，自然不过是一点儿零头。老头子呀！你也不用鬼，将来我要嫁到你家里来了，我要不把你那些个钱拿到我手上来，那我也就算白充了半辈子好汉了！当时老远地站着向闵宗良那方看去。只见他伸出两个指头，在那截白洋钱里面，钳出三块钱来。当他钳出来的时候，那洋钱落在他手心里，便是当啷地响。

高氏料着他快要将钱送过来了，立刻掉转身去将背朝了他。听到他在身后摸索一阵子了，于是笑道："喂！我给你三块钱，你带去散用。"说时，已经把这三块钱送到高氏面前来，高氏原来看见他有那样一大截洋钱，只肯拿出三块钱来，未免有些不服气，现在那三块钱已经伸至自己面前来了，说也奇怪，自己一副硬心肠不知如何却会软了起来，立刻向闵宗良笑道："我也知道花的你的钱不少，可是我们家这一份儿为难，你也是知道的。"

闵宗良笑着将手拍了她一下手臂，立刻就缩了回去，其实不缩回去，也没有关系，因为他虽然用那出其不意的手段去侵略高氏，无如他伸出去太快，拍下去太轻，高氏简直不曾有什么感觉呢。不过他满脸都堆起皱纹来，那样子很是难看。高氏就瞅了他一眼道："瞧你这块骨头！"说毕，扭转身就走了。因为她的目的不过是为手上拿着的那东西，有了这东西，她还在这里做什么呢？而且老头子花了钱以后，心里觉得痛快，她就走了也就没有关系了。

她高高兴兴地一路走了回去，一脚踏进门，只见不古一手将大姐搂着，一手去摸大姐的脸，大姐却把自己的脑袋直垂到不古怀里去。大姐一抬头，看见了母亲，站起身来就要走，可是不古搂住了大姐，死也不放。大姐红脸了死劲儿将不古一摔，瞪了眼道："你这人怎么啦？我妈来了，你还给我闹啦。"不古扯不住她，向后倒几乎倒在炕上，便笑道："这要什么紧？维新的年头儿哪！你瞧我们这一份儿亲热，有点儿过分不是？可是你母亲和我父亲那一份儿亲热，也许不在我两人之下吧？"

高氏笑道："小孩儿别胡说了，我怎么会是维新了呢？"不古站起来一拍手道："我们讲恋爱，你们也讲恋爱，我们要结婚，你们也要结婚。你瞧，这不是一样吗？"高氏摇摇头笑道："你们别瞎说，我们到哪儿去比得上你们啦。"不古道："可是据我看来，至少也可以抵我们一半，你说是不是呢？"高氏举起一只手来，遥遥地做个欲打之势，笑道骂道："你这小子简直地胡说八道，刚才和你爸爸说了，说你这孩子淘气，你爸爸还不信呢。你爷儿俩全是一路货。"

不古听着哈哈大笑，就向家里跑。到他跑到会馆的时候，只见前面院子里人声鼎沸，走廊子下院子里，全站的是人，那个样子差不多是全体同乡都出动了。不古还不曾开口问言呢，只见他们的会董，穿了长衣，手上拿了手杖，站在院子当中，向大家摇着手道："不必议论纷纷了，据我说，事到于今，就是孔夫子还活着，他也没有法子维持三纲五常。一切看不上眼、听不入耳的事情，都是过渡时代应有的现象。"大家对于"过渡时代应有的现象"这一句话，倒是相当地信任，于是看看不古的脸色，各自默然缓缓地散了。

不古心里明白，这是大家在说笑他父亲呢，他可也不料"过渡时代应有的现象"这一句话，倒有如此大的力量，这就笑着向后面去了，在屏后站了一站，且听他们可说自己吗？

果然有人道："他这样一个崭新的人物，为了几十块钱，也就和他所谓反动势力合作了。"那会董道："这有什么奇怪，依然是'过渡时代应有的现象'啊！"

作小说的道：既然一切新的旧、旧的新，都是应有的现象，就不足为奇。既不足为奇，说他则甚？黄蘗禅师说：老僧从此休饶舌，后事还须问后人。《过渡时代》告一段落。

约作于 1932 年至 1934 年

图书在版编目(CIP)数据

过渡时代 / 张恨水著. — 北京 : 中国文史出版社, 2018.6

(民国通俗小说典藏文库 · 张恨水卷)

ISBN 978-7-5205-0000-5

Ⅰ. ①过… Ⅱ. ①张… Ⅲ. ①长篇小说-中国-现代 Ⅳ. ①I246.5

中国版本图书馆 CIP 数据核字(2018)第 010536 号

责任编辑: 卢祥秋
整　　理: 澎　湃

出版发行: **中国文史出版社**
网　　址: http://www. chinawenshi. net
社　　址: 北京市西城区太平桥大街 23 号　邮编: 100811
电　　话: 010-66173572　66168268　66192736 (发行部)
传　　真: 010-66192703
印　　装: 廊坊市海涛印刷有限公司
经　　销: 全国新华书店
开　　本: 720×1020　1/16
印　　张: 17　　　字数: 220 千字
版　　次: 2018 年 6 月第 1 版
印　　次: 2018 年 6 月第 1 次印刷
定　　价: 48. 80 元